中华国学文库

诸葛亮集

〔三国〕诸葛亮 著

段熙仲 闻旭初 编校

中华书局

图书在版编目（CIP）数据

诸葛亮集/（三国）诸葛亮著;段熙仲,闻旭初编校. —北京:中华书局,2012.3(2025.7重印)
（中华国学文库）
ISBN 978-7-101-08488-7

Ⅰ.诸… Ⅱ.①诸…②段…③闻… Ⅲ.诸葛亮(181~234)-文集 Ⅳ.I213.622

中国版本图书馆 CIP 数据核字(2012)第 005098 号

书　　　名	诸葛亮集
著　　　者	〔三国〕诸葛亮
编 校 者	段熙仲　闻旭初
丛 书 名	中华国学文库
新版责编	朱立峰
责任印制	陈丽娜
出版发行	中华书局
	（北京市丰台区太平桥西里 38 号　100073）
	http://www.zhbc.com.cn
	E-mail:zhbc@zhbc.com.cn
印　　刷	河北新华第一印刷有限责任公司
版　　次	2012 年 3 月第 1 版
	2025 年 7 月第 8 次印刷
规　　格	开本/880×1230 毫米　1/32
	印张 9⅜　插页 2　字数 193 千字
印　　数	26501-28000 册
国际书号	ISBN 978-7-101-08488-7
定　　价	42.00 元

中华国学文库出版缘起

《中华国学文库》的出版缘起，要从九十年前说起。

1920 年，中华书局在创办人陆费伯鸿先生的主持下，开始编纂《四部备要》。这套汇集三百三十六种典籍的大型丛书，精选经史子集的"最要之书"，校订成"通行善本"，以精雅的仿宋体铅字排印。一经推出，《四部备要》即以其选目实用、文字准确、品相精美、价格低廉的鲜明特点，最大限度地满足了国人研治学问、阅读典籍的需要，广受欢迎。丛书中的许多品种，至今仍为常用之书。

中华人民共和国成立之后，党和国家倡导系统整理中国传统文献典籍。六十馀年来，在新的学术理念和新的整理方法的指导下，数千种古籍得到了系统整理，并涌现出许多精校精注整理本，已成为超越前代的新善本，为学界所必备。

同时，随着中华民族以前所未有的自信快速发展，全社会对中国固有的学术文化——国学，也表现出前所未有的关注和重视。让中华文化的优秀成果得到继承和创新，并在世界范围内进行传播和弘扬，普惠全人类，已经成为中华民族的历史使命。当此之时，推出符合当代国民阅读需要的权威的国学经典读本，实为当务之急。于是，《中华国学文库》应运而生。

《中华国学文库》是我们追慕前贤、服务当代的产物，因此，它

1

自当具备以下三个基本特点：

一、《文库》所选均为中国学术文化的"最要之书"。举凡哲学、历史、文学、宗教、科学、艺术等各类基本典籍，只要是公认的国学经典，皆在此列。

二、《文库》所选均为代表当代学术水平的"最善之本"，即经过精校精注的整理本。其中既有传统旧注本的点校整理本，如朱熹《四书章句集注》，也有获得学界定评的新校新注本，如余嘉锡《世说新语笺疏》。总之，不以新旧为别，惟以善本是求。

三、《文库》所选均以新式标点、简体横排刊印。中国古籍向以繁体竖排为标准样式。时至当代，繁体竖排的标准古籍整理方式仍通行于学术界，但绝大多数国人早已习惯于现代通行的简体横排的图书样式。《文库》作为服务当代公众的国学读本，标准简体字横排本自当是恰当的选择。

中华书局自 1912 年成立，至今已近百岁。我们将《中华国学文库》当作向中华书局百年诞辰敬献的一份贺礼，更是向致力于中华民族和平崛起、实现复兴大业的全国人民敬献的一份厚礼。我们自当努力，让《中华国学文库》当得起这份重任，这份荣誉。

中华书局编辑部

2010 年 12 月

中华国学文库出版缘起

出版说明

诸葛亮(公元 181——234 年),字孔明,琅邪阳都(今山东沂南县)人。他是三国时代一位杰出的政治家和军事家。

诸葛亮早年得到刘备的信任,在著名的隆中对中,他向刘备提出进取荆、益,结好孙权,革新政治,积蓄力量,准备条件,统一全国的建议,表现了他对当时形势的清醒认识和深刻分析。后来他帮助刘备建立蜀国,担任丞相职务;刘备死后,诸葛亮又长期主持蜀汉的军政大事,对于西南地区政治、经济的发展,起了有益的作用。

诸葛亮主政,以持法谨严著称。他曾特地为后主刘禅手写申子、韩非子、管子、六韬等书,另外还劝导他"陟罚臧否,不宜异同"。三国志的作者陈寿,曾称诸葛亮"科教严明,赏罚必信,无恶不惩,无善不显",又说他"尽忠益时者虽仇必赏,犯法怠慢者虽亲必罚"。在蜀汉政权建立以前,四川的地方割据势力刘焉刘璋集团,继续奉行东汉末年以来放任豪强兼并、为非作歹的腐朽政治,诸葛亮极力革除这些劣政,制定汉科(律),"威之以法"。当时人曾称赞他"赏不遗远,罚不阿近,爵不可以无功取,刑不可以贵势免"。在蜀汉政权前期,豪强地主那种"专权自恣"的情况有所改变,政治较为稳定,生产也有所发展。

诸葛亮重视发展农业生产,在汉中地区屯田,经常用一千多人维护都江堰的水利工程。蜀国当时还设立司金中郎将,制造农战器械;设立司盐校尉,管理盐的生产。相传诸葛亮还设计制造了一些新的武器和运输工具。

当时在南中(相当于云南、贵州和四川南部)地区的少数民族,与汉族交错居住,在经济和文化上彼此有密切的联系。诸葛亮注意联合少数民族,任用少数民族中愿意与蜀汉政权合作的上层人物为地方官吏。他还介绍和提倡一些先进的生产技术。诸葛亮的这些措施,对于西南地区社会经济的发展和各族人民的融合,起了积极的促进作用。

诸葛亮重视训练有纪律的军队,作战时注意调查研究,观察地形。据隋书经籍志、唐书艺文志等的记载,他还有兵法、将苑等军事方面的专门著作。

本书是根据清张澍编的诸葛忠武侯文集整理校点的。全书分文集四卷,附录二卷,故事五卷,共十一卷。文集部分是诸葛亮的著作。附录中的卷一是三国时人的文字,其中有刘备、刘禅策诸葛亮的诏书,有他人与诸葛亮的书信,差不多都是从三国志中辑出来的;卷二是后人所作关于诸葛亮的论、赞、碑、铭。故事辑集各书中的有关材料,分列诸葛亮的家世、遗事、用人、制作、遗迹五门。在明清人所编的十几种诸葛亮集子中,张澍的这种编排体例是较为可取的。但张澍所辑的许多后人论述,有不少是站在儒家的立场,竭力夸张诸葛亮忠君的正统观念;另外的许多记载把诸葛亮渲染成神话式的人物,带有明显的迷信色彩。对于这些材料,当然应该加以分析评判。

又,本书文集卷一有书札与兄瑾论白帝兵书一则,田馀庆先生撰诸葛亮与兄瑾论白帝兵书辨误一文,指出本札乃诸葛亮致李严书,而非其兄诸葛瑾。该文论说精当,特请读者注意。田先生原文刊于文史第十四辑,后收入秦汉魏晋史探微一书。谨此说明。

中华书局编辑部

2011 年 12 月

补记:四川成都武侯祠博物馆王晓乔女士在 2016 年第 5 期四川文物上发表唐蜀丞相诸葛武侯祠堂碑考辨三题一文指出:本书附录卷二所收唐代裴度蜀丞相诸葛武侯祠堂碑铭(并序)一文最后一句所载的立碑时间有误,不是元和二年,而是元和四年;同卷唐代孙樵刻武侯碑阴一文并非成都武侯祠诸葛武侯碑的碑阴记,应是孙氏为陕西汉中武侯祠的唐碑所写。该文言之有据,敬请读者留意。

中华书局编辑部

2023 年 3 月

目　录

文　集

卷三　便宜十六策

附　录

　　卷二

诸葛亮集

故　事

编辑诸葛忠武侯文集自序

张　澍

　　按蜀志本传,诸葛氏集目录二十四篇,凡十万四千一百一十二字。晋书陈寿传,寿撰蜀相诸葛亮集奏之,即蜀志之二十四篇也,非独衰其文,并其言与事而亦载之。隋志,诸葛集二十五卷。唐志,二十四卷。中兴书目,亮集十四卷,后二卷录传及碑记,其前十二篇,章句颇多,字数乃少。明王士骐集武侯全书二十卷;杨时伟以王书芜累,更撰诸葛忠武全书十卷,亦无财择。本朝朱璘辑诸葛武侯集二十卷,遂宁张鹏翮之忠武志全袭之,庸俗诗文,盈污篇牍,侯之著作,反多遗漏。张氏又增白浮鸠一篇,乃吴人苦孙皓之暴而吟者,亦混简编,其疏可知。澍搜采散逸,较诸本增益倍蓰,编文集四卷,附录二卷,别撰诸葛故事五卷,都为十一卷,而论之曰:

　　诸葛氏之相季汉也,九州鼎沸,尺土无阶,决策投眊,式启疆宇,赤兑之日再中,谨慎之怀弥固,谓非伊、旦同俦而管、乐为伍哉!观其讨贼自效,北出南征,将穷诈力于瘴疠之乡,脱赤子于豺狼之吻,酋帅七禽,祁山六出,获儇天威,懿甘巾帼,斯其将略何如邪!若乃托孤受寄,忠荩笃荣,主不疑逼,下不忌倾,吏革奸顽,民安劳

1

苦,秤心无轻重之倚,峻法泯秋毫之怨,此贤愚咸忘其身,仇敌亦仰其治与!傥天心祚汉,火井复然,虎视龙骧,吞吴并魏,绵金刀之甲子,拓玉垒之山川,吾知礼乐可兴,刑法可措,虽留侯之赞草创,高密之翊中兴,亦难方兹筹策,并乃宏规。何以渭滨之师未捷,郭坞之星遽陨,黄皓媚子,箕舌遂张,谯周老臣,降表斯送,岂非数哉!彼崔浩纤生,笑其委弃荆州,退入巴、蜀。诱夺刘璋,伪连孙氏,守穷崎岖之地,僭号边陲之间,可与赵佗为偶,难与萧、曹为亚;是乃莠言,不足置辩矣。昔司空张华谓李密曰,"孔明言教何碎?"密曰:"昔舜、禹、皋陶相与语,故得简而雅,诰与凡人言,宜碎。孔明与言者无己敌,言教是以碎耳。"呜呼!读忠武文者,当以是求之。

答客问

张　澍

　　予既纂忠武侯集成，客有问者，曰：吾子骎慕诸葛，萃荟遗文，咸有依据，厥意良勤；而涂改陈书，靡所回护，毋亦过于勇决乎？予曰：是固承祚之隐衷，必赖后世更正者也。慨自炎精沦幽，天光分耀，昭烈宗系，建国为汉，帝制拓规，当时诏诰盟誓，大义炳然也。而平阳相委赘典午，曲徇时情，妄加蜀称，失其实矣。且改元颁历，绪绍正统，乃侪诸南唐屠王，贬损尊号，尤为不伦。夫立言必正名，名正斯言顺，以诸葛之解带输诚，翊赞季兴，斥绝二邦，有同刍狗，而于对命陈词，呼所至尊，辄曰先主，恐非膈臆之所肯出也。故知易汉以蜀，更帝曰主，乃敌国之丑词，著作之虚录矣。昔刘知几论后汉刘玄列传，以为东观秉笔，容或诡于当时，后来所修，理宜刊革，正此类也。宋萧常祖习凿齿之说，改修三国志，为续后汉书十卷，以帝蜀黜魏。元赵居信宗资治通鉴纲目之例，撰蜀汉本末三卷，以蜀汉为正统。郝经撰后汉书九十卷，大旨与萧常同；复作八录，以补陈志阙略。谢陛撰季汉书五十六卷，纪刘氏为汉，列吴、魏于世家。是曩来通亮之儒，皆用訾诟，而常璩反沿西充之志，裴松竟无纠驳之文，未免梼昧，不察阿枉矣。顾炎武曰："今之君子，既非曹氏、司马之臣，不当称昭烈为先主。"而姚燧曾以朱仲晦书帝禅以后主为舛，是即予称汉称帝，改陈氏之恉也。○

○我们这次整理，凡张澍本人的案语称刘备为"先帝"的，仍作"先帝"，其他则据所引原书更改。

诸葛亮传

诸葛亮字孔明，琅邪阳都人也。汉司隶校尉诸葛丰后也。父珪，字君贡，汉末为太山郡丞。亮早孤，从父玄为袁术所署豫章太守，玄将亮及亮弟均之官。会汉朝更选朱皓代玄。玄素与荆州牧刘表有旧，往依之。玄卒，亮躬耕陇亩，好为梁父吟。身长八尺，每自比于管仲、乐毅，时人莫之许也。惟博陵崔州平、颍川徐庶元直与亮友善，谓为信然。

时先主屯新野。徐庶见先主，先主器之，谓先主曰："诸葛孔明者，卧龙也。将军岂愿见之乎？"先主曰："君与俱来。"庶曰："此人可就见，不可屈致也，将军宜枉驾顾之。"由是先主遂诣亮，凡三往，乃见。因屏人，曰："汉室倾颓，奸臣窃命，主上蒙尘。孤不度德量力，欲信大义于天下，而智术短浅，遂用猖蹶，至于今日。然志犹未已，君谓计将安出？"亮答曰："自董卓已来，豪杰并起，跨州连郡者不可胜数。曹操比于袁绍，则名微而众寡，然操遂能克绍，以弱为强者，非惟天时，抑亦人谋也。今操已拥百万之众，挟天子而令诸侯，此诚不可与争锋。孙权据有江东，已历三世，国险而民附，贤能为之用,此可以为援而不可图也。荆州北据汉、沔,利尽南海,东连吴、会,西通巴、蜀,此用武之国,而其主不能守,此殆天所以资将军,将军岂有意乎? 益州险塞,沃野千里,天府之土,高祖因之以成帝业。刘璋闇弱,张鲁在北,民殷国富而不知存恤,智能之士思得明君。将军既帝室之胄,信义著于四海,总揽英雄,思贤如渴,若跨有荆、益,保其岩阻,西和诸戎,南抚夷越,外结好孙权,内修政理,天下有变,则命一上将将荆州之军以向宛、洛,将军身率益州之众出于秦川,百姓孰敢不箪食壶浆以迎将军者乎? 诚如是,则霸业可成,汉室可兴矣。"先主曰:"善。"于是与亮情好日密。关羽、张飞等不悦,先主解之曰:"孤之有孔明,犹鱼之有水也。愿诸君勿复言。"羽、飞乃止。

刘表长子琦,亦深器亮。表受后妻之言,爱少子琮,不悦于琦。琦每欲与亮谋自安之术,亮辄拒塞,未与处画。琦乃将亮游观后园,共上高楼,饮宴之间,令人去梯,因谓亮曰:"今日上不至天,下不至地,言出子口,入于吾耳,可以言未?"亮答曰:"君不见申生在内而危,重耳在外而安乎?"琦意感悟,阴规出计。会黄祖死,得出,遂为江夏太守。俄而表卒,琮闻曹公来征,遣使请降。先主在樊闻之,率其众南行,亮与徐庶并从,为曹公所追破,获庶母。庶辞先主而指其心曰:"本欲与将军共图王霸之业者,以此方寸之地也。今已失老母,方寸乱矣,无益于事,请从此别。"遂诣曹公。

先主至于夏口,亮曰:"事急矣,请奉命求救于孙将军。"时权拥军在柴桑,观望成败。亮说权曰:"海内大乱,将军起兵据有江东,刘豫州亦收众汉南,与曹操并争天下。今操芟夷大难,略已平矣,遂破荆州,威震四海。英雄无所用武,故豫州遁逃至此。将军量力而处之：若能以吴、越之众与中国抗衡，不如早与之绝；若不能当，何不案兵束甲，北面而事之！今将军外托服从之名，而内怀犹豫之计，事急而不断，祸至无日矣！"权曰："苟如君言，刘豫州何不遂事之乎？"亮曰："田横，齐之壮士耳，犹守义不辱，况刘豫州王室之胄，英才盖世，众士慕仰，若水之归海，若事之不济，此乃天也，安能复为之下乎！"权勃然曰："吾不能举全吴之地，十万之众，受制于人！吾计决矣！非刘豫州莫可以当曹操者，然豫州新败之后，安能抗此难乎？"亮曰："豫州军虽败于长阪，今战士还者及关羽水军精甲万人，刘琦合江夏战士亦不下万人。曹操之众，远来疲敝，闻追豫州，轻骑一日一夜行三百馀里，此所谓'强弩之末，势不能穿鲁缟'者也。故兵法忌之，曰'必蹶上将军'。且北方之人，不习水战；又荆州之民附操者，逼兵势耳，非心服也。今将军诚能命猛将统兵数万，与豫州协规同力，破操军必矣。操军破，必北还，如此则荆、吴之势强，鼎足之形成矣。成败之机，在于今日。"权大悦，即遣周瑜、程普、鲁肃等水军三万，随亮诣先主，并力拒曹。曹公败于赤壁，引军归邺。先主遂收江南，以亮为军师中郎将，使督零陵、桂阳、长沙三郡，调其赋税，以充军实。建安十六年，益州牧刘璋遣法正迎先主，使击张鲁。亮与关羽镇荆州。先主自葭萌还攻璋，亮与张飞、赵云等率众溯江，分定郡县，与先主共围成都。成都平，以亮为军师将军，署左将军府事。先主外出，亮常镇守成都，足食足兵。二十六年，群下劝先主称尊号，先主未许，亮说曰："昔吴汉、耿弇等初劝世祖即帝位，世祖辞让，前后数四，耿纯进言曰：'天下英雄喁喁，冀有所望。如不从议者，士大夫各归求主，无为从公也。'世祖感纯言深至，遂然诺之。今曹氏篡汉，天下无主，大王刘氏苗族，绍世而起，今即帝位，乃其宜也。士大夫随大王久勤苦者，亦欲望尺寸之功如纯言耳。"先主于是即帝位，策亮为丞相，曰："朕遭家不造，奉承大统，兢兢业业，不敢康宁，思靖百姓，惧未能绥。於戏！丞相亮其悉朕意，无怠辅朕之阙，助宣重光，以照明天下，君其勖哉！"亮以丞相录尚书事，假节。张飞卒后，领司隶校尉。

章武三年春，先主于永安病笃，召亮于成都，属以后事，谓亮曰："君才十倍曹丕，必能安国，终定大事。若嗣子可辅，辅之；如其不才，君可自取。"亮涕泣曰："臣敢竭股肱之力，效忠贞之节，继之以死！"先主又为诏敕后主曰："汝与丞相从事，事之如父。"建兴元年，封亮武乡侯，开府治事。顷之，又领益州牧。政事无巨细，咸决于亮。南中诸郡，并皆叛乱，亮以新遭大丧，故未便加兵，且遣使聘吴，因结和亲，遂为与国。

三年春，亮率众南征，其秋悉平。军资所出，国以富饶，乃治戎讲武，以俟大举。

五年，率诸军北驻汉中，临发，上疏，……遂行，屯于沔阳。

六年春，扬声由斜谷道取郿，使赵云、邓芝为疑军，据箕谷，魏大将军曹真举众拒之。亮身率诸军攻祁山，戎陈整齐，赏罚肃而号令明，南安、天水、安定三郡叛魏应亮，关中响震。魏明帝西镇长安，命张郃拒亮，亮使马谡督诸军在前，与郃战于街亭。谡违亮节度，举动失宜，大为郃所破。亮拔西县千馀家，还于汉中。戮谡以谢众，上疏……于是以亮为右将军，行丞相事，所总统如前。

冬，亮复出散关，围陈仓，曹真拒之，亮粮尽而还。魏将王双率骑追亮，亮与战，破之，斩双。七年，亮遣陈式攻武都、阴平。魏雍州刺史郭淮率众欲击式，亮自出至建威，淮退还，遂平二郡。诏策亮曰:"街亭之役,咎由马谡,而君引愆,深自贬抑,重违君意,听顺所守。前年燿师,馘斩王双,今岁爰征,郭淮遁走,降集氐、羌,兴复二郡,威镇凶暴,功勋显然。方今天下骚扰,元恶未枭,君受大任,干国之重,而久自抑损,非所以光扬洪烈矣。今复君丞相,君其勿辞。"

九年,亮复出祁山,以木牛运,粮尽退军,与魏将张郃交战,射杀郃。十二年春,亮悉大众由斜谷出,以流马运,据武功五丈原,与司马宣王对于渭南。亮每患粮不继,使己志不申,是以分兵屯田,为久驻之基,耕者杂于渭滨居民之间,而百姓安堵,军无私焉。相持百馀日。其年八月,亮疾病,卒于军,时年五十四。及军退,宣王案行其营垒处所,曰:"天下奇才也!"

亮遗命葬汉中定军山,因山为坟,冢足容棺,殓以时服,不须器物。诏策曰:"惟君体资文武,明睿笃诚,受遗托孤,匡辅朕躬,继绝兴微,志存靖乱;爰整六师,无岁不征,神武赫然,威震八荒,将建殊功于季汉,参伊、周之巨勋。如何不吊,事临垂克,遭疾陨丧!朕用伤悼,肝心若裂。夫崇德序功,纪行命谥,所以光昭将来,刊载不朽。今使使持节左中郎将杜琼,赠君丞相武乡侯印绶,谥君为忠武侯。魂而有灵,嘉兹宠荣。呜呼哀哉!呜呼哀哉!"

初,亮自表后主曰:"成都有桑八百株,薄田十五顷,子弟衣食,自有馀饶。至于臣在外任,无别调度,随身衣食,悉仰于官,不别治生,以长尺寸。若臣死之日,不使内有馀帛,外有赢财,以负陛下。"及卒,如其所言。

亮性长于巧思,损益连弩,木牛流马,皆出其意;推演兵法,作八陈图,咸得其要云。亮言教书奏多可观,别为一集。

景耀六年春,诏为亮立庙于沔阳。秋,魏镇西将军钟会征蜀,至汉川,祭亮之庙,令军士不得于亮墓所左右刍牧樵采。亮弟均,官至长水校尉。亮子瞻,嗣爵。

评曰:诸葛亮之为相国也,抚百姓,示仪轨,约官职,从权制,开诚心,布公道;尽忠益时者虽仇必赏,犯法怠慢者虽亲必罚;服罪输情者虽重必释,游辞巧饰者虽轻必戮;善无微而不赏,恶无纤而不贬;庶事精炼,物理其本,循名责实,虚伪不齿;终于邦域之内,咸畏而爱之,刑政虽峻而无怨者,以其用心平而劝戒明也。可谓识治之良才,管、萧之亚匹矣。然连年动众,未能成功,盖应变将略,非其所长欤! 三国志卷三十五蜀志。

进诸葛亮集表

陈　寿

臣寿等言：臣前在著作郎，侍中领中书监济北侯臣荀勖、中书令关内侯臣和峤奏，使臣定故蜀丞相诸葛亮故事。亮毗佐危国，负阻不宾，然犹存录其言，耻善有遗，诚是大晋光明至德，泽被无疆，自古以来，未之有伦也。辄删除复重，随类相从，凡为二十四篇，篇名如右。

亮少有逸群之才，英霸之器，身长八尺，容貌甚伟，时人异焉。遭汉末扰乱，随叔父玄避难荆州，躬耕于野，不求闻达。时左将军刘备以亮有殊量，乃三顾亮于草庐之中；亮深谓备雄姿杰出，遂解带写诚，厚相结纳。及魏武帝南征荆州，刘琮举州委质，而备失势众寡，无立锥之地。亮时年二十七，乃建奇策，身使孙权，求援吴、会。权既宿服仰备，又睹亮奇雅，甚敬重之，即遣兵三万人以助备。备得用与武帝交战，大破其军，乘胜克捷，江南悉平。后备又西取益州。益州既定，以亮为军师将军。备称尊号，拜亮为丞相，录尚书事。及备殂没，嗣子幼弱，事无巨细，亮皆专之。于是外连东吴，内平南越，立法施度，整理戎旅，工械技巧，物究其极，科教严明，赏罚必信,无恶不惩,无善不显,至于吏不容奸,人怀自厉,道不拾遗,强不侵弱,风化肃然也。

当此之时,亮之素志,进欲龙骧虎视,苞括四海,退欲跨陵边疆,震荡宇内。又自以为无身之日,则未有能蹈涉中原、抗衡上国者,是以用兵不戢,屡耀其武。然亮才,于治戎为长,奇谋为短,理民之干,优于将略。而所与对敌,或值人杰,加众寡不侔,攻守异体,故虽连年动众,未能有克。昔萧何荐韩信,管仲举王子城父,皆忖己之长,未能兼有故也。亮之器能政理,抑亦管、萧之亚匹也,而时之名将,无城父、韩信,故使功业陵迟,大义不及邪?盖天命有归,不可以智力争也。

青龙二年春,亮帅众出武功,分兵屯田,为久驻之基。其秋病卒,黎庶追思,以为口实。至今梁、益之民,咨述亮者,言犹在耳,虽甘棠之咏召公,郑人之歌子产,无以远譬也。孟轲有云:"以逸道使民,虽劳不怨;以生道杀人,虽死不忿。"信矣!论者或怪亮文彩不艳,而过于丁宁周至。臣愚以为咎繇大贤也,周公圣人也,考之尚书,咎繇之谟略而雅,周公之诰烦而悉。何则?咎繇与舜、禹共谈,周公与群下矢誓故也。亮所与言,尽众人凡士,故其文指不得及远也。然其声教遗言,皆经事综物,公诚之心,形于文墨,足以知其人之意理,而有补于当世。

12

伏惟陛下迈踪古圣,荡然无忌,故虽敌国诽谤之言,咸肆其辞而无所革讳,所以明大通之道也。谨录写上诣著作。臣寿诚惶诚恐,顿首顿首,死罪死罪。泰始十年二月一日癸巳,平阳侯相臣陈寿上。

诸葛氏集目录

北出第四　　　　　计算第五　　　　　训厉第六

综核上第七　　　　综核下第八　　　　杂言上第九

杂言下第十　　　　贵和第十一　　　　兵要第十二

传运第十三　　　　与孙权书第十四　　与诸葛瑾书第十五

与孟达书第十六　　废李平第十七　　　法检上第十八

法检下第十九　　　科令上第二十　　　科令下第二十一

军令上第二十二　　军令中第二十三　　军令下第二十四

右二十四篇，凡十万四千一百一十二字。三国志卷三十五蜀志。

　　澍案：陈寿进集表有云："删除复重，以类相从。"知二十四篇乃是总目，其诏、表、疏、议、书、教、戒、令、论、记、碑、笺，各以事类相附，不以文体次比也。常璩华阳志纪开府作牧，多言用人，则与杜微书、答蒋琬教、奖姚伷教、称吴济教等文，宜在开府作牧篇。绝盟好议、正议、答法正书、答惜赦书等文，宜在权制篇。南征诏、南征教、荐吕凯表、谕谏书等文，宜在南征篇。为后帝伐魏诏、出师表、祁山表、街亭自贬疏等文，宜在北出篇。草庐对、上先帝书、上事表、与步骘书、汉嘉金书等文，宜在计算篇。八务、七戒、六恐、五惧、诫子、诫外生等文，宜在训厉篇。与李严书、与李丰教、与张裔书、与张裔蒋琬论姜维二书、黜来敏教等文，宜在综核篇。梁甫吟、论前汉事、论诸子、论让夺、朝发南郑笺、师徒远涉帖、司马季主碑等文，宜在杂言篇。甘戚论、劝将士勤攻己阙教、与群下教、与参军掾属教等文，宜在贵和篇。兵要今存十则。木牛流马法、岁运蓬旅算教等文，宜在转运篇。与孙权书，今存二篇。与诸葛瑾书，今存九篇。与孟达书，今存二篇。与蒋琬董允论李严书、公文上尚书、弹李平二表等文，宜在废李平篇。上言追尊甘夫人为昭烈皇后、作斧教、作匕首教、作刚铠教等文，宜在法检篇。贼骑来教、步军教等文，宜在科令篇。军令，今存十五则。其馀有不能缕分并入者，未知系陈氏删芟，抑仍在二十四篇之内，莫得其审矣。又按群下上先帝为汉中王文，系李朝造，先帝即帝位昭告上下神祇文，系刘巴作，他本皆入侯集，今删之。

诸葛亮著作考 节录姚振宗三国艺文志

诸葛亮汉书音一卷

唐书艺文志:诸葛亮论前汉事一卷,又音一卷。通志艺文略:汉
书音一卷,诸葛亮撰。高似孙史略:汉书诸葛亮音一卷。

案:张澍辑诸葛亮集目录云:澍案隋书经籍志:汉书音一卷,蜀
丞相诸葛亮撰。亦见唐志。又故事制作篇亦云。然今检隋志
实无此文。疑合论前汉事为一篇,而隋志遗之。

诸葛亮论前汉事一卷

隋书经籍志正史类:论前汉事一卷,蜀丞相诸葛亮撰。唐艺文志
正史类:诸葛亮论前汉事一卷。

张澍辑诸葛亮集目录曰:澍案:陈寿进集表有云:"删除复重,以
类相从。"知二十四篇者,乃是总目。其诏、表、疏、议、书、教、戒、
令、论、记、碑、笺,各以事类相附,不以文体次比也。梁甫吟、论
前汉事等文,宜在杂言篇。又曰:"论前汉事,隋志一卷,亦见唐
志,今存论光武一篇。"

15

案:本传出师表有曰:"亲贤臣,远小人,此先汉所以兴隆也。亲小人,远贤臣,此后汉所以倾颓也。先帝在时,每与臣论此事,未尝不叹息痛恨于桓、灵也。"此数语,似此一书之大旨,其殆与昭烈所论者欤?

诸葛故事

蜀志本传:臣寿等言,臣前在著作郎,侍中领中书监济北侯臣荀勖、中书令关内侯臣和峤奏,使臣定故蜀丞相诸葛亮故事云云。

华阳国志后贤志陈寿传:中书令张华表令次定诸葛亮故事集为二十四篇。时寿良亦集,故颇不同。案:陈寿表言奏定诸葛故事乃荀勖、和峤二人,常道将以为张华,似是传闻之误。

章宗源隋书考证曰:艺文类聚军器部引诸葛故事曰:成都作匕首五百枚,以给骑士云云。

案:陈寿、寿良未集之前,已有诸葛故事,故寿表亦称定诸葛亮故事。武威张澍辑诸葛集序曰:陈寿所集二十四篇,非独袤其文,并其言与事而亦载之。是其为故事之体,由来已久,陈、寿两家但有所去取耳,未尝改其体裁也。今录其最初原编于此,其篇数及编辑人皆不可考。

诸葛武侯上事九卷

唐日本国人佐世见在书目杂家:诸葛武侯上事九卷。

案:此不知何人所编,唐代流入外洋。其书似皆表、奏、疏、议之属。张介侯辑本有上事表、上言追赠甘夫人为昭烈皇后、上先帝书、请宣大行皇帝遗诏表、前出师表、后出师表、公文上尚书、弹李平表、荐吕凯表、弹廖立表、又弹廖立表、祁山表、耽文山表、举蒋琬密表、街亭自贬疏、正议、绝盟好议、临终遗表，凡十九篇，皆上事之属也。

诸葛亮贞洁记一卷

唐书艺文志:诸葛亮贞洁记一卷。

案:张介侯辑诸葛亮集目录云:澍案:隋书经籍志女训有诸葛武侯贞洁记一卷。今案隋志实无此文，唐经籍志亦不著。惟艺文志始于传记类后别为女训之目。张说误也。

诸葛亮哀牢国谱

华阳国志南中志:永昌郡，古哀牢国;哀牢，山名也。先有一妇人，名曰沙壶，依哀牢山下居，以捕鱼自给。忽于水中触一沉木，遂感而有娠，度十月，产子男十人。后沉木化为龙。其小子名元隆，长大才武，九兄共推以为王。元隆死，世世相继，分置小王。往往邑居，散在溪谷，绝域荒外，山川阻深，生民以来，未尝通中国。南中昆明祖之，故诸葛亮为其国谱也。

又曰:南人轻为祸变，征巫鬼，好诅盟，常以盟诅要之。诸葛亮乃为夷作国谱，先画天地、日月、君长、城府，次画神龙，龙生夷及牛马驼羊;后画部主吏，乘马幡盖，巡行安恤;又画夷牵牛负酒赍金宝诣之之象，以赐夷。夷甚重之，许致生口直。又与瑞锦铁券。今皆存。每刺史校尉至，赍以呈诣，动亦如之。

诸葛武侯集诫二卷

蜀志本传注:魏氏春秋曰:亮作八务、七戒、六恐、五惧,皆有条章,以训厉臣子。陈寿重定诸葛故事集目录云,训厉第六。

文心雕龙诏策篇:戒者,慎也。教者,效也。若诸葛孔明之详约,理得而词中,教之善者也。

隋书经籍志:诸葛武侯集诫二卷。又集部总集篇:诸葛武侯诫一卷。唐经籍志:集诫二卷,诸葛亮撰。

艺文志:诸葛亮集诫二卷。

张澍辑诸葛忠武侯文集目录曰:澍案:梁书武侯儒家集诫二卷,当即隋志总集武侯诫一卷也。案:此当是隋志儒家集诫二卷,当即总集武侯诫一卷而失于校刊者。十六国春秋:李玄盛尝写诸葛亮诫训,以示其子弟。今存诫子、诫外生三篇。

诸葛武侯女诫一卷

隋志集部总集篇:诸葛武侯诫一卷,女诫一卷。

侯志曰:康案:女诫疑即集诫中之一卷,然隋志总集内别出之,故今亦分录。

案:女诫疑即艺文志传记女训中之贞洁记一卷。

诸葛亮兵法五卷

隋书经籍志:梁有诸葛亮兵法五卷。崇文总目:诸葛亮兵机法五卷。宋史艺文志:诸葛亮行兵法五卷。张澍辑诸葛集目录曰:澍案:隋书经籍志:诸葛亮兵法五卷。崇文总目:兵机法五卷。隋志之兵法即总目之兵机法也,故其卷数同。今存四条。

侯志曰：通典一百五十六引诸葛亮兵法，一百五十七引诸葛亮兵要，御览兵部亦屡引诸葛亮兵法、兵要大约即一书而异名耳。御览复引诸葛亮军令，当亦出此书。通志艺文略又载武侯十六策、将苑、平朝阴府二十四机、六军镜心诀及后世所传新书，皆出依托，今不取。

案：武侯兵法，陈寿重编故事集，尽收载之。南征北出兵要，军令上中下等篇，皆其类也。此七录所载，殆相传别行之本。宋志又有用兵法一卷、行军指南二卷、占风云气图一卷、兵书七卷、兵书手诀一卷、文武奇编一卷此即十六策之异名。及侯氏所举五种，并后世依托，今概不录。

诸葛亮木牛流马法

诸侯亮八陈图一卷

蜀志本传：亮性长于巧思，损益连弩，木牛流马，皆出其意；推演兵法，作八陈图，咸得其要云云。

裴注引魏氏春秋曰：亮又损益连弩，谓之元戎。以铁为矢，矢长八寸，一弩十矢俱发。亮集载作木牛流马法。

水经江水注：江水又东经鱼复县诸葛亮图垒南，石碛平矿，望兼川陆，有亮所造八陈图，东跨故垒，皆累细石为之。自垒西去，聚石八行，行间相去二丈，因曰八陈。既成，自今行师庶不覆败，皆图兵势行藏之权，自后深识者所不能了。

高似孙子略曰：蜀丞相武乡侯诸葛亮八陈图，其一图在沔阳高平故垒，郦道元水经以为倾而难识矣。其一图在新都八陈乡，峙土为魁,植以江石。四门二首六十四魁,八八成行,两陈并峙。周凡四百七十二步,魁百有三十。其一图在鱼复者,随江布势,填石为规,前障壁门,后倚却月,纵八横八,魁容二丈,内面偃月,九六鳞差。江自岷来,奔怒湍激,惊雷迅马,不足敌其雄也;徙华变沧,不足穷其力也。磊磊斯石,载轰载桩,知几何年,曾不一仄,是非天所爱、神所敬者欤。

严可均全三国文编曰:作木牛流马法,当在传运篇中,其文见亮传注,又类聚九十四、御览八百九十九。

通志艺文略:武侯八陈图一卷。宋史艺文志同。

蜀丞相诸葛亮集二十五卷

文心雕龙诏策篇:诸葛孔明之详约,教之善也。又章表篇云:孔明之辞后主,志尽文畅,表之英也。

隋书经籍志:蜀丞相诸葛亮集二十五卷,梁二十四卷。唐经籍志:诸葛亮集二十四卷。艺文志同。宋史艺文志:诸葛亮集十四卷。

玉海五十五中兴书目曰:亮集十四卷,后二卷录传及碑记,其前十二篇章句颇多,字数乃少。

张氏百三家诸葛丞相集辑本一卷,凡诏、表、奏、疏、公文、教、书、笺、议、法、论、记、碑、令、诗,综七十五首。

武威张澍辑本序曰:明王士骐集武侯全书二十卷。杨时伟以王书芜累,更撰诸葛忠武全书十卷,亦无财择。本朝朱璘辑诸葛武侯集二十卷。遂宁张鹏翮之忠武志全袭之,庸俗诗文,盈污篇牍,侯之著作反多遗漏。澍搜采散佚,较诸本增益倍蓰。编文集四卷,附录二卷,别撰诸葛故事五卷,都为十一卷。案:诸葛集,张氏所举四本之外,又有明崇祯时武侯三十六世孙义辑本二十三卷,道藏辑要中刻之。

严氏文编辑本二卷,凡教、军令、表、疏、上书、上言、公文、笺、书、诫、论、议、算计、兵要、兵法、木牛流马法、记、序、赞、铭、杂文五十五篇,综九十一首。

文集

卷　一

草庐对

　　澍案：蜀志，先主诣亮，凡三往，乃见，因屏人问计。亮答之，曰：

自董卓已来，豪杰并起，跨州连郡者不可胜数。曹操比于袁绍，则名微而众寡，然操遂能克绍，以弱为强者，非惟天时，抑亦人谋也。今操已拥百万之众，挟天子而令诸侯，此诚不可与争锋。孙权据有江东，已历三世，国险而民附，贤能为之用，此可以为援而不可图也。荆州北据汉、沔，利尽南海，东连吴、会，西通巴、蜀，此用武之国，而其主不能守，此殆天所以资将军，将军岂有意乎？益州险塞，沃野千里，天府之土，高祖因之以成帝业。刘璋闇弱，张鲁在北，民殷国富而不知存恤，智能之士思得明君。将军既帝室之胄，信义著于四海，总揽英雄，思贤如渴，若跨有荆、益，保其岩阻,西和诸戎,南抚夷越,外结好孙权,内修政理,天下有变,则命一上将将荆州之军以向宛、洛,将军身率益州之众出于秦川,百姓孰敢不箪食壶浆以迎将军者乎?诚如是,则霸业可成,汉室可兴矣。三国志卷三十五蜀志诸葛亮传(以下简称蜀志本传)。

为后帝伐魏诏

澍案:蜀志,建兴三年,曹丕殂。明年,曹叡立。建兴五年,丞相率诸军伐魏,北驻汉中,使长史张裔、参军蒋琬统留府事,乃上表出师。帝下诏,令丞相露布天下。裴松之注:亮集载禅三月下诏云:

朕闻天地之道,福仁而祸淫;善积者昌,恶积者丧,古今常数也。是以汤、武修德而王,桀、纣极暴而亡。曩者汉祚中微,网漏凶慝,董卓造难,震荡京畿。曹操阶祸,窃执天衡,残剥海内,怀无君之心。子丕孤竖,敢寻乱阶,盗据神器,更姓改物,世济其凶。当此之时,皇极幽昧,天下无主,则我帝命,陨越于下。昭烈皇帝体明睿之德,光演文武,应乾坤之运,出身平难,经营四方,人鬼同谋,百姓与能,兆民欣戴。奉顺符谶,建位易号,丕承天序,补弊兴衰,存复祖业,诞膺皇纲,不坠于地。万国未定,早世遐殂。朕以幼冲,继统鸿基,未习保傅之训,而婴祖宗之重。六合壅否,社稷不建,永惟所以,念在匡救,光载前绪,未有攸济,朕甚惧焉。

是以夙兴夜寐，不敢自逸，每从菲薄以益国用，劝分务穑以阜民财，授方任能以参其听，断私降意以养将士。欲奋剑长驱，指讨凶逆，朱旗未举，而丕复陨丧，斯所谓不燃我薪而自焚也。残类馀丑，又支天祸，恣睢河、洛，阻兵未弭。诸葛丞相弘毅忠壮，忘身忧国，先帝托以天下，以勖朕躬。今授之以旄钺之重，付之以专命之权，统领步骑二十万众，董督元戎，龚行天罚，除患宁乱，克复旧都，在此行也。昔项籍总一强众，跨州兼土，所务者大，然卒败垓下，死于东城，宗族焚如，为笑千载，皆不以义，陵上虐下故也。今贼效尤，天人所怨，奉时宜速，庶凭炎精、祖宗威灵相助之福，所向必克。吴王孙权同恤灾患，潜军合谋，掎角其后。凉州诸国王各遣月支、康居胡侯支富、康植等二十馀人诣受节度。大军北出，便欲率将兵马，奋戈先驱。天命既集，人事又至，师贞势并，必无敌矣。夫王者之兵，有征无战，尊而且义，莫敢抗也，故鸣条之役，军不血刃，牧野之师，商人倒戈。今於麾首路，其所经至，亦不欲穷兵极武。有能弃邪从正，箪食壶浆以迎王师者，国有常典，封宠大小，各有品限。及魏之宗族、支叶、中外，有能规利害、审逆顺之数，来诣降者，皆原除之。昔辅果绝亲于智氏，而蒙全宗之福；微子去殷，项伯归汉，皆受茅土之庆。此前世之明验也。若其迷沉不返，将助乱人，不式王命，戮其妻孥，罔有攸赦。广宣恩威，贷其元帅，吊其残民。他如诏书律令，丞相其露布天下，使称朕意焉。三国志卷三十三蜀志后主传裴注引诸葛亮集。

请宣大行皇帝遗诏表

澍案:蜀志,华阳国志先主崩于章武三年四月癸巳,时年六十三。亮上言于后主曰:

伏惟大行皇帝迈仁树德,覆焘无疆,昊天不吊,寝疾弥留,今月二十四日奄忽升遐,臣妾号咷,若丧考妣。乃顾遗诏,事惟大宗,动容损益;百寮发哀,满三日除服,到葬期复如礼;其郡国太守、相、都尉、县令长,三日便除服。臣亮亲受敕戒,震畏神灵,不敢有违。臣请宣下奉行。三国志卷三十二蜀志先主传。

文集　卷一

南征表㊀

初谓高定失其窟穴,获其妻子,道穷计尽,当归首以取生也。而邈蛮心异,乃更杀人为盟,纠合其类二千馀人,求欲死战。北堂书钞卷一百五十八。

㊀此表张澍本无,今增补。

前出师表

5

澍案:蜀志,建兴三年,曹丕殂,明年,曹叡立。五年,丞相亮帅诸军北伐魏,乃上表。

先帝创业未半而中道崩殂,今天下三分,益州疲敝,此诚危急存亡之秋也。然侍卫之臣不懈于内,忠志之士忘身于外者,盖追先帝之殊遇,欲报之于陛下也。诚宜开张圣听,以光先帝遗德,恢弘志士之气,不宜妄自菲薄,引喻失义,以塞忠谏之路也。宫中府中,俱为一体,陟罚臧否,不宜异同。若有作奸犯科及为忠善者,宜付有司论其刑赏,以昭陛下平明之理,不宜偏私,使内外异法也。侍中、侍郎郭攸之、费祎、董允等,此皆良实,志虑忠纯,是以先帝简拔以遗陛下。愚以为宫中之事,事无大小,悉以咨之,然后施行,必能裨补阙漏,有所广益。将军向宠,性行淑均,晓畅军事,试用于昔日,先帝称之曰能,是以众议举宠为督。愚以为营中之事,悉以咨之,必能使行陈和睦,优劣得所。亲贤臣,远小人,此先汉所以兴隆也;亲小人,远贤臣,此后汉所以倾颓也。先帝在时,每与臣论此事,未尝不叹息痛恨于桓、灵也。侍中、尚书、长史、参军,此悉贞亮死节之臣,愿陛下亲之信之,则汉室之隆,可计日而待也。臣本布衣,躬耕于南阳,苟全性命于乱世,不求闻达于诸侯。先帝不以臣卑鄙,猥自枉屈,三顾臣于草庐之中,谘臣以当世之事,由是感激,遂许先帝以驱驰。后值倾覆,受任于败军之际,奉命于危难之间,尔来二十有一年矣。先帝知臣谨慎,故临崩寄臣以大事也。受命以来,夙夜忧叹,恐付托不效,以伤先帝之明,故五月渡泸,深入不毛。今南方已定,兵甲已足,当奖率三军,北定中原,庶竭驽钝,攘除奸凶,兴复汉室,还于旧都,此臣所以报先帝,而忠陛下之职分也。至于斟酌损益,进尽忠言,则攸之、祎、允之任也。愿陛下托臣以讨贼兴复之效;不效,则治臣之罪,以告先帝之灵。若无兴德之言,则责攸之、祎、允等之慢,以彰其咎。陛下亦宜自谋,以谘诹善道,察纳雅言。深追先帝遗诏,臣不胜受恩感激。今当远离,临表涕零,不知所言。蜀志本传。

后出师表

澍案:汉晋春秋云,诸葛亮闻孙权破曹休,魏兵东下,关中虚弱,十一月上言云云,于是有散关之役。

先帝虑汉、贼不两立,王业不偏安,故托臣以讨贼也。以先帝之明,量臣之才,故知臣伐贼才弱敌强也;然不伐贼,王业亦亡,惟坐待亡,孰与伐之?是故托臣而弗疑也。臣受命之日,寝不安席,食不甘味,思惟北征,宜先入南,故五月渡泸,深入不毛,并日而食。臣非不自惜也,顾王业不得偏全于蜀都,故冒危难以奉先帝之遗意也,而议者谓为非计。今贼适疲于西,又务于东,兵法乘劳,此进趋之时也。谨陈其事如左:高帝明并日月,谋臣渊深,然涉险被创,危然后安。今陛下未及高帝,谋臣不如良、平,而欲以长计取胜,坐定天下,此臣之未解一也。刘繇、王朗各据州郡,论安言计,动引圣人,群疑满腹,众难塞胸,今岁不战,明年不征,使孙策坐大,遂并江东,此臣之未解二也。曹操智计殊绝于人,其用兵也,仿佛孙、吴,然困于南阳,险于乌巢,危于祁连,逼于黎阳,几败北山,殆死潼关,然后伪定一时耳,况臣才弱，而欲以不危而定之，此臣之未解三也。曹操五攻昌霸不下，四越巢湖不成，任用李服而李服图之，委夏侯而夏侯败亡，先帝每称操为能，犹有此失，况臣驽下，何能必胜？此臣之未解四也。自臣到汉中，中间期年耳，然丧赵云、阳群、马玉、阎芝、丁立、白寿、刘郃、邓铜等及曲长屯将七十馀人，突将、无前、賨叟、青羌、散骑、武骑一千馀人，此皆数十年之内所纠合四方之精锐，非一州之所有；若复数年，则损三分之二也，当何以图敌？此臣之未解五也。今民穷兵疲，而事不可息，事不可息，则住与行劳费正等，而不及今图之，欲以一州之地与贼持久，此臣之未解六也。夫难平者，事也。昔先帝败军于楚，当此时，曹操拊手，谓天下以定。然后先帝东连吴、越，西取巴、蜀，举兵北征，夏侯授首，此操之失计而汉事将成也。然后吴更违盟，关羽毁败，秭归蹉跌，曹丕称帝。凡事如是，难可逆见。臣鞠躬尽力，死而后已，至于成败利钝，非臣之明所能逆睹也。蜀志本传裴松之注。裴注云出张俨默记。

荐吕凯表

澍案：蜀志，吕凯为永昌郡吏。雍闿降吴，吴署闿为永昌太守。凯与府丞王伉，帅厉吏民，闭境拒闿。亮南征讨闿，闿为高定部曲所杀。亮至南，上表云云。以凯为云南太守，封阳迁亭侯。会凯为叛夷所害。而王伉亦封亭侯，为永昌太守。

永昌郡吏吕凯、府丞王伉等，执忠绝域，十有馀年，雍闿、高定逼其东北，而凯等守义不与交通。臣不意永昌风俗敦直乃尔！[○]三国志卷四十三蜀志吕凯传。

○张澍本句下尚有"以凯为云南太守，封阳迁亭侯"句，实蜀志文，张澍误入，今移文前案语。

弹李严表

澍案：江表传曰，诸葛亮表都尉李严云：[○]严少为郡职吏，用情深克，苟利其身。乡里为严谚曰："难可狎，李鳞甲。"太平御览卷四百九十六。

○据蜀志李严传，"都尉"应作"都护"。

弹李平表

澍案：蜀志，李严，字正方，南阳人。丞相亮以明年当出军，命严以中都护署府事。严改名为平。九年春，亮军祁山，平催督运事，值霖雨，呼亮来还。亮承以退军。平闻军退，乃更阳惊说："军粮饶足，何以便归？"亮具出其前后手笔，书疏本末，平辞穷情竭，首谢罪负。于是亮表平云：自先帝崩后，平所在治家，尚为小惠，安身求名，无忧国之事。臣当北出，欲得平兵以镇汉中，平穷难纵横，无有来意，而求以五郡为巴州刺史。去年臣欲西征，欲令平主督汉中,平说司马懿等开府辟召。臣知平鄙情,欲因行之际逼臣取利也,是以表平子丰督主江州,隆崇其遇,以取一时之务。平至之日,都委诸事,群臣上下皆怪臣待平之厚也。正以大事未定,汉室倾危,伐平之短,莫若褒之。然谓平情在于荣利而已,不意平心颠倒乃尔。若事稽留,将致祸败,是臣不敏,言多增咎。<u>三国志卷四十蜀志李严传</u>。

弹廖立表

澍案:<u>廖立</u>,字公渊,<u>武陵临沅</u>人。先主时,为侍中;后主立,徙长水校尉。<u>立</u>意自谓才名宜为<u>诸葛亮</u>之贰,而更游散,常怀怏怏。后与丞相掾<u>李郃</u>、<u>蒋琬</u>讪谤,<u>郃</u>、<u>琬</u>具白其言于<u>诸葛亮</u>。<u>亮</u>表<u>立</u>云:

<u>长水校尉廖立</u>,坐自贵大,臧否群士,公言国家不任贤达而任俗吏,又言万人率者皆小子也。诽谤先帝,疵毁众臣。人有言国家兵众简练,部伍分明者,<u>立</u>举头视屋,愤咤作色曰:"何足言!"凡如是者不可胜数。羊之乱群,犹能为害,况<u>立</u>托在大位,中人以下识真伪耶?<u>三国志卷四十蜀志廖立传</u>。

又弹廖立表

澍案:<u>裴松之</u>注,<u>亮</u>集有<u>亮</u>表云云。诏曰:"三苗乱政,有虞流宥,<u>廖立</u>狂惑,朕不忍刑,亟徙不毛之地。"

<u>立</u>奉先帝无忠孝之心,守<u>长沙</u>则开门就敌,领<u>巴郡</u>则有闇昧阘

茸其事,随大将军则诽谤讥诃,侍梓宫则挟刃断人头于梓宫之侧。陛下即位之后,普增职号,立随比为将军,面语臣曰:"我何宜在诸将军中! 不表我为卿,上当在五校!"臣答:"将军者,随大比耳。至于卿者,正方亦未为卿也。且宜处五校。"自是之后,怏怏怀恨。<u>三国志卷四十蜀志廖立传裴注引诸葛亮集</u>。

公文上尚书

<u>平</u>为大臣,受恩过量,不思忠报,横造无端,危耻不办,迷罔上下,论狱弃科,导人为奸,情狭志狂,若无天地。自度奸露,嫌心遂生,闻军临至,西向托疾还<u>沮</u>、<u>漳</u>,军临至<u>沮</u>,复还<u>江阳</u>,<u>平</u>参军<u>狐忠</u>劝谏乃止。今篡贼未灭,社稷多难,国事惟和,可以克捷,不可苞含,以危大业。辄与行中军师车骑将军都乡侯臣<u>刘琰</u>、使持节前军师征西大将军领<u>凉州</u>刺史<u>南郑侯</u>臣<u>魏延</u>、前将军都亭侯臣<u>袁綝</u>、左将军领<u>荆州</u>刺史<u>高阳乡侯</u>臣<u>吴壹</u>、督前部右将军<u>玄乡侯</u>臣<u>高翔</u>、督后部后将军<u>安乐亭侯</u>臣<u>吴班</u>、领长史绥军将军臣<u>杨仪</u>、督左部行中监军扬武将军臣<u>邓芝</u>、行前监军征南将军臣<u>刘巴</u>、行中护军偏将军臣<u>费祎</u>、行前护军偏将军<u>汉成亭侯</u>臣<u>许允</u>、行左护军笃信中郎将臣<u>丁咸</u>、行右护军偏将军臣<u>刘敏</u>、行护军征南将军<u>当阳亭侯</u>臣<u>姜维</u>、行中典军讨虏将军臣<u>上官雝</u>、行中参军昭武中郎将臣<u>胡济</u>、行参军建义将军臣<u>阎晏</u>、行参军偏将军臣<u>爨习</u>、行参军裨将军臣<u>杜义</u>、行参军武略

中郎将臣杜祺、行参军绥戎都尉臣盛勃、领从事中郎武略中郎将臣樊岐等议，辄解平任，免官禄、节传、印绶、符策，削其爵土。<u>三国志卷四十蜀志李严传</u>裴注引。

上言追尊甘夫人为昭烈皇后

> 澍案：<u>蜀志</u>，<u>甘夫人生后主</u>，章武二年，追尊谥<u>皇思夫人</u>。<u>先主薨</u>，<u>亮上言</u>，追尊为后。

<u>皇思夫人</u>履行修仁，淑慎其身。大行皇帝，昔在上将，嫔妃作合，载育圣躬。大命不融。大行皇帝存时，笃义垂恩，念<u>皇思夫人</u>神柩在远飘飘，特遣使者奉迎。会大行皇帝崩，今<u>皇思夫人</u>神柩以到，又梓宫在道，园陵将成，安厝有期。臣辄与太常臣<u>赖恭</u>等议：<u>礼记</u>曰："立爱自亲始，教民孝也；立敬自长始，教民顺也。"不忘其亲所由生也。<u>春秋</u>之义，母以子贵。昔<u>高皇帝</u>追尊<u>太上昭灵夫人</u>为<u>昭灵皇后</u>，<u>孝和皇帝</u>改葬其母<u>梁贵人</u>，尊号曰<u>恭怀皇后</u>，<u>孝愍皇帝</u>亦改葬其母<u>王夫人</u>，尊号曰<u>灵怀皇后</u>。今<u>皇思夫人</u>宜有尊号，以慰寒泉之思，辄与<u>恭</u>等案谥法，宜曰<u>昭烈皇后</u>。诗曰："谷则异室，死则同穴。"故<u>昭烈皇后</u>宜与大行皇帝合葬，臣请太尉告宗庙，布露天下，具礼仪别奏。<u>三国志卷三十四蜀志甘皇后传</u>。

上事表

臣先遣虎步监<u>孟玉</u>据<u>武功水</u>东，<u>司马懿</u>因水涨，以二十日出骑万人,来攻玉营。臣作车桥,贼见桥垂成,便引兵退。^一太平御览卷七十三。

〇水经注卷十八渭水注载诸葛亮表云:"臣遣虎步监孟琰据武功水东。司马懿因水长,攻琰营。臣作竹桥,越水射之;桥成,驰去。"

祁山表

祁山去沮县五百里,有民万户。瞩其丘墟,信为殷矣。水经注卷二十漾水注。

表

澍案:郡国志注引诸葛亮表云云,并皆未详所在县。

耽文山、泽山、司弥瘗山、娄山、辟龙山。

举蒋琬密表

澍案:华阳国志云,初,亮密表后主,以杨仪性狷狭,若臣不幸,可以蒋琬代臣。于是以琬为尚书令,总统国事。是表中兼言杨仪性狷狭也。蜀志二语该略之词,非全文矣。

臣若不幸,后事宜以付琬。三国志卷四十四蜀志蒋琬传。

自表后主^一

臣初奉先帝,^二资仰于官,不自治生。今^三成都有桑八百株,薄田十五顷,子弟衣食,自有馀饶。至于臣在外任,无别调度,随身衣食,悉仰于官,不别治生,以长尺寸。若臣死之日,不使内有馀帛,外有赢财,以负陛下。蜀志本传。

㊀张澍本原题作临终遗表,按蜀志本传,似并非遗表,今据严可均辑全上古秦汉三国六朝文改。

㊁张澍本篇首原有"伏念臣赋性拙直,遭时艰难,兴师北伐,未获全功,何期病在膏肓,命垂旦夕。伏愿陛下清心寡欲,约己爱民,达孝道于先君,布仁心于寰宇,提拔隐逸,以进贤良,屏黜谗奸,以厚风俗。臣家"(以下接"成都有桑八百株")七十一字,为蜀志所无。严辑全三国文,谓"伏念"以下六十九字见张采三国文,而未知所本。胡赞猷本载李云生曰:自"伏念"起至"厚风俗"止,系范忠宣遗表语。按检范纯仁集,其遗表云:"伏望皇帝陛下,清心寡欲,约己便民,达孝道于精微,扩仁心于广远,深绝朋党之论,审察邪正之归,搜拔幽隐,以尽人材,屏斥奇巧,以厚风俗。"其语略同。或系后人改写羼入,加于篇首,故删。

㊂以上十四字亦为蜀志所无,今据北堂书钞三十八补。

街亭自贬疏

澍案:蜀志,亮使马谡督诸军在前,与张郃战于街亭,谡违亮节度,举动失宜,为郃所破。亮拔西县千馀家,还于汉中。戮谡以谢众,上疏自贬。于是以亮为右将军,行丞相事。

臣以弱才,叨窃非据,亲秉旄钺以厉三军,不能训章明法,临事而惧,至有街亭违命之阙,箕谷不戒之失,咎皆在臣,授任无方。臣明不知人,恤事多闇,春秋责帅,臣职是当。请自贬三等,以督厥咎。蜀志本传。

正　议

澍案：裴松之蜀志注，亮集曰，是岁建兴元年，魏司徒华歆、司空王朗、尚书令陈群、太史令许芝、谒者仆射诸葛璋各有书与亮，陈天命人事，欲使举国称藩。亮遂不报，作正议云云以绝之。

昔在项羽，起不由德，虽处华夏，秉帝者之势，卒就汤镬，为后永戒。魏不审鉴，今次之矣；免身为幸，戒在子孙。而二三子各以耆艾之齿，承伪指而进书，有若崇、竦称莽之功，亦将逼于元祸苟免者邪！昔世祖之创迹旧基，奋羸卒数千，摧莽强旅四十馀万于昆阳之郊。夫据道讨淫，不在众寡。及至孟德，以其谲胜之力，举数十万之师，救张郃于阳平，势穷虑悔，仅能自脱，辱其锋锐之众，遂丧汉中之地，深知神器不可妄获，旋还未至，感毒而死。子桓淫逸，继之以篡。纵使二三子多逞苏、张诡靡之说，奉进驩兜滔天之辞，欲以诬毁唐帝，讽解禹、稷，所谓徒丧文藻烦劳翰墨者矣！夫大人君子之所不为也。又军诫曰："万人必死，横行天下。"昔轩辕氏整卒数万，制四方，定海内，况以数十万之众，据正道而临有罪，可得干拟者哉！蜀志本传裴注引诸葛亮集。

绝盟好议

澍案：汉晋春秋曰，是岁，孙权称尊号，其群臣以并尊二帝来告。议者咸以为交之无益，而名体弗顺，宜显明正义，绝其盟好。亮云云。乃遣卫尉陈震庆权正号。

权有僭逆之心久矣，国家所以略其衅情者，求掎角之援也。今若加显绝，雠我必深，便当移兵东伐，与之角力，须并其土，乃议中原。彼贤才尚多，将相缉穆，未可一朝定也。顿兵相持，坐而须老，使北贼得计，非算之上者。若孝文卑辞匈奴，先帝优与吴盟，皆应权通变，弘思远益，非匹夫之为忿者也。今议者咸以权利在鼎足，不能并力，且志望以满，无上岸之情，推此，皆似是而非也。何者？其智力不侔，故限江自保；权之不能越江，犹魏贼之不能渡汉，非力有馀而利不取也。若大军致讨，彼高当分裂其地以为后规，下当略民广境，示武于内，非端坐者也。若就其不动而睦于我，我之北伐，无东顾之忧，河南之众不得尽西，此之为利，亦已深矣。权僭之罪，未宜明也。蜀志本传裴注引汉晋春秋。

上先帝书

澍案：蜀记，帝自涪攻雒，亮遣马良上帝书云云。已而军师庞统中流矢死。

16

亮算太乙数，今年岁次癸巳，罡星在西方；又观乾象，太白临于雒城之分，主于将帅，多凶少吉。〇

〇陈志裴注俱无此条，今从严可均全上古秦汉三国六朝文辑，严注谓张溥百三家集引太乙飞铃。疑出后人伪托。

为法正答或问书

澍案：蜀志、汉晋春秋，或谓亮曰："法正太纵横，宜启主上，以抑其威福。"亮答之曰：

主公之在公安也，北畏曹公之强，东惮孙权之逼，近则惧孙夫人生变于肘腋之下；当斯之时，进退狼跋，法孝直为之辅翼，令翻然翱翔，不可复制，如何禁止法正使不得行其意耶！三国志卷三十七蜀志法正传。

答法正书

澍案：蜀志，亮刑法峻急，法正谏曰："昔高祖入关，约法三章，秦民知德。今君假借威力，跨据一州，初有其国，未垂惠抚；且客主之义，宜相降下，愿缓刑弛禁，以慰其望。"故答之。

君知其一，未知其二。秦以无道，政苛民怨，匹夫大呼，天下土崩，高祖因之，可以弘济。刘璋暗弱，自焉已来有累世之恩，文法羁縻，互相承奉，德政不举，威刑不肃。蜀土人士，专权自恣，君臣之道，渐以陵替；宠之以位，位极则贱，顺之以恩，恩竭则慢。所以致弊，实由于此。吾今威之以法，法行则知恩，限之以爵，爵加则知荣；恩荣并济，上下有节。为治之要，于斯而著。蜀志本传裴注引郭冲五事。

17

答关羽书

澍案:蜀志,羽闻马超来降,本非故旧,作书与亮,问超人才可谁比类。亮知羽护前,答此书云云。羽大说。

孟起兼资文武,雄烈过人,一世之杰,黥、彭之徒,当与益德并驱争先,犹未及髯之绝伦逸群也。三国志卷三十六蜀志关羽传。

与杜微书

澍案:蜀志,杜微,字国辅,涪人。先为刘璋从事,以疾去官。先主定蜀,微称聋,闭门不出。亮领益州牧,选迎皆妙简旧德,以微为主簿。微固辞,舆而致之。亮以微不闻人语,于坐上与书云:

服闻德行,饥渴历时,清浊异流,无缘咨觐。王元泰、李伯仁、王文仪、杨季休、丁君干、李永南兄弟、文仲宝等,每叹高志,未见如旧。猥以空虚,统领贵州,德薄任重,惨惨忧虑。朝廷(主公)今年始十八,天资仁敏,爱德下士。天下之人思慕汉室,欲与君因天顺民,辅此明主,以隆季兴之功,著勋于竹帛也。以谓贤愚不相为谋,故自割绝,守劳而已,不图自屈也。三国志卷四十二蜀志杜微传。

澍案:顾炎武曰:"无称朝廷为主公之理,是后人所改。"

答杜微书

澍案:蜀志,微自乞老病求归,亮又与书答之。拜谏议大夫,以从其志。

曹丕篡弑,自立为帝,是犹土龙刍狗之有名也。欲与群贤因其邪伪,以正道灭之。怪君未有相诲,便欲求还于山野。丕又大兴劳役,以向吴、楚。今因丕多务,且以闭境勤农,育养民物,并治甲兵,以待其挫,然后伐之,可使兵不战民不劳而天下定也。君但当以德辅时耳,不责君军事,何为汲汲欲求去乎! 同前。

文集 卷一

答李恢书

澍案:蜀志,李恢,字德昂,建宁俞元人,为庲降都督,使持节,领交州刺史,住平夷县。

行当离别,以为惆怅,今致氍毺一以达心也。太平御览卷七百八。

与刘巴书

澍案:零陵先贤传云,巴往零陵,事不成,欲游交州,道还京师。时诸葛亮在临烝,巴与亮书,亮追谓曰:

刘公雄才盖世,据有荆土,莫不归德,天人去就,已可知矣。足下欲何之? 三国志卷三十九蜀志刘巴传裴注引零陵先贤传。

与刘巴论张飞书

澍案:零陵先贤传云,张飞尝就巴宿,巴不与语,飞遂忿恚。

诸葛亮谓巴云:

张飞虽实武人,敬慕足下。主公今方收合文武,以定大事;足下虽天素高亮,宜少降意也。同前。

答李严书

澍案:裴松之注,诸葛亮集有严与亮书,劝亮宜受九锡,进爵称王。亮答书曰:

吾与足下相知久矣,可不复相解!足下方诲以光国,戒之以勿拘之道,是以未得默已。吾本东方下士,误用于先帝,位极人臣,禄赐百亿。今讨贼未效,知己未答,而方宠齐、晋,坐自贵大,非其义也。若灭魏斩叡,帝还故居,与诸子并升,虽十命可受,况于九邪!三国志卷四十蜀志李严传裴注引诸葛亮集。

又与李严书

吾受赐八十万斛,今蓄财无馀,妾无副服。北堂书钞卷三十八。

与张鲁书

灵仙养命,犹节松霞,而享身嗜味,奚能尚道?艺文类聚。

与张裔书

澍案:蜀志,亮北驻汉中,欲用裔为留府长史,问杨洪,对曰:"裔天姿明察,性不公平,恐不可专任,不如留向朗。"初,裔子为洪吏,微过受罚,裔以为恨。时或疑洪自欲作长史,或知裔自嫌,不愿裔剧要职。后裔与司盐校尉岑述不和,至于忿恨。亮与裔书云云。论者由是明洪无私。

君昔在(栢)〔陌〕下,营坏,吾之用心,食不知味;[○]后流迸南海,相为悲叹,寝不安席;及其来还,委付大任,同奖王室,自以为与君古之石交也。石交之道,举雠以相益,割骨肉以相明,犹不相谢也,况吾但委意于元俭,而君不能忍邪?三国志卷四十一蜀志杨洪传。

○案裔本传,刘璋尝授裔兵,拒张飞于德阳陌下,军败,还成都,亮书云云,即此事。

与张裔蒋琬书

澍案:蜀志,时亮辟姜维为仓曹掾,加奉义将军;与留府长史张裔、参军蒋琬书云:

姜伯约忠勤时事,思虑精密,考其所有,永南、季常诸人不如也。其人,凉州上士也。三国志卷四十四蜀志姜维传。

澍案:华阳国志云:"姜伯约西州上士,马季常、李永南不如也。"与此微异。

又与张裔蒋琬书

须先教中虎步兵五六千人。姜伯约甚敏于军事,既有胆义,深解兵意。此人心存汉室,而才兼于人,毕教军事,当遣诣宫,觐见主上。同前。

又与张裔蒋琬书

澍案:裴松之蜀志注,赖厷,赖恭子,为丞相曹令史,随诸葛亮于汉中,早夭,亮甚惜之,与留府长史参军张裔、蒋琬书曰:

令史失赖厷,掾属丧杨颙,为朝中损益多矣。三国志卷四十五蜀志杨戏传注。

与蒋琬董允书

澍案:蜀志,李平坐诬罔废;亮与长史蒋琬、侍中董允书曰:

孝起前临至吴,为吾说正方腹中有鳞甲,乡党以为不可近。吾以为鳞甲者但不当犯之耳,不图复有苏、张之事出于不意。可使孝起知之。三国志卷三十九蜀志陈震传。

与孟达论李严书

澍案:蜀志,李严与孟达书曰:"吾与孔明俱受寄托,忧深责

重,思得良伴。"亮亦与达书云:

部分如流,趣舍罔滞,<u>正方</u>性也。三国志卷四十蜀志李严传。

与孟达书

澍案:<u>蜀志</u>,<u>达</u>与<u>刘封</u>不和,叛归<u>魏</u>,为<u>新城</u>太守。<u>亮</u>南行,归至<u>汉阳县</u>。降人<u>李鸿</u>诣<u>亮</u>,言:"间过<u>孟达</u>许,适见<u>王冲</u>从南来,言往者<u>达</u>之去就,明公切齿,欲诛<u>达</u>妻子,赖<u>先主</u>不听耳。<u>达</u>尽不信<u>冲</u>言,委仰明公,无复已已。"<u>亮</u>将北伐,欲诱<u>达</u>为外援,乃与<u>达</u>书。<u>达</u>得书,数相交通,欲叛<u>魏</u>。<u>魏</u>遣<u>司马懿</u>征之,即斩<u>达</u>。

往年南征,岁末乃还,适与<u>李鸿</u>会于<u>汉阳</u>,承知消息,慨然永叹,以存足下平素之志,岂徒空托名荣,贵为乖离乎!呜呼<u>孟子</u>,斯实<u>刘封</u>侵陵足下,以伤先主待士之义。^㊀又<u>鸿</u>道<u>王冲</u>造作虚语,云足下量度吾心,不受<u>冲</u>说。寻表明之言,追平生之好,依依东望,故遣有书。三国志卷四十一蜀志费诗传。

㊀<u>华阳国志</u>(卷二)载<u>诸葛亮</u>书,作:"嗟乎<u>孟子</u>度!迩者<u>刘封</u>侵陵足下,以伤先帝待士之望,慨然永叹,每存足下平素之志,岂虚托名载策者哉!"

与步骘书

仆前军在<u>五丈原</u>。原在<u>武功</u>西十里。<u>马冢</u>在<u>武功</u>东十馀里,有高势,攻之不便,是以留耳。水经注卷十八渭水注。

与陆逊书

澍案:吴志,恪为亮兄瑾之子,孙权置节度官,典掌军粮,将用恪。亮与逊书云云。逊以白权,即转恪领兵。又案:艺文类聚引江表传曰,诸葛亮闻恪代徐详,与陆逊书曰:

家兄年老,而恪性疏,今使典主粮谷,粮谷军之要最,仆虽在远,窃用不安。足下特为启至尊转之。三国志卷六十四吴志诸葛恪传裴注引江表传。

与孙权书

汉室不幸,王纲失纪,曹贼篡逆,蔓延及今,皆思剿灭,未遂同盟。亮受昭烈皇帝寄托之重,敢不竭力尽忠。今大兵已会于祁山,狂寇将亡于渭水。伏望执事以同盟之义,命将北征,共靖中原,同匡汉室。书不尽言,万希昭鉴。艺文类聚。

又与孙权书

所送白耗薄少,重见辞谢,益以增惭。太平御览卷三百四十一。

答司马懿书

澍案:魏略云,孟建,字公威,少与诸葛亮俱游学。亮后出祁山,答司马宣王书云。

使杜子绪宣意于公威也。三国志卷十五魏志温恢传裴注引魏略。

又案:魏志,汝南孟建为凉州刺史,有治名,官至征东将军。

与兄瑾论白帝兵书

兄嫌白帝兵非精练。到所督,则先帝帐下白牦,西方上兵也。嫌其少也,当复部分江州兵以广益之。太平御览卷三百四十一。

与兄瑾言赵云烧赤崖阁道书

澍案:蜀志赵云传云,亮驻汉中,出军,扬声由斜谷道,令赵云与邓芝往拒曹真,身攻祁山。云、芝兵弱敌强,失利于箕谷。又案赵云别传云,云败退,有军资馀绢,亮欲分赐将士。云曰:"军事无利,何为有赏赐?其物请悉入赤崖府库,须十月为冬赐。"与瑾二书,即其事也。

前赵子龙退军,烧坏赤崖以北阁道。缘谷百馀里,其阁梁一头入山腹,其一头立柱于水中。今水大而急,不得安柱,此其穷极,不可强也。水经注卷二十七沔水注。

与兄瑾言大水赤崖桥阁悉坏书

顷大水暴出,赤崖以南,桥阁悉坏。时赵子龙与邓伯苗,一戍<u>赤崖</u>屯田，一戍<u>赤崖口</u>，但得缘崖与<u>伯苗</u>相闻而已。
同前。

与兄瑾言治绥阳谷书

<u>澍</u>案：<u>渭水</u>东与<u>阳溪</u>合，上承<u>斜谷水</u>，自<u>斜谷</u>分注<u>绥阳溪</u>，北届<u>陈仓</u>入<u>渭</u>。故<u>亮</u>与兄<u>瑾</u>书云：

有<u>绥阳</u>小谷，虽山崖绝险，溪水纵横，难用行军。昔逻候往来，要道通入。今使前军斫治此道，以向<u>陈仓</u>，足以扳连贼势，使不得分兵东行者也。<u>水经注卷十七渭水注</u>。

与兄瑾论陈震书

<u>澍</u>案：<u>蜀志</u>，<u>陈震</u>，字<u>孝起</u>，为卫尉，入<u>吴</u>贺<u>孙权</u>践阼。<u>亮</u>与<u>瑾</u>书云：

<u>孝起</u>忠纯之性，老而益笃，及其赞述东西，欢乐和合，有可贵者。<u>三国志卷三十九蜀志陈震传</u>。

与兄瑾言孙松书

<u>澍</u>案：<u>吴志</u>，<u>孙翊</u>子<u>松</u>，为射声校尉，卒，故<u>亮</u>与<u>瑾</u>书云云，其悼松如此。由<u>亮</u>养子<u>乔</u>咨述，事在<u>黄龙</u>三年。

既受东朝厚遇，依依于子弟。又子<u>乔</u>良器，为之恻怆。见其所与<u>亮</u>器物，感用流涕。<u>三国志卷五十一吴志孙翊传</u>。

与兄瑾言殷礼书

澍案:殷基通语,殷礼,字德嗣,吴郡云阳人,通占候。张温与入蜀,亮见叹之,故与兄瑾书云:

殷德嗣秀才[一],今之侨肸者也。太平御览卷一千。

[一]御览"德"作"住",非,今据三国志卷五十二吴志顾邵传改。

与兄瑾言子乔书

澍案:蜀志,乔字伯松,亮兄瑾之子。亮先未有子,求乔为嗣,拜驸马都尉。裴松之注此书在亮集。

乔本当还成都,今诸将子弟皆得传运,思惟宜同荣辱。今使乔督五六百兵,与诸子弟传于谷中。蜀志本传裴松之注。

与兄瑾言子瞻书

澍案:蜀志,亮子瞻,字思远。建兴中,亮出武功,与瑾书云:

瞻今已八岁,聪慧可爱,嫌其早成,恐不为重器耳。蜀志本传。

诫子书

夫君子之行,静以修身,俭以养德,非澹泊无以明志,非宁静无以致远。夫学须静也,才须学也,非学无以广才,非志无以成学。淫慢则不能励精，险躁则不能治性。年与时驰，意与日去，遂成枯落，多不接世，悲守穷庐，将复何及！<u>太平御览卷四百五十九</u>。

又诫子书

夫酒之设，合礼致情，适体归性，礼终而退，此和之至也。主意未殚，宾有馀倦，可以至醉，无致迷乱。<u>太平御览卷四百九十七</u>。

诫外生书

夫志当存高远，慕先贤，绝情欲，弃凝滞，使庶几之志，揭然有所存，恻然有所感；忍屈伸，去细碎，广咨问，除嫌吝，虽有淹留，何损于美趣，何患于不济。若志不强毅，意不慷慨，徒碌碌滞于俗，默默束于情，永窜伏于凡庸，不免于下流矣！<u>太平御览卷四百五十九</u>。

卷 二

答蒋琬教

澍案：蜀志，亮开府，辟琬为东曹掾。举茂才，琬固让刘邕、阴化、庞延、廖淳，亮答之曰：

思惟背亲舍德，以珍百姓，众人既不隐于心，实又使远近不解其义，是以君宜显其功举，以明此选之清重也。三国志卷四十四蜀志蒋琬传。

与李丰教

澍案：蜀志，初，亮以李严子丰为江州都督，命严以中都护署府事。严改名平。亮军祁山，平催督军事，值天霖雨，运粮不继，呼亮来还；军退，乃更阳惊："军粮饶足，何以便归？"又表后主，说军诈退，欲以诱敌。亮出其前后书疏，表废为民，又教与平子丰云：

吾与君父子戮力以奖<u>汉室</u>，此神明所闻，非但人知之也。表都护典<u>汉中</u>，委君于<u>东关</u>者，不与人议也。谓至心感动，终始可保，何图中乖乎！昔<u>楚卿</u>屡绌，亦乃克复，思道则福，应自然之数也。愿宽慰都护，勤追前阙。今虽解任，形业失故，奴婢宾客百数十人，君以中郎参军居府，方之气类，犹为上家。若都护思负一意，君与<u>公琰</u>推心从事者，否可复通，逝可复还也。详思斯戒，明吾用心，临书长叹，涕泣而已！三国志卷四十蜀志李严传裴注引。

澍案：<u>李善文选</u>注引"详思斯戒，明吾丹心"，又以为与<u>李平</u>教，皆误也。

与张裔教

去妇不顾门，萎韭不入园，以妇人之性，草莱之情，犹有所耻，想忠壮者意何所之？太平御览卷九百七十六。

黜来敏教

澍案：<u>蜀志</u>，<u>来敏</u>，字敬达，<u>义阳新野</u>人。<u>先主</u>定<u>益州</u>，署敏典学校尉，及立太子，为家令。<u>后主</u>践阼，为虎贲中郎将。丞相<u>亮</u>住<u>汉中</u>，请为军祭酒、辅军将军，坐事去职。<u>裴松之</u>注：<u>亮</u>集有教云：

将军<u>来敏</u>对<u>上官显</u>言："新人有何功德而夺我荣资与之邪？诸人共憎我，何故如是？"<u>敏</u>年老狂悖，生此怨言。昔成都初定，议者以为来敏乱群，先帝以新定之际，故遂含容，无所礼用。后刘子初选以为太子家令，先帝不悦而不忍拒也。后主〔上〕即位，吾闇于知人，遂复擢为将军祭酒，违议者之审见，背先帝所疏外，自谓能以敦厉薄俗，帅之以义。今既不能，表退职，使闭门思愆。<u>三国志卷四十二蜀志来敏传</u>裴注引。

称姚伷教

澍案：姚伷，字子绪，<u>阆中</u>人。<u>先主</u>定<u>益州</u>，辟为功曹书佐。<u>建兴</u>元年，为<u>广汉</u>太守。丞相<u>亮</u>北驻<u>汉中</u>，辟为掾。并进文武之士，<u>亮</u>称曰：

忠益者莫大于进人，进人者各务其所尚；今姚掾并存刚柔，以广文武之用，可谓博雅矣，愿诸掾各希此事，以属其望。<u>三国志卷四十五蜀志杨戏传</u>注引。

与群下教

澍案：<u>蜀志</u>，<u>董和</u>与<u>诸葛亮</u>并署左将军大司马府事，献可替否，共为欢交。<u>和</u>死之日，家无儋石之储。<u>亮</u>后为丞相，因发教群下曰：

31

夫参署者，集众思广忠益也。若远小嫌，难相违覆，旷阙损矣。违覆而得中，犹弃弊蹻而获珠玉。然人心苦不能尽，惟<u>徐元直</u>处兹不惑，又<u>董幼宰</u>参署七年，事有不至，至于十反，来相启告。苟能慕元直之十一，幼宰之殷勤，有忠于国，则亮可少过矣。三国志卷三十九蜀志董和传。

又与群下教○

昔初交州平，屡闻得失，后交元直，勤见启诲，前参事于幼宰，每言则尽，后从事于伟度，数有谏止；虽姿性鄙暗，不能悉纳，然与此四子终始好合，亦足以明其不疑于直言也。同前。

○张澍于题下注云："案此疑即蜀志所云称胡济教也。"蜀志，胡济字伟度，为丞相主簿，有忠荩之效，诸葛亮发教群下，与董和、徐庶并称。

与参军掾属教

任重才轻，故多阙漏。前参军董幼宰，每言辄尽，数有谏益，虽性鄙薄，不能悉纳。幼宰参署七年，事有不至，至于十反，未有忠于国如幼宰者。亮可以少过矣。太平御览卷二百四十九。

劝将士勤攻己阙教

澍案：汉晋春秋曰，街亭之败，或劝诸葛亮更发兵者，亮教云云。于是考微劳，甄壮烈，引咎责躬，布所失于天下，厉兵讲武，以为后图，戎士简练，民忘其败矣。

大军在祁山箕谷，皆多于贼，而不能破贼为贼所破者，则此病不在兵少也，在一人耳。今欲减兵省将，明罚思过，校变通之道于将来；若不能然者，虽兵多何益！自今已后，诸有忠虑于国，但勤攻吾之阙，则事可定，贼可死，功可蹻足而待矣。蜀志本传裴注引汉晋春秋。

教

昔孙叔敖乘马三年，不知牝牡，称其贤也。艺文类聚卷九十三。

澍案：韩非子，孙叔敖相楚，栈车牝马，粝饼菜羹，枯鱼之膳，冬羔裘，夏葛衣。牝马事出此。

教

今民贫国虚，决敌之资，惟仰锦耳。太平御览卷八百十五。

转　教

计一岁运，用蓬旅簟十万具。〇太平御览卷七百八。

〇张澍本作"千万具"。又此条御览引作"诸葛亮转教"，严可均全三国文同，张澍本则作转运教。今从御览。

南征教

澍案：玉海，建兴元年，亮举众南征，为教曰：

用兵之道，攻心为上，攻城为下；心战为上，兵战为下。[○]

○张澍案云：案蜀志马谡传，此系谡劝亮语，王氏引为南征教，当有据。

作斧教

前后所作斧，都不可用。前到武都一日，鹿角坏刀环[○]千馀枚，赖贼已走。若未走，无所复用。间自令作部刀斧数百枚，用之百馀日，初无坏者。余乃知彼主者无意，宜收治之，非小事也。若临敌，败人军事矣。太平御览卷三百三十七、七百六十三。

○“环”，御览一作“斧”。

作匕首教

百步作匕首五百枚，[○]以给骑士。北堂书钞卷一百二十三。

○艺文类聚卷六十引诸葛故事，“百步”作“成都”。太平御览卷三百四十六作：“作部作匕首五百枚，以给骑士。”

34

作刚铠教

敕作部皆作五折刚铠。十折矛以给之。太平御览卷三百五十三。

贼骑来教

若贼骑左右来至，徒从行以战者，陟岭不便，宜以车蒙陈而待之。地狭者，宜以锯齿而待之。<u>北堂书钞卷一百十七</u>。

军　令

闻雷鼓音，举白幢绛旗，大小船进战，[⊖]不进者斩。闻金音，举青旗，船还。若贼近，徐还；远者，疾还。[⊜]<u>北堂书钞卷一百二十</u>。

⊖太平御览卷三百四十"船"下有"皆"字。

⊜御览作："闻金音、举青旗，船皆止，不止者斩。"无"若贼近"以下九字。

军　令

闻鼓音，举黄帛两半幡合旗，为三面陈。[⊖]<u>北堂书钞卷一百十七</u>。

⊖太平御览卷三百四十一作："五闻鼓音，举黄帛两半幡合旗，为三面员阵。"

军　令

连衡之陈，似狭而厚，[⊖]为利陈。令骑不得与相离，护侧骑与相远。<u>北堂书钞卷一百十七</u>。

⊖太平御览卷三百一作："连衡阵，狭而厚也。"

军　令

敌以来进持鹿角，兵悉却在连冲后。敌已附，鹿角里兵但得进踞，以矛戟刺之，不得起住，起住妨弩。太平御览卷三百十七。

军　令

始出营，㊀竖矛戟，舒幡旗，鸣鼓角。行三里，㊁辟矛戟，结幡旗，鸣鼓角。㊂未至营三里，复竖矛戟，舒幡旗，鸣鼓角。至营，复结幡旗，止鼓角。违令者髠。太平御览卷三百三十九。

㊀北堂书钞卷一百二十，"营"下有"者"字。

㊁北堂书钞无"行"字。

㊂北堂书钞"鸣"作"止"。

军　令

战时，皆取船上布幔、布衣渍水中，积聚之，以助水淹。贼有火炬、火箭，以掩灭之。违令者髠劓耳。㊀北堂书钞卷一百三十二。

㊀艺文类聚卷六十九、太平御览卷六百九十九，皆无"以助水淹"及"违令者髠劓耳"等字。又"贼有火炬、火箭"，御览作"贼有炬炎箭"。

军　令

凡战临陈,皆无讙哗,明听鼓音,谨视幡麾,麾前则前,麾后则后,麾左则左,麾右则右,不闻令而擅前后左右者斩。<u>太平御览卷三百四十一</u>。

军　令

两头进战,视麾所指,闻三金音,止,二金音,还。<u>太平御览卷三百四十一</u>。

军　令

帐下及右阵各持彭排。<u>太平御览卷三百五十七</u>。

军　令

<u>澍</u>案:<u>魏略</u>云,建安中,<u>刘表</u>为<u>荆州</u>牧。<u>刘备</u>时在<u>荆州</u>,众力尚少。<u>亮</u>云云。<u>备</u>从其言,故众遂强。又云,可语镇南,令国中凡有游户云云。与<u>通典</u>微异,而<u>通典</u>引作军令。

今<u>荆州</u>非少人也,而著籍者寡,平居发调,则人心不悦;可语镇南,令国中凡有游户,皆使自实,因录以益众可也。<u>蜀志本传裴注引魏略</u>。

军令^㊀

尝以己丑日祠牛马先。祝文曰：某月己丑，某甲敢告牛马先。马者，用兵之道，牛者，军农之用。谨洁牲黍稷旨酒，敬而荐之。<u>太平御览卷五百二十六。</u>

㊀以下五条军令，<u>张</u>澍本无，今据<u>御览</u>、<u>书钞</u>等补入。

军令

军行济河，主者常先沉白璧，文曰：某主使者某甲敢告于河，贼臣某甲作乱，天子使某率众济河，征讨丑类，故以璧沉，惟尔有神裁之。<u>太平御览卷五百二十六。</u>

军令

金鼓幢麾隆冲皆以立秋日祠。先时一日，主者请祠，其主者奉祠。若出征有所克获，还亦祠。向敌祠，血于钟鼓。秋祠及有所克获，但祠，不血钟鼓。祝文：某官使主者某，敢告隆衡钟鼓幢麾。夫军武之器者，所以正不义，为民除害也。谨以立秋之日，洁牲黍稷旨酒而敬荐之。<u>太平御览卷五百二十六。</u>

军令

军列营，步骑士以下皆著兜鍪。<u>太平御览三百五十六。</u>

军　令

军行,人将一斗干饭,不得持乌育及幔,什光耀日,往就与
会矣。北堂书钞卷一百三十二。

兵　法

　　澍案:玉海引苏氏曰,诸葛亮与魏角战兵法云:
知有所甚爱,知有所不足爱,可以用兵矣。故夫善将者,以
其所不足爱者,养其所甚爱者。士之不能皆锐,马之不能
皆良,器械之不能皆坚固也,处之而已矣。兵之有上中下
也,是兵之有三权也。孙膑有言曰:“以君下驷,与彼上
驷;取君上驷,与彼中驷;取君中驷,与彼下驷。”此兵说
也,非马说也。下下之不足以与其上也,吾既知之矣,吾既
弃之矣。中之不足以与吾上,下之不足以与吾中,吾不既
再胜矣乎? 得之多于弃也,吾斯从之矣。彼其上之有三权
也。三权也者,以一权而致三者也。管仲曰:“攻坚则瑕
者坚,攻瑕则坚者瑕。”呜乎! 不从其瑕而攻之,天下皆强
敌也。

39

兵法秘诀㊀

镇星所在之宿,其国不可伐。又彗星见大明,臣不纵横,民

流亡无所食，父子坐离，夫妇不相得。四维有流星，前如瓮，后如火，光竟天，如雷声，名曰天狗。其下饥荒，民疾疫，群臣死。流星东北行，名天冈。天海之口，必有大水土功。又四维有流星，入以后有白气如云，状似车轮，是谓啮食。其下大兵，中国多盗贼。又有星如斗，见北斗，名为旬始。天下大乱，诸侯争雄。太平御览卷三百二十八。

　　〇御览载此文，但不注明作者。

兵　要

军已近敌，罗落常平明以先发，绝军前十里内，各案左右下道，亦十里之内。数里之外，五人为部，人持一白幡，登高外向，明隐蔽之处。军至，转寻高而前。第一见贼，转语后第二，第二诣主者，白之。凡候见贼百人以下，但举幡指；百人以上，便举幡大呼。主者遣疾马往视察之。太平御览卷三百三十一。

兵　要〇

凡军行营垒，先使腹心及乡导前觇审知，各令候吏先行，定得营地，壁立军分数，立四表候视，然后移营。又先使候骑前行，持五色旍，见沟坑揭黄，衢路揭白，水涧揭黑，林薮揭青，野火揭赤，以本鼓应之。立旗鼓，令相闻见。若渡水逾山,深邃林薮,精骁勇骑搜索数里无声,四周绝迹。高山树顶,令人远视,精兵四向要处防御。然后分兵前后,以为镇拓,乃令辎重老小,次步后马,切在整肃,防敌至,人马无声,不失行列。险地狭径,亦以部曲鳞次,或须环回旋转,以后为前,以左为右,行则鱼贯,立则雁行。到前止处,游骑精锐,四向散列而立,各依本方下营。一人一步,随师多少,咸表十二辰,竖大旆,长二丈八尺,审子午卯酉地,勿令邪僻,以朱雀旆竖午地,白虎旆竖酉地,玄武旆竖子地,青龙旆竖卯地,招摇旆竖中央。其樵采牧饮,不得出表外也。太平御览卷三百三十一。

㊀此条张澍本无,今增。

兵 要

人之忠也,犹鱼之有渊,鱼失水则死,人失忠则凶。故良将守之,志立而名扬。太平御览卷二百七十三。

兵 要

不爱尺璧而爱寸阴者,时难遭而易失也。故良将之趋时也,衣不解带,足不蹑地,履遗不蹑。同前。

兵 要

贵之而不骄,委之而不专,扶之而不隐,免之而不惧,故良将之动也,犹璧之不污。同前。

兵　要

良将之为政也,使人择之,不自举;使法量功,不自度。故能者不可蔽,不能者不可饰,妄誉者不能进也。同前。

兵　要

言行不同,竖私枉公,外相连诬,内相谤讪,有此不去,是谓败乱。北堂书钞卷一百十三。

兵　要

枝叶强大,比居同势,各结朋党,竞进憸人,有此不去,是谓败征。同前。

兵　要

有制之兵,无能之将,不可以败;无制之兵,有能之将,不可以胜。

澍案:性理杨时引诸葛亮云云,当是兵要中语。

兵　要

督将已下，各自有幡。军发时，幡指天者胜。[○]北堂书钞卷一百
二十。

　○一本作："督将已下，各自有幡之异，不为军容。欲知人之吉，幡指天者
　　战必胜。"

作木牛流马法

　　澍案：杜佑通典述云，亮集督运廖立、杜叡、胡忠等，于景谷
　　县西南二十五里白马山，推己意作木牛流马云云。又案裴
　　松之蜀志注引亮集，载木牛流马法，曰：
木牛者，方腹曲头，一脚四足，头入领中，舌著于腹。载多
而行少，宜可大用，不可小使；特行者数十里，群行者二十
里也。曲者为牛头，双者为牛脚，横者为牛领，转者为牛
足，覆者为牛背，方者为牛腹，垂者为牛舌，曲者为牛肋，刻
者为牛齿，立者为牛角，细者为牛鞅，摄者为牛鞦轴。牛仰
双辕，人行六尺，牛行四步。载一岁粮，日行二十里，而人
不大劳。流马尺寸之数，肋长三尺五寸，广三寸，厚二寸二
分，左右同。前轴孔分墨去头四寸，径中二寸。前脚孔分
墨二寸，去前轴孔四寸五分，广一寸。前杠孔去前脚孔分
墨二寸七分，孔长二寸，广一寸。后轴孔去前杠分墨一尺
五分，大小与前同。后脚孔分墨去后轴孔三寸五分，大小
与前同。后杠孔去后脚孔分墨二寸七分，后载克去后杠孔

分墨四寸五分。前杠长一尺八寸，广二寸，厚一寸五分。后杠与等板方囊二枚，厚八分，长二尺七寸，高一尺六寸五分，广一尺六寸，每枚受米二斛三斗。从上杠孔去肋下七寸，前后同。上杠孔去下杠孔分墨一尺三寸，孔长一寸五分，广七分，八孔同。前后四脚，广二寸，厚一寸五分。形制如象，軒长四寸，径面四寸三分。孔径中三脚杠，长二尺一寸，广一寸五分，厚一寸四分，同杠耳。蜀志本传裴注引诸葛亮集。

八陈图法

八陈既成，自今行师，庶不覆败矣。水经注。

朝发南郑笺

朝发南郑，暮宿黑水，四五十里。水经注卷二十七沔水注。

师徒远涉帖

44

师徒远涉，道里甚艰，自及褒、斜，幸皆无恙，使还，驰此，不复具。太平御览。

汉嘉金书

汉嘉金，朱提银，采之不足以自食。郡国志注。

论　交

势利之交,难以经远。士之相知,温不增华,寒不改叶,能四时而不衰,^㊀历夷险而益固。太平御览卷四百六引要览。

㊀张澍本原注:一无"能"字。

论光武

曹植曰:"汉之二祖,俱起布衣。高祖阙于微细,光武知于礼德。^㊀高祖又鲜君子之风,溺儒冠,不可言敬。辟阳淫僻,与众共之。诗书礼乐,帝尧之所以为治也,而高祖轻之。济济多士,文王之所以获宁也,高祖蔑之不用。^㊁听戚姬之邪媚,致吕氏之暴戾,果令凶妇肆酖酷之心。凡此诸事,岂非寡计浅虑,斯不免于闾阎之人,当世之匹夫也。世祖多识仁智,奋武略以攘暴,兴义兵以扫残,破二公于昆阳,斩阜、赐于汉津。当此时也,九州鼎沸,四海渊涌,言帝者二三,称王者四五,若克东齐难胜之寇,降赤眉不计之虏,彭宠以望异内陨,庞萌以叛主取诛,隗戎以背信毙躯,公孙以离心授首。尔乃庙胜而后动众,计定而后行师,于时战克之将,筹画之臣,承诏奉命者获宠,违令犯旨者颠危。故曰,建武之行师也,计出于主心,胜决于庙堂。故窦融因声而景附,马援一见而叹息。"
诸葛亮曰:曹子建论光武,将则难比于韩、周,谋臣则不敌

45

良、平，时人谈者，亦以为然。吾以此言诚欲美大光武之德，⊜而有诬一代之俊异。何哉？追观光武二十八将，下及马援之徒，忠贞智勇，无所不有，笃而论之，非减曩时。所以张、陈特显于前者，乃自高帝动多阔疏，故良、平得广于忠信，彭、勃得横行于外。语有"曲突徙薪为彼人，焦头烂额为上客"，此言虽小，有似二祖之时也。光武神略计较，生于天心，故帷幄无他所思，六奇无他所出，于是以谋合议同，共成王业而已。光武称邓禹曰："孔子有回，而门人益亲。"叹吴汉曰："将军差强吾意，其武力可及，而忠不可及。"⊜与诸臣计事，常令马援后言，以为援策每与谐合。此皆明君知臣之审也。光武上将非减于韩、周，谋臣非劣于良、平，原其光武策虑深远，有杜渐曲突之明，高帝能疏，故陈、张、韩、周有焦烂之功耳。金楼子第四卷立言篇。

⊖张澍本"德"作"意"。

⊜张澍本"高祖"上有"而"字。

⊜张澍本"欲"作"能"。

⊜张澍本"而"作"其"。

46

论诸子

老子长于养性，不可以临危难。商鞅长于理法，不可以从教化。苏、张长于驰辞，不可以结盟誓。白起长于攻取，不可以广众。子胥长于图敌，不可以谋身。尾生长于守信，不可以应变。王嘉长于遇明君，不可以事暗主。许子将长于明臧否，不可以养人物。此任长之术者也。<u>长短经</u>卷一<u>任长</u>。

论让夺

<u>范蠡</u>以去贵为高，<u>虞卿</u>以舍相为功，<u>太伯</u>以三让为仁，<u>燕哙</u>以辞国为祸，<u>尧</u>、<u>舜</u>以禅位为圣，<u>孝哀</u>以授<u>董</u>为愚，<u>武王</u>以取<u>殷</u>为义，<u>王莽</u>以夺<u>汉</u>为篡，<u>桓公</u>以<u>管仲</u>为霸，<u>秦王</u>以<u>赵高</u>丧国，此皆趣同而事异也。明者以兴，暗者以辱乱也。<u>长短经</u>。

论黄忠

澍案：<u>蜀志</u>，<u>黄忠</u>，字<u>汉升</u>，建安二十四年于<u>定军山</u>斩<u>夏侯渊</u>，迁征西将军。是岁，<u>先主</u>立为<u>汉中王</u>，欲用<u>忠</u>为后将军，<u>诸葛亮</u>说<u>先主</u>云：

<u>忠</u>之名望，素非<u>关</u>、<u>马</u>之伦也，而今便令同列。<u>马</u>、<u>张</u>在近，亲见其功，尚可喻指；<u>关</u>遥闻之，恐必不悦，得毋不可乎！<u>三国志</u>卷三十六<u>蜀志黄忠传</u>。

论荐刘巴

澍案：<u>零陵先贤传</u>，<u>先主</u>曰："<u>子初</u>才智绝人，如孤，可任用之，非孤者难独任也。"亮亦云：

运筹策于帷幄之中，吾不如子初远矣！若提枹鼓，会军门，使百姓喜勇，当与人议之耳。三国志卷三十九蜀志刘巴传裴注引零陵先贤传。

论斩马谡

澍案：襄阳记，丞相亮戮马谡。蒋琬后诣汉中，谓亮曰："昔楚杀得臣，然后文公喜可知也。天下未定而戮智计之士，岂不惜乎！"亮流涕答曰：

孙、吴所以能制胜于天下者，用法明也。是以扬干乱法，魏绛戮其仆。四海分裂，兵交方始，若复废法，何用讨贼邪！三国志卷三十九蜀志马谡传裴注引襄阳记。

论来敏

来敏乱群，过于孔文举。宋书卷六十二王微传。

称许靖

澍案：蜀志，先帝定蜀后，益无意于靖。亮谏曰：

靖人望，不可失也，借其名以竦动宇内。

称庞统廖立

澍案:蜀志,诸葛亮镇荆土,孙权遣使通好于亮,因问谁相经纬者,亮答曰:

庞统、廖立,楚之良才,当赞兴世业者也。三国志卷四十蜀志廖立传。

称蒋琬

澍案:蜀志,亮数外出,琬常足食足兵,以相供给。亮每言:

公琰托志忠雅,当与吾共赞王业者也。三国志卷四十四蜀志蒋琬传。

又称蒋琬

澍案:蜀志,琬为广都长,事不理,先主将加罪戮。亮请曰:

蒋琬,社稷之器,非百里之才也。其为政以安民为本,不以修饰为先,愿主公重加察之。同前。

49

称董厥

澍案:晋百官表,董厥,字龚袭,义阳人。蜀志,丞相亮时,为府令史。亮称之曰:

董令史,良士也。吾每与之言,思慎宜适。蜀志本传。

称殷礼

澍案:殷基通语,殷礼,字德嗣,云阳人,随张温入蜀。亮见之,称曰:

东吴菰芦中,乃有奇伟如此人!^一太平御览卷一千。

　一御览卷六百十四作:"东吴菰芦中,乃有此奇伟!"又,张澍本首句作"不意东吴菰芦中"。

答惜赦

澍案:华阳国志,丞相亮时,有言公惜赦者,亮答云:

治世以大德,不以小惠,故匡衡、吴汉不愿为赦。先帝亦言,吾周旋陈元方、郑康成间,每见启告,治乱之道悉矣,曾不语赦也。若刘景升、季玉父子,岁岁赦宥,何益于治!三国志卷三十三蜀志后主传裴注引华阳国志。

答姜维

澍案:汉晋春秋云,诸葛亮数挑战。司马懿亦表固请战。使辛毗持节以止之。姜维谓亮曰:"辛佐治持节而至,贼不复出矣。"亮云:

彼本无战情,所以固请战者,以示武于其众耳。将在军,君命有所不受,苟能制吾,岂千里而请战邪!蜀志本传裴注引汉晋春秋。

谕参佐停更

澍案:郭冲五事云,司马宣王督张郃诸军三十馀万,规向剑阁。诸葛亮时在祁山,旌旗利器,守在险要,十二更下,在者八万。时魏军始陈,幡兵适交,参佐咸以贼众强盛,非力不制,宜权停下兵一月,以并声势。亮谕云云。皆催遣令去。于是去者感悦,愿留一战,住者愤踊,思致死命。相谓曰:"诸葛公之恩,死犹不报也。"临战之日,莫不拔刃争先,以一当十,杀张郃,却宣王,一战大克,此信之由也。

吾统武行师,以大信为本,得原失信,古人所惜;去者束装以待期,妻子鹤望而计日,虽临征难,义所不废。蜀志本传裴注引。

谕 谏

澍案:汉晋春秋,亮在南中,所在克捷。孟获者,为夷、汉所服,募生致之。既得,使观于营垒之间,问曰:"此军何如?"获曰:"曩者不知虚实,故败。今蒙赐观看营阵,若只如此,即定易胜耳。"亮笑,纵使更战,七纵七禽,而亮犹遣获。获止不去,曰:"公,天威也,南人不复反矣。"遂至滇池。南中平,皆即其渠率而用之。或以谏亮,亮答曰:

若留外人,则当留兵,兵留则无所食,一不易也;加夷新伤破,父兄死丧,留外人而无兵者,必成祸患,二不易也;又夷累有废杀之罪,自嫌衅重,若留外人,终不相信,三不易也;

今吾欲使不留兵，不运粮，而纲纪粗定，夷、汉粗安故耳。
蜀志本传裴注引汉晋春秋。

谢贺者

渊案：郭冲四事云，亮出祁山，陇西、南安二郡应时降，围天水，拔冀城，虏姜维，驱略士女数千人还蜀。人皆贺亮，谢云：

普天之下，莫非汉民，国家威力未举，使百姓困于豺狼之吻。一夫有死，皆亮之罪，以此相贺，能不为愧。蜀志本传裴注引。

司马季主墓碑铭

渊案：真诰云，司马季主墓在成都升盘山之南，诸葛武侯昔建碑铭德于季主墓前，碑赞末云云。是此碑文不传，仅存铭词数语也。

玄漠太寂，混合阴阳，天地交泮，万品滋彰。先生理著，分别柔刚，鬼神以观，六度显明。真诰卷十四。

黄陵庙记^{○一}

仆躬耕南阳之亩，遂蒙刘氏顾草庐，势不可却，计事善之，于是情好日密，相拉总师。趋蜀道，履黄牛，因睹江山之胜,乱石排空,惊涛拍岸,敛巨石于江中,崔嵬巉岏,列作三峰,平治洚水,顺遵其道,非神扶助于<u>禹</u>,人力奚能致此耶?仆纵步环览,乃见江左大山壁立,林麓峰峦如画,熟视于大江重复石壁间,有神像影现焉,鬓发须眉,冠裳宛然,如采画者。前竖一旌旗,右驻一黄犊,犹有董工开导之势。古传所载黄龙助<u>禹</u>开江治水,九载而功成,信不诬也。惜乎庙貌废去,使人太息。神有功助<u>禹</u>开江,不事凿斧,顺济舟航,当庙食兹土。仆复而兴之,再建其庙号,目之曰<u>黄牛庙</u>,以显神功。据<u>严可均</u>辑<u>全上古三代秦汉三国六朝文</u>,严辑未注出处,云疑依托。

○此篇后人疑为伪作。<u>四库总目诸葛丞相集</u>提要谓:"其<u>黄陵庙记</u>,明<u>杨时伟</u>作诸葛书,尝以摭用<u>苏轼大江东去</u>词语,驳辨其伪。今考<u>陆游入蜀记</u>作于<u>乾道六年</u>,记黄牛庙事引古谚及<u>李白</u>、<u>欧阳修</u>诗、<u>张咏</u>赞甚详,独一字不及<u>亮</u>记。<u>袁说友</u>所刻<u>成都文类</u>,作于<u>庆元五年</u>,亦无此文。然则赝托之本,出于<u>南宋</u>以后明甚。"

梁甫吟

澍案:<u>严沧浪诗评</u>云,孔明梁甫吟"步出<u>齐东门</u>,遥望<u>荡阴里</u>",乐府解题作"追望<u>阴阳里</u>"。<u>青州</u>有<u>阴阳里</u>。"<u>田疆古冶子</u>",解题作"<u>田疆固野氏</u>"。<u>西溪丛语</u>云,<u>李善</u>陆士衡诗注,<u>蔡邕</u>琴颂,梁甫悲吟,不知名为梁甫吟何义?<u>张衡</u>四愁诗云:"欲往从之梁甫艰。"注,<u>泰山</u>,东岳也,君有德则封此山,愿辅佐君王,致于有德,而为小人谗邪之所阻。<u>梁甫</u>,<u>泰</u>

山下小山名。诸葛武侯好为梁甫吟,恐取此意。

步出<u>齐城</u>门,㊀遥望<u>荡阴里</u>。里中有三坟,㊁累累正相似。问是谁家冢?㊂<u>田疆</u><u>古冶子</u>㊃。力能排<u>南山</u>,文能绝地理㊄。一朝被谗言,二桃杀三士。谁能为此谋?国相<u>齐晏子</u>。㊅<u>艺文类聚</u>卷十九。

㊀<u>张澍</u>本"城"作"东"。<u>乐府诗集</u>作"城"。

㊁<u>乐府诗集</u>"坟"作"墓"。

㊂<u>乐府诗集</u>"冢"作"墓",<u>张澍</u>本作"子"。

㊃<u>张澍</u>本"子"作"氏",<u>乐府诗集</u>作"子"。

㊄"理",<u>乐府诗集</u>与<u>张澍</u>本皆作"纪"。

㊅"国相"<u>张澍</u>本作"相国",<u>乐府诗集</u>作"国相"。

杂　言

吾心如秤,不能为人作轻重。㊀<u>北堂书钞</u>卷三十七。

㊀<u>太平御览</u>卷四百二十九引同,卷三百七十六"轻重"作"低昂"。

算　计㊀

今上县之战,更在贼门,战地平如案也。<u>北堂书钞</u>卷一百五十七。

㊀此条<u>张澍</u>本无,增补。

二十八宿分野

角、亢、氐,郑,兖州。东郡,入角一度;东平、任城、山阴入角六度;[⊖]泰山,入角十二度;济北、陈留,入亢五度;济阴,入氐一度;东平,入氐七度。

房、心,宋,豫州。颍川,入房一度;汝南,入房二度;沛郡,入房四度;梁国,入房五度;淮阳,入心一度;鲁国,入心三度;楚国,入房四度。[⊖]

箕、尾,燕,幽州。凉州[⊖],入箕中十度;上谷,入尾一度;渔阳,入尾三度;右北平,入尾七度;西河、上郡、北地、辽西、东,入尾十度;涿郡,入尾十六度;渤海,入箕一度;乐浪,入箕三度;玄菟,入箕六度;广阳,入箕九度。

斗、牵牛、须女,吴越,扬州。九江,入斗一度;庐江,入斗六度;豫章,入斗十度;丹阳,入斗十六度;会稽,入牛一度;临淮,入牛四度;广陵,入牛八度;泗水,入女一度;六安,入牛六度。

虚、危,齐,青州。齐国,入虚六度;北海,入虚九度;济南,入危一度;乐安,入危四度;东莱,入危九度;平原,入危十一度;菑川,入危十四度。

营室、东壁,卫,并州。安定,入营室一度;天水,入营室八度;陇西,入营室四度;酒泉,入营室十一度;张掖,入营室十二度;武都,入东壁一度;金城,入东壁四度;武威,入东壁六度;燉煌,入东壁八度。

奎、娄、胃,鲁,徐州。东海,入奎一度;琅邪,入奎六度;高密,入娄一度;城阳,^四入娄九度;胶东,入胃一度。^五

昴、毕,赵,冀州。魏郡,入昴一度;钜鹿,入昴三度;常山,入昴五度;广平,入昴七度;中山,入昴一度;清河,入昴九度;信都,入毕三度;赵郡,入毕八度;安平,入毕四度;河间,入毕十度;真定,入毕十三度。

觜、参,魏,益州。广汉,入觜一度;越嶲,入觜三度;蜀郡,入参一度;^六犍为,入参三度;牂柯,入参五度;巴郡,入参八度;汉中,入参九度;益州,入参七度。

东井、舆鬼,秦,雍州。云中,入东井一度;定襄,入东井八度;雁门,入东井十六度;代郡,入东井二十八度;太原,入东井二十九度;上党,入舆鬼二度。

柳、七星、张,周,三辅。弘农,入柳一度;河南,入七星三度;河东,入张一度;河内,入张九度。

翼、轸,楚,荆州。南阳,入翼六度;南郡,入翼十度;江夏,入翼十二度;零陵,入轸十一度;桂阳,入轸六度;^七武陵,入轸十度;长沙,入轸十六度。晋书卷十二天文志。此篇亦疑伪托。

^一张澍本“阴”作“阳”。

^二张澍本“房”作“心”。

^三张澍本“凉”作“营”。

^四张澍本作“阳城”。

56

阴符经序㊀

所谓命者,性也。性能命通,故圣人尊之以天命,愚其人而智其圣,故曰,天机张而不死,地机弛而不生。观乎阴符,造化在乎手,生死在乎人,故圣人藏之于心,所以陶甄天地,聚散天下,而不见其迹者,天机也。故黄帝得之以登云天,汤、武得之以王天下,五霸得之以统诸侯。夫臣易而主难,不可以轻用。太公九十非不遇,盖审其主焉。若使哲士执而用之,立石为主,刻木为君,亦可以享天下。夫臣尽其心,而主反怖有之,不亦难乎?呜呼!无贤君,则义士自死而不仕,莫若散志岩石,以养其命,待生于泰阶。世人以夫子为不遇,以秦仪为得时。不然,志在立宇宙,安能驰心下走哉?丈夫所耻。呜呼!后世英哲,审而用之。范蠡重而长,文种轻而亡,岂不为泄天机?天机泄者沉三劫,宜然。故圣人藏诸名山,传之同好,隐之金匮,恐小人窃而弄之。

> ㊀此篇张澍本无,据严可均全上古秦汉三国六朝文补入,云辑自道藏本阴符经七家注。又谓“此文疑依托”。

文集 卷二

57

阴符经注^一

天性,人也;人心,机也;立天之道,以定人也。　注:以为立天定人,其在于五贼。

其盗机也,天下莫能见,莫能知。君子得之,固穷;小人得之,轻命。　注:夫子、太公,岂不贤于孙、吴、韩、白,所以君子小人异者,四子之勇,至于杀身,固不得其主而见杀矣。

阴阳相胜之术,昭昭乎进乎象矣。　注:奇器者,圣智也。天垂象,圣人则之,推甲之,画八卦,考蓍龟,稽律历,则鬼神之情,阴阳之理,昭著乎象,无不尽矣。八卦之象,申而用之,六十甲子,转而用之,神出鬼入,万明一矣。

天发杀机,龙蛇起陆;人发杀机,天地反覆。　注:按楚杀汉兵数万,大风杳冥,昼晦,有若天地反覆。

　　一案此篇亦疑依托于诸葛亮者。

58

卷三　便宜十六策^㊀

澍案：隋书经籍志，武侯十六策一卷。崇文总目，武侯十六策一卷。晁公武读书志云："蜀诸葛亮撰十六策，序称谨进便宜十六事，一、治国云云。陈寿录孔明书，不载此策，疑依托者。"今考陈寿进诸葛亮集表有曰："辄删除复重，随类相从。"是寿曾经删芟繁复，十六策应在二十四篇之外也。

㊀十六策，崇文总目始著录，张澍案谓隋书经籍志有诸葛亮十六策一卷，不确，隋志实未著录。十六策后人亦多疑依托，然其中有见于御览引作诸葛亮兵法二处，则亦真伪杂糅，是否全系诸葛亮所作，尚难断定。

治国第一

治国之政，其犹治家。治家者务立其本，本立则末正矣。夫本者，倡始也，末者，应和也。倡始者，天地也，应和者，万物也。万物之事，非天不生，非地不长，非人不成。故人君举措应天，若北辰为之主，台辅为之臣佐，列宿为之官属，众星为之人民。是以北辰不可变改，台辅不可失度，列宿不可错缪，此天之象也。故立台榭以观天文，郊祀、逆气以配神灵，所以务天之本也；耕农、社稷，山林、川泽，祀祠祈福，所以务地之本也；庠序之礼，八佾之乐，明堂辟雍，高墙宗庙，所以务人之本也。故本者，经常之法，规矩之要。圆凿不可以方枘，铅刀不可以砍伐，此非常用之事不能成其功，非常用之器不可成其巧。故天失其常，则有逆气，地失其常，则有枯败，人失其常，则有患害。经曰："非先王之法服不敢服。"此之谓也。

君臣第二

君臣之政，其犹天地之象，天地之象明，则君臣之道具矣。君以施下为仁，臣以事上为义。二心不可以事君，疑政不可以授臣。上下好礼，则民易使，上下和顺，则君臣之道具矣。君以礼使臣，臣以忠事君。君谋其政，臣谋其事。政者，正名也，事者，劝功也。君劝其政，臣劝其事，则功名之道俱立矣。是故君南面向阳，著其声响，臣北面向阴，见其形景。声响者，教令也，形景者，功效也。教令得中则功立，功立则万物蒙其福。是以三纲六纪有上中下。上者为君臣，中者为父子，下者为夫妇，各修其道，福祚至矣。君臣上下，以礼为本，父子上下，以恩为亲，夫妇上下，以和为安。上不可以不正,下不可以不端。上枉下曲,上乱下逆。故君惟其政,臣惟其事,是以明君之政修,则忠臣之事举。学者思明师,仕者思明君。故设官职之全,序爵禄之位,陈璇玑之政,建台辅之佐,私不乱公,邪不干正,此治国之道具矣。

视听第三

视听之政,谓视微形,听细声。形微而不见,声细而不闻,故明君视微之几,听细之大,以内和外,以外和内。故为政之道,务于多闻,是以听察采纳众下之言,谋及庶士,则万物当其目,众音佐其耳。故经云:"圣人无常心,以百姓为心。"目为心视,口为心言,耳为心听,身为心安。故身之有心,若国之有君,以内和外,万物昭然。观日月之形,不足以为明,闻雷霆之声,不足以为听,故人君以多见为智,多闻为神。夫五音不闻,无以别宫商,五色不见,无以别玄黄。盖闻明君者常若昼夜,昼则公事行,夜则私事兴。或有吁嗟之怨而不得闻,或有进善之忠而不得信。怨声不闻,则枉者不得伸,进善不纳,则忠者不得信,邪者容其奸。故书云:"天视自我民视,天听自我民听。"此之谓也。

纳言第四

纳言之政,谓为谏诤,所以采众下之谋也。故君有诤臣,父有诤子，当其不义则诤之，将顺其美，匡救其恶。恶不可顺，美不可逆；顺恶逆美，其国必危。夫人君拒谏，则忠臣不敢进其谋，而邪臣专行其政，此为国之害也。故有道之国，危言危行；无道之国，危行言孙，上无所闻，下无所说。故孔子不耻下问，周公不耻下贱，故行成名著，后世以为圣。是以屋漏在下，止之在上，上漏不止，下不可居矣。

察疑第五

察疑之政，谓察朱紫之色，别宫商之音。故红紫乱朱色，淫声疑正乐。乱生于远，疑生于惑。物有异类，形有同色。白石如玉，愚者宝之；鱼目似珠，愚者取之；狐貉似犬，愚者蓄之；栝蒌似瓜，愚者食之。故赵高指鹿为马，秦王不以为疑；范蠡贡越美女，吴王不以为惑。计疑无定事，事疑无成功。故圣人不可以意说为明，必信夫卜，占其吉凶。书曰："三人占，必从二人之言。"而有大疑者，"谋及庶人"。故孔子云，明君之治，不患人之不己知，患不知人也。不患外不知内，惟患内不知外；不患下不知上，惟患上不知下；不患贱不知贵，惟患贵不知贱。故士为知己者死，女为悦己者容，马为策己者驰，神为通己者明。故人君决狱行刑，患其不明。或无罪被辜，或有罪蒙恕，或强者专辞，或弱者侵怨，或直者被枉，或屈者不伸，或有信而见疑，或有忠而被害，此皆招天之逆气，灾暴之患，祸乱之变。惟明君治狱案刑,问其情辞,如不虚不匿,不枉不弊,观其往来,察其进退,听其声响,瞻其看视。形惧声哀,来疾去迟,还顾吁嗟,此怨结之情不得伸也。下瞻盗视,见怯退还,喘息却听,沉吟腹计,语言失度,来迟去速,不敢反顾,此罪人欲自免也。孔子曰:"视其所以,观其所由,察其所安,人焉廋哉! 人焉廋哉!"

治人第六

治人之道,谓道之风化,陈示所以也。故经云:"陈之以德义而民与行,示之以好恶而民知禁。"日月之明,众下仰之,乾坤之广,万物顺之。是以尧、舜之君,远夷贡献,桀、纣之君,诸夏背叛,非天移动其人,是乃上化使然也。故治人犹如养苗,先去其秽。故国之将兴,而伐于国,国之将衰,而伐于山。明君之治,务知人之所患皂服之吏,小国之臣。故曰,皂服无所不克,莫知其极,克食于民,而人有饥乏之变,则生乱逆。唯劝农业,无夺其时,唯薄赋敛,无尽民财。如此,富国安家,不亦宜乎? 夫有国有家者,不患贫而患不安。故唐、虞之政,利人相逢,用天之时,分地之利,以豫凶年,秋有馀粮,以给不足,天下通财,路不拾遗,民无去就。故五霸之世,不足者奉于有馀。故今诸侯好利,利兴民争,灾害并起,强弱相侵,躬耕者少,末作者多,民如浮云,手足不安。经云:"不贵难得之货,使民不为盗;不贵无用之物，使民心不乱。"各理其职，是以圣人之政治也。古者齐景公之时，病民下奢侈，不遂礼制。周、秦之宜，去文就质，而劝民之有利也。夫作无用之器，聚无益之货，金银璧玉，珠玑翡翠，奇珍异宝，远方所出，此非庶人之所用也。锦绣纂组，绮罗绫縠，玄黄衣帛，此非庶人之所服也。雕文刻镂，伎作之巧，难成之功，妨害农事，辐輮出入，袍裘索襗，此非庶人之所饰也。重门画兽，萧墙数仞，冢墓过度，竭财高尚，此非庶人之所居也。经云："庶人之所好者，唯躬耕勤苦，谨身节用，以养父母。"制之以财，用之以礼，丰年不奢，凶年不俭，素有蓄积，以储其后，此治人之道，不亦合于四时之气乎？

举措第七

举措之政，谓举直措诸枉也。夫治国犹于治身，治身之道，务在养神，治国之道，务在举贤，是以养神求生，举贤求安。故国之有辅，如屋之有柱，柱不可细，辅不可弱，柱细则害，辅弱则倾。故治国之道，举直措诸枉，其国乃安。夫柱以直木为坚，辅以直士为贤，直木出于幽林，直士出于众下。故人君选举，必求隐处，或有怀宝迷邦，匹夫同位；或有高才卓绝，不见招求；或有忠贤孝弟，乡里不举；或有隐居以求其志，行义以达其道；或有忠质于君，朋党相谗。尧举逸人，汤招有莘，周公采贱，皆得其人，以致太平。故人君县赏以待功，设位以待士，不旷庶官，辟四门以兴治务，玄纁以聘幽隐，天下归心，而不仁者远矣。夫所用者非所养，所养者非所用，贫陋为下，财色为上，谗邪得志，忠直远放，玄纁不行，焉得贤辅哉？若夫国危不治，民不安居，此失贤之过也。夫失贤而不危，得贤而不安，未之有也。为人择官者乱，为官择人者治，是以聘贤求士，犹嫁娶之道也，未有自嫁之女，出财为妇。故女慕财聘而达其贞，士慕玄纁而达其名，以礼聘士，而其国乃宁矣。

考黜第八

考黜之政，谓迁善黜恶。明主在上，心昭于天，察知善恶，广及四海，不敢遗小国之臣，下及庶人，进用贤良，退去贪懦，明良上下，企及国理，众贤雨集，此所以劝善黜恶，陈之休咎。故考黜之政，务知人之所苦。其苦有五。或有小吏因公为私，乘权作奸，左手执戈，右手治生，内侵于官，外采于民，此所苦一也；或有过重罚轻，法令不均，无罪被辜，以致灭身，或有重罪得宽，扶强抑弱，加以严刑，枉责其情，此所苦二也；或有纵罪恶之吏，害告诉之人，断绝语辞，蔽藏其情，掠劫亡命，其枉不常，此所苦三也；或有长吏数易守宰，兼佐为政，阿私所亲，枉克所恨，逼切为行，偏颇不承法制，更因赋敛，傍课采利，送故待新，夤缘征发，诈伪储备，以成家产，此所苦四也；或有县官慕功，赏罚之际，利人之事，买卖之费，多所裁量，专其价数，民失其职，此所苦五也。凡此五事，民之五害，有如此者，不可不黜，无此五者，不可不迁。故书云："三载考绩，黜陟幽明。"

治军第九

治军之政，谓治边境之事，匡救大乱之道，以威武为政，诛暴讨逆，所以存国家安社稷之计。是以有文事必有武备，故含血之虫，必有爪牙之用，喜则共戏，怒则相害；人无爪牙，故设兵革之器，以自辅卫。故国以军为辅，君以臣为佐，辅强则国安，辅弱则国危，在于所任之将也。非民之将，非国之辅，非军之主。故治国以文为政，治军以武为计；治国不可以不从外，治军不可以不从内。内谓诸夏，外谓戎、狄。戎、狄之人，难以理化，易以威服，礼有所任，威有所施。是以黄帝战于涿鹿之野，唐尧战于丹浦之水，舜伐有苗，禹讨有扈，自五帝三王至圣之主，德化如斯，尚加之以威武，故兵者凶器，不得已而用之。夫用兵之道，先定其谋，然后乃施其事。审天地之道，察众人之心，习兵革之器，明赏罚之理，观敌众之谋，视道路之险，别安危之处，占主客之情，知进退之宜，顺机会之时，设守御之备，强征伐之势，扬士卒之能，图成败之计，虑生死之事，然后乃可出军任将，张禽敌之势，此为军之大略也。夫将者，人之司命，国之利器，先定其计，然后乃行。其令若漂水暴流，〇其获若鹰隼之击物,静若弓弩之张,①动如机关之发,所向者破,而勃敌自灭。将无思虑,士无气势,不齐其心,而专其谋,虽有百万之众,而敌不惧矣。非雠不怨,非敌不战。工非鲁般之目,无以见其工巧;战非孙武之谋,无以出其计运。夫计谋欲密,攻敌欲疾,获若鹰击,战如河决,则兵未劳而敌自散,此用兵之势也。故善战者不怒,善胜者不惧。是以智者先胜而后求战,闇者先战而后求胜;胜者随道而修途,败者斜行而失路;此顺逆之计也。将服其威,士专其力,势不虚动,运如圆石,从高坠下,所向者碎,不可救止,是以无敌于前,无敌于后,此用兵之势也。故军以奇计为谋,以绝智为主,能柔能刚,能弱能强,能存能亡,疾如风雨,舒如江海,不动如泰山,难测如阴阳,无穷如地,充实如天,不竭如江河,终始如三光,生死如四时,衰旺如五行,奇正相生,而不可穷。故军以粮食为本,兵以奇正为始,器械为用,委积为备。故国困于贵买,贫于远输,攻不可再,战不可三,量力而用,用多则费。罢去无益,则国可宁也,罢去无能,则国可利也。夫善攻者敌不知其所守,善守者敌不知其所攻。故善攻者不以兵革,善守者不以城郭。是以高城深池,不足以为固,坚甲锐兵,不足以为强。敌欲固守,攻其无备;敌欲兴阵,出其不意;我往敌来,谨设所居;我起敌止,攻其左右;量其合敌,先击其实。不知守地,不知战日,可备者众,则专备者寡。以虑相备,强弱相攻,勇怯相助,前后相赴,左右相趋,如常山之蛇,首尾俱到,此救兵之道也。故胜者全威，谋之于身，知地形势，不可豫言。议之知其得失，诈之知其安危，计之知其多寡，形之知其生死，虑之知其苦乐，谋之知其善备。故兵从生击死，避实击虚，山陵之战，不仰其高，水上之战，不逆其流，草上之战，不涉其深，平地之战，不逆其虚，道上之战，不逆其孤；此五者，兵之利，地之所助也。⊜夫军成于用势，败于谋漏，饥于远输，渴于躬井，劳于烦扰，佚于安静，疑于不战，惑于见利，退于刑罚，进于赏赐，弱于见逼，强于用势，困于见围，惧于先至，惊于夜呼，乱于闇昧，迷于失道，穷于绝地，失于暴卒，得于豫计。故立旌旗以视其目，击金鼓以鸣其耳，设斧钺以齐其心，陈教令以同其道，兴赏赐以劝其功，行诛伐以防其伪。昼战不相闻，旌旗为之举，夜战不相见，火鼓为之起，教令有不从，斧钺为之使。不知九地之便，则不知九变之道。天之阴阳，地之形名，人之腹心，知此三者，获处其功。知其士乃知其敌，不知其士，则不知其敌，不知其敌，每战必殆，故军之所击，必先知其左右士卒之心。五间之道，军之所亲，将之所厚，非圣智不能用，非仁贤不能使。五间得其情，则民可用，国可长保。故兵求生则备，不得已则斗，静以理安，动以理威，无恃敌之不至，恃吾之不可击。以近待远，以逸待劳，以饱待饥，以实待虚，以生待死，以众待寡，以旺待衰，以伏待来。整整之旌，堂堂之鼓，当顺其前，而覆其后，固其险阻，而营其表，委之以利，柔之以害，此治军之道全矣。

○ 张澍本原注："流"一作"至"。

○ 张澍本原注："弓"一作"强"。

○ 太平御览卷三百十三引诸葛亮兵法，作："山陵之战，不仰其高，水上之战，不逆其流，草上之战，不涉其深，平地之战，不逆其虚，此兵之利也，故战斗之利，唯气形也。"

赏罚第十

赏罚之政，谓赏善罚恶也。赏以兴功，罚以禁奸，赏不可不平，罚不可不均。赏赐知其所施，则勇士知其所死；刑罚知其所加，则邪恶知其所畏。故赏不可虚施，罚不可妄加，赏虚施则劳臣怨，罚妄加则直士恨，是以羊羹有不均之害，楚王有信谗之败。夫将专持生杀之威，必生可杀，必杀可生，忿怒不详，赏罚不明，教令不常，以私为公，此国之五危也。赏罚不明，教令有不从。必杀可生，众奸不禁；必生可杀，士卒散亡；忿怒不详，威武不行；赏罚不明，下不劝功；政教不当，法令不从；以私为公，人有二心。故众奸不禁，则不可久；士卒散亡，其众必寡；威武不行，见敌不起；下不劝功，上无强辅；法令不从，事乱不理；人有二心，其国危殆。故防奸以政，救奢以俭，忠直可使理狱，廉平可使赏罚。赏罚不曲，则人死服。路有饥人，厩有肥马，可谓亡人而自存，薄人而自厚。故人君先募而后赏，先令而后诛，则人亲附，畏而爱之，不令而行。赏罚不正，则忠臣死于非罪，而邪臣起于非功。赏赐不避怨雠,则齐桓得管仲之力;诛罚不避亲戚,则周公有杀弟之名。书云:"无偏无党,王道荡荡;无党无偏,王道平平。"此之谓也。

喜怒第十一

喜怒之政,谓喜不应喜无喜之事,怒不应怒无怒之物,喜怒之间,必明其类。怒不犯无罪之人,喜不从可戮之士,喜怒之际,不可不详。喜不可纵有罪,怒不可戮无辜,喜怒之事,不可妄行。行其私而废其功,将不可发私怒,而兴战必用众心,苟合以私忿而合战,则用众必败。怒不可以复悦,喜不可以复怒,故以文为先,以武为后,先胜则必后负,先怒则必后悔,一朝之忿,而亡其身。故君子威而不猛,忿而不怒,忧而不惧,悦而不喜。可忿之事,然后加之威武,威武加则刑罚施,刑罚施则众奸塞。不加威武,则刑罚不中,刑罚不中,则众恶不理,其国亡。

治乱第十二

治乱之政,谓省官并职,去文就质也。夫绵绵不绝,必有乱结,纤纤不伐,必成妖孽。夫三纲不正,六纪不理,则大乱生矣。故治国者,圆不失规,方不失矩,本不失末,为政不失其道,万事可成,其功可保。夫三军之乱,纷纷扰扰,各惟其理。明君治其纲纪,政治当有先后,先理纲,后理纪;先理令,后理罚;先理近,后理远;先理内,后理外;先理本,后理末;先理强,后理弱;先理大,后理小;先理身,后理人。是以理纲则纪张,理令则罚行,理近则远安,理内则外端,理本则末通,理强则弱伸,理大则小行,理上则下正,理身则人敬,此乃治国之道也。

教令第十三

教令之政,谓上为下教也。非法不言,非道不行,上之所为,人之所瞻也。夫释己教人,是谓逆政,正己教人,是谓顺政。故人君先正其身,然后乃行其令。身不正则令不从,令不从则生变乱。故为君之道,以教令为先,诛罚为后,不教而战,是谓弃之。先习士卒用兵之道,其法有五:一曰,使目习其旌旗指麾之变,纵横之术;二曰,使耳习闻金鼓之声,动静行止;三曰,使心习刑罚之严,爵赏之利;四曰,使手习五兵之便,斗战之备;五曰,使足习周旋走趋之列,进退之宜;故号为五教。教令军陈,各有其道。左教青龙,右教白虎,前教朱雀,后教玄武,中央轩辕,大将军之所处,左矛右戟,前盾后弩,中央旗鼓。旗动俱起,闻鼓则进,闻金则止,随其指挥,五陈乃理。正陈之法,旗鼓为之主:一鼓,举其青旗,则为直陈;二鼓,举其赤旗,则为锐陈;三鼓,举其黄旗,则为方陈;四鼓,举其白旗,则为圆陈;五鼓,举其黑旗,则为曲陈。直陈者,木陈也;锐陈者,火陈也;方陈者,土陈也;圆陈者,金陈也;曲陈者,水陈也。此五行之陈,辗转相生,冲对相胜,相生为救,相胜为战,相生为助,相胜为敌。凡结五陈之法,五五相保,五人为一长,五长为一师,五师为一枝,五枝为一火,五火为一撞,五撞为一军,则军士具矣。夫兵利之所便,务知节度。短者持矛戟,长者持弓弩,壮者持旌旗,勇者持金鼓,弱者给粮牧,智者为谋主。乡里相比,五五相保,一鼓整行,二鼓习陈,三鼓起食,四鼓严办,五鼓就行。闻鼓听金,然后举旗,出兵以次第,一鸣鼓三通,旌旗发扬,举兵先攻者赏,却退者斩,此教令也。

斩断第十四

斩断之政,谓不从教令之法也。其法有七,一曰轻,二曰慢,三曰盗,四曰欺,五曰背,六曰乱,七曰误,此治军之禁也。当断不断,必受其乱,故设斧钺之威,以待不从令者诛之。军法异等,过轻罚重,令不可犯,犯令者斩。期会不到,闻鼓不行,乘宽自留,避回自止,初近后远,唤名不应,车甲不具,兵器不备,此为轻军,轻军者斩。受令不传,传令不审,迷惑吏士,金鼓不闻,旌旗不睹,此谓慢军,慢军者斩。食不禀粮,军不省兵,赋赐不均,阿私所亲,取非其物,借贷不还,夺人头首,以获其功,此谓盗军,盗军者斩。变改姓名，衣服不鲜，旌旗裂坏，金鼓不具，兵刃不磨，器仗不坚，矢不著羽，弓弩无弦，法令不行，此为欺军，欺军者斩。闻鼓不进，闻金不止，按旗不伏，举旗不起，指挥不随，避前向后，纵发乱行，折其弓弩之势，却退不斗，宜左或右，扶伤举死，自托而归，此谓背军，背军者斩。出军行将，士卒争先，纷纷扰扰，车骑相连，咽塞路道，后不得先，呼唤喧哗，无所听闻，失乱行次，兵刃中伤，长短不理，上下纵横，此谓乱军，乱军者斩。屯营所止，问其乡里，亲近相随，共食相保，不得越次，强入他伍；干误次第，不可呵止，度营出入，不由门户，不自启白，奸邪所起，知者不告，罪同一等，合人饮酒，阿私取受，大言警语，疑惑吏士，此谓误军，误军者斩。斩断之后，此万事乃理也。^〇

〇太平御览卷二百九十六引武侯兵法：“军有七禁，一曰轻，二曰慢，三曰盗，四曰欺，五曰背，六曰乱，七曰误，此治军之禁也。若期会不到，闻鼓不行，乘宽自留，回避务止，初近而后远，唤名而不应，军甲不具，兵器不备，此谓轻军，有此者斩之。受令不传，传之不审，以惑吏士，金鼓不闻，旌旗不睹，此谓慢军，有此者斩之。食不廪粮，军不部兵，赋赐不均，阿私所亲，取非其物，借贷不还，夺人头首，以获功名，此谓盗军，有此者斩之。若变易姓名，衣服不鲜，金鼓不具，兵刃不利磨，器仗不坚，矢不著羽，弓弩无弦，主者吏士，法令不从，此谓欺军，有此者斩之。闻鼓不行，叩金不止，按旗不伏，举旗不起，指麾不随，避前在后，纵发乱行，折兵弩之势，却退不斗，或左或右，扶伤举死，因托归还，此谓背军，有此者斩之。出军行将，士卒争先，纷纷扰扰，军骑相连，咽塞道路，后不得前，呼唤喧哗，无所听闻，失行乱次，兵刃中伤，长将不理，上下纵横，此谓乱军，有此者斩之。

屯营所止,问其乡里,亲近相随,共食相保,呼召不得,越入他伍,干误次第,不可呵止,度营出入,不由门户,不自启白,奸邪所起,知者不告,罪同一等,合人饮食,阿私所受,大言惊语,疑惑吏士,此谓误军,有此者斩之。"

思虑第十五

思虑之政,谓思近虑远也。夫人无远虑,必有近忧,故君子思不出其位。思者,正谋也,虑者,思事之计也。非其位不谋其政,非其事不虑其计。大事起于难,小事起于易。故欲思其利,必虑其害,欲思其成,必虑其败。是以九重之台,虽高必坏。故仰高者不可忽其下,瞻前者不可忽其后。是以秦穆公伐郑,二子知其害;吴王受越女,子胥知其败;虞受晋璧马,宫之奇知其害;宋襄公练兵车,目夷知其负。凡此之智,思虑之至,可谓明矣。夫随覆陈之轨,追陷溺之后,以赴其前,何及之有?故秦承霸业,不及尧、舜之道。夫危生于安,亡生于存,乱生于治。君子视微知著,见始知终,祸无从起,此思虑之政也。

阴察第十六

阴察之政,譬喻物类,以觉悟其意也。外伤则内孤,上惑则下疑;疑则亲者不用,惑则视者失度;失度则乱谋,乱谋则国危,国危则不安。是以思者虑远,远虑者安,无虑者危。

富者得志，贫者失时，甚爱太费，多藏厚亡，竭财相买，无功自专，忧事众者烦，烦生于怠。船漏则水入，囊穿则内空，山小无兽，水浅无鱼，树弱无巢，墙坏屋倾，堤决水漾，疾走者仆，安行者迟，乘危者浅，履冰者惧，涉泉者溺，遇水者渡，无楫者不济，失侣者远顾，赏罚者省功，不诚者失信。唇亡齿寒，毛落皮单。阿私乱言，偏听者生患。善谋者胜，恶谋者分，善之劝恶，如春雨泽。麒麟易乘，驽骀难习。不视者盲，不听者聋。根伤则叶枯，叶枯则花落，花落则实亡。柱细则屋倾，本细则末挠，下小则上崩。不辨黑白，弃土取石，虎羊同群。衣破者补，带短者续。弄刀者伤手，打跳者伤足。洗不必江河，要之却垢；马不必骐骥，要之疾足；贤不必圣人，要之智通。总之，有五德：一曰禁暴止兵，二曰赏贤罚罪，三曰安仁和众，四曰保大定功，五曰丰挠拒谗，此之谓五德。

卷四　将　苑[⊖]

诸葛亮集

澍案：隋书经籍志，诸葛亮将苑一卷。又按中兴书目，将苑一卷，凡五十篇，论为将之道。李梦阳曰即心书也。今仍改称将苑。案焦竑经籍志作心书，陶宗仪说郛又作新书，皆误。

⊖以下五十篇宋元以前未见著录，至明王士骐编诸葛亮集始收，名为心书。而后人多斥为伪托，清姚际恒古今伪书考谓："称诸葛亮撰，伪也。"四库提要："考五十篇内大都窃取孙子书，而附以迂陋之言，至不足道，盖妄人所伪作。"张澍则以将苑实之，且谓隋书经籍志著录，皆不确。

76　兵　权

夫兵权者，[⊖]是三军之司命，主将之威势。将能执兵之权，操兵之要势，[⊜]而临群下，譬如猛虎，加之羽翼，而翱翔四海，随所遇而施之。若将失权，不操其势，亦如鱼龙脱于江湖，^⑤欲求游洋之势，奔涛戏浪，何可得也。

○说郛本作："夫兵之权也。"

○说郛本无"要"字。

○说郛本作："亦如鱼龙离于江湖中。"

逐 恶

夫军国之弊，有五害焉：一曰，结党相连，毁谮贤良；二曰，侈其衣服，异其冠带；三曰，虚夸妖术，诡言神道；四曰，专察是非，私以动众；五曰，伺候得失，阴结敌人。此所谓奸伪悖德之人，可远而不可亲也。

知人性[○]

夫知人之性，莫难察焉。[○]美恶既殊，情貌不一，有温良而为诈者，^⑤有外恭而内欺者，有外勇而内怯者，有尽力而不忠者。然知人之道有七焉：一曰，间之以是非而观其志；二曰，穷之以辞辩而观其变；三曰，咨之以计谋而观其识；四曰，告之以祸难而观其勇；五曰，醉之以酒而观其性；六曰，临之以利而观其廉；七曰，期之以事而观其信。

○说郛本无"性"字。

○说郛本"难"作"能"。张澍本原注："莫"一作"最"。

⑤说郛本"诈"作"盗"。

将　材

夫将材有九。[⊖]道之以德，齐之以礼，而知其饥寒，察其劳苦，[⊜]此之谓仁将。事无苟免，[⊜]不为利挠，有死之荣，^⑳无生之辱，^㊄此之谓义将。贵而不骄，胜而不恃，贤而能下，刚而能忍，此之谓礼将。奇变莫测，^㊅动应多端，^㊆转祸为福，临危制胜，^㊇此之谓智将。进有厚赏，退有严刑，赏不逾时，刑不择贵，此之谓信将。足轻戎马，气盖千夫，善固疆场，^㊈长于剑戟，此之谓步将。登高履险，驰射如飞，进则先行，退则后殿，此之谓骑将。气凌三军，^㊉志轻强虏，怯于小战，勇于大敌，此之谓猛将。见贤若不及，从谏如顺流，宽而能刚，勇而多计，[⊜]此之谓大将。

⊖ <u>张澍</u>本原注：一无此句。

⊜ <u>张澍</u>本原注："察"一作"愍"。

⊜ <u>张澍</u>本原注：一"事"上有"临"字。

⑳ <u>张澍</u>本原注："之"一作"而"。

㊄ <u>张澍</u>本原注："之"一作"以"

㊅ <u>张澍</u>本原注："莫测"一作"不息"。

㊆ <u>张澍</u>本原注："多"一作"有"。

㊇ <u>张澍</u>本原注："临"一作"因"，"制"一作"而"。

㊈ <u>张澍</u>本原注：一作"善用短兵"。

㊉ <u>张澍</u>本原注："凌"一作"高"。

⊜ <u>张澍</u>本原注：一作"简而能详"。

将　器

将之器,[○]其用大小不同。[○]若乃察其奸,伺其祸,为众所服,[○]此十夫之将。夙兴夜寐,言词密察,此百夫之将。直而有虑,勇而能斗,此千夫之将。外貌桓桓,^四中情烈烈,^五知人勤劳,^六悉人饥寒,^七此万夫之将。进贤进能,日慎一日,^八诚信宽大,闲于理乱,此十万人之将。^九仁爱洽于下,信义服邻国,[○]上知天文,中察人事,[○]下识地理,[○]四海之内,视如室家,[○]此天下之将。^四

○张澍本原注:一"将"上有"夫"字。

○张澍本原注:一无"其用"二字。

○张澍本原注:一"众"下有"心"字。

四张澍本原注:"桓桓"一作"茫茫"。

五张澍本原注:"情"一作"心"。

六张澍本原注:"勤劳"一作"艰难"。

七张澍本原注:"寒"一作"饱"。

八张澍本原注:一无此二句。

九张澍本原注:一无此句。

○张澍本原注:一作"隐隐纷纷,邻国皆服"。

○张澍本原注:"察"一作"悉"。

○张澍本原注:"识"一作"察"。

○张澍本原注:"视"一作"亲"。

四张澍本原注:"之"一作"雄",末有"不可敌也"句。

将　弊

夫为将之道，有八弊焉，一曰贪而无厌，^一二曰妒贤嫉能，三曰信谗好佞，^二四曰料彼不自料，五曰犹豫不自决，六曰荒淫于酒色，七曰奸诈而自怯，^三八曰狡言而不以礼。^四

　　^一张澍本原注："而"一作"求"。

　　^二张澍本原注：一作"信好邪佞"。

　　^三说郛本"自"作"心"。张澍本原注：一作"奸不忌于法令"。

　　^四说郛本"狡"作"强"。张澍本原注：一"言"下无"而"字，末有"格也"二字。

将　志

兵者凶器，将者危任，^一是以器刚则缺，任重则危。故善将者，不恃强，不怙势，宠之而不喜，辱之而不惧，^二见利不贪，见美不淫，^三以身殉国，壹意而已。

　　^一张澍本原注："危"一作"凶"。

　　^二张澍本原注：一无二"而"字。

　　^三张澍本原注："见美"一作"美色"。

将　善

将有五善四欲。^一五善者，所谓善知敌之形势，善知进退之道，善知国之虚实，善知天时人事，善知山川险阻。^二四欲者,所谓战欲奇,[⊜]谋欲密,众欲静,心欲一。

　　○张澍本原注:一"将"上有"夫"字。

　　⊜张澍本原注:"险阻"一作"夷险"。

　　⊜张澍本原注:一无"所谓"二字。

将　刚

善将者,其刚不可折,其柔不可卷,[○]故以弱制强,以柔制刚。纯柔纯弱,其势必削,纯刚纯强,其势必亡;不柔不刚,合道之常。

　　○张澍本原注:一本二"其"字皆作"至"。

将骄恡[○]

将不可骄,[⊜]骄则失礼,失礼则人离,人离则众叛。[⊜]将不可恡,恡则赏不行,赏不行则士不致命,[⊗]士不致命则军无功,^⑤无功则国虚,国虚则寇实矣。[⊗]孔子曰:"如有周公之才之美,使骄且恡,其馀不足观也已。"

　　○说郛本无"恡"字。

　　⊜张澍本原注:一无四字。

　　⊜张澍本原注:"众叛"一作"必叛"。

　　⊗张澍本原注:一"赏"下并有"罚"字。

　　⑤张澍本原注:一无"军"字。

　　⊗张澍本原注:一无"矣"字。

将　强^一

将有五强八恶。^二高节可以厉俗，孝弟可以扬名，信义可以交友，沉虑可以容众，^三力行可以建功，^四此将之五强也。^五谋不能料是非，礼不能任贤良，政不能正刑法，富不能济穷阨，^六智不能备未形，虑不能防微密，达不能举所知，败不能无怨谤，^七此谓之八恶也。

㊀张澍本原注：一作"将德"。

㊁张澍本原注：一作"将有五德"。

㊂张澍本原注："沉虑"一作"泛爱"。

㊃张澍本原注："建"一作"立"。

㊄张澍本原注："强"一作"德"，无"也"字。

㊅张澍本原注："穷阨"一作"贫乏"。

㊆张澍本原注："怨"一作"毁"。

出　师

古者国有危难，^一君简贤能而任之。^二齐三日，入太庙，南面而立；^三将北面，太师进钺于君。^四君持钺柄以授将，^五曰："从此至军，^六将军其裁之。"^七复命曰："见其虚则进，见其实则退。^八勿以身贵而贱人，勿以独见而违众，勿恃功能而失忠信。^九士未坐，勿坐，士未食，勿食，同寒暑，等劳逸，齐甘苦，均危患；如此，则士必尽死，^{一〇}敌必可亡。"将受词，^{一一}凿凶门，^{一二}引军而出。君送之，跪而推毂，曰："进退惟时，^{一三}

军中事，不由君命，⊜皆由将出。"若此，则无天于上，无地于下，无敌于前，无主于后，是以智者为之虑，勇者为之斗，故能战胜于外，⊝功成于内，⊜扬名于后世，⊜福流于子孙矣。⊛

⊖张澍本原注：一无"危"字。

⊜说郛本"简"作"择"。张澍本原注：一无"能"字。

⊜张澍本原注：一作"南面立"。

⊗张澍本原注：一"铖"上有"斧"字。

⊕张澍本原注：一"授"下有"于"字。

⊗张澍本原注：一作"阃外无此"四字。

⊕说郛本"裁"作"图"。张澍本原注：一无"其"字。

⊗说郛本"退"作"止"，张澍本原注亦云一作"止"。

⊗张澍本原注：一作"勿以巧佞而为忠信"。说郛本"而"作"勿"。

⊜张澍本原注："死"一作"命"。

⊜说郛本作"授词讫"。

⊜说郛本"凿"作"辟"。

⊜张澍本原注："惟"一作"无"。

⊜张澍本原注：一作"军中之事不由君命"。

⊜张澍本原注：一无"能"字。

⊗张澍本原注："功成"一作"立功"。

⊜张澍本原注："世"一作"代"。

⊗张澍本原注："流于"一作"延及"。

择　材

夫师之行也，有好斗乐战，⊖独取强敌者，⊜聚为一徒，名曰报国之士;[⊜]有气盖三军,[⊕]材力勇捷者,[⊛]聚为一徒,名曰突阵之士;有轻足善步,[⊗]走如奔马者,聚为一徒,名曰搴旗之士;有骑射如飞,[⊕]发无不中者,聚为一徒,名曰争锋之士;有射必中,中必死者,聚为一徒,名曰飞驰之士;有善发强弩,远而必中者,聚为一徒,名曰摧锋之士。此六军之善士,[⊗]各因其能而用之也。

〇张澍本原注:一"斗"下有"而"字。

〇张澍本原注:一无"独"字。

〇张澍本原注:"报国"一作"冒阵"。

〇说郛本"盖"作"冠"。

〇说郛本"捷"作"健"。张澍本原注:"勇捷"一作"敢斗"。

〇张澍本原注:一无"步"字。

〇张澍本原注:一"有"下有"善"字。

〇张澍本原注:一作"此推军六善"。

智　用

夫为将之道,必顺天、因时、依人以立胜也。故天作时不作而人作,^〇是谓逆时;^〇时作天不作而人作,是谓逆天;天作时作而人不作,是谓逆人。智者不逆天,亦不逆时,亦不逆人也。^〇

〇张澍本原注:一无"而"字。

〇张澍本原注:"是谓"一作"谓之"。

〇说郛本"亦"作"又"。张澍本原注:一无二"亦"字。

不 陈

古之善理者不师,善师者不陈,善陈者不战,善战者不败,善败者不亡。昔者,圣人之治理也,安其居,乐其业,至老不相攻伐,可谓善理者不师也。若舜修典刑,[○]咎繇作士师,[○]人不干令,[○]刑无可施,^四可谓善师者不陈。若禹伐有苗,舜舞干羽而苗民格,^五可谓善陈者不战。若齐桓南服强楚,北服山戎,^六可谓善战者不败。若楚昭遭祸,奔秦求救,^七卒能返国,^八可谓善败者不亡矣。

○张澍本原注:一无"若"字。

○张澍本原注:一无"师"字。

○张澍本原注:"干"一作"犯"。

四张澍本原注:"可"一作"所"。

五张澍本原注:"格"一作"服"。

六张澍本原注:一作"汤武誓师,一戎衣而天下大定"。

七张澍本原注:一作"楚昭王遭阖闾之伐而身奔"。

八张澍本原注:一"返"下有"其"字。

将 诚

书曰:"狎侮君子,罔以尽人心,狎侮小人,罔以尽人力。"故行兵之要,[○]务揽英雄之心,严赏罚之科,总文武之道,操刚柔之术,[○]说礼乐而敦诗书,[○]先仁义而后智勇;^四静如潜鱼,动若奔獭,丧其所连,^五折其所强,耀以旌旗,戒以金鼓，^⑥退若山移，进如风雨，击崩若摧，^⑦合战如虎；迫而容之，利而诱之，乱而取之，卑而骄之，亲而离之，强而弱之，有危者安之，有惧者悦之，有叛者怀之，有冤者申之，有强者抑之，有弱者扶之，^⑧有谋者亲之，有谗者覆之，获财者与之；^⑨不倍兵以攻弱，不恃众以轻敌，^⑩不傲才以骄人，不以宠而作威；^⑪先计而后动，知胜而始战，^⑫得其财帛不自宝，^⑬得其子女不自使。将能如此，^⑭严号申令，^⑮而人愿斗，则兵合刃接而人乐死矣。

㊀张澍本原注：一无“故”字。

㊁张澍本原注：“操”一作“兼”。

㊂张澍本原作：“说”一作“阅”。又注：此句一作“阅礼乐之说”。

㊃张澍本原注：一作“先德而后勇”。

㊄张澍本原注：“丧”一作“败”。

㊅张澍本原注：“戒”一作“威”。

㊆张澍本原注：一作“击若崩崖”。

㊇张澍本原注：“扶”一作“升”。

㊈张澍本原注：一“获”上有“有”字。

㊉张澍本原注：“众”一作“力”。

㊀张澍本原注：“以”一作“固”，“而”一作“以”。

㊁张澍本原注：“始”一作“后”。

㊂张澍本原注：“财”一作“玉”。

㊃张澍本原注：一无“将能”二字。

㊄张澍本原注：“严”一作“发”，“申”一作“施”。

戒 备[⊖]

夫国之大务，[⊜]莫先于戒备。[⊜]若夫失之毫厘，[⊗]则差若千里，[⊕]覆军杀将，[⊗]势不逾息，可不惧哉！故有患难，[⊕]君臣旰食而谋之，择贤而任之。[⊗]若乃居安而不思危，寇至不知惧，[⊕]此谓燕巢于幕，鱼游于鼎，亡不俟夕矣！[⊜]传曰："不备不虞，[⊜]不可以师。"[⊜]又曰："豫备无虞，[⊜]古之善政。"[⊗]又曰："蜂虿尚有毒，而况国乎？"[⊗]无备，虽众不可恃也。[⊗]故曰，有备无患。[⊗]故三军之行，不可无备也。[⊗]

⊖ 张澍本原注："戒"一作"戎"。

⊜ 说郛本无"夫"字。

⊜ 张澍本原注：一作"莫先于戎事备"。

⊗ 说郛本"夫"作"乃"。张澍本原注："夫"一作"乃"。

⊕ 张澍本原注：一无"则"字，"若"作"之"。

⊗ 张澍本原注：一"覆""杀"字互。

⊕ 张澍本原注：一"故"下有"国"字。

⊗ 张澍本原注：一无此句。

⊕ 说郛本"惧"作"拒"。

⊜ 说郛本无"矣"字。张澍本原注："俟"一作"待"。

⊜ 说郛本"虞"作"危"。

⊜ 张澍本原注：一有"又曰国无小有备故也"句。

⊜ 说郛本"无"作"不"。

⊗ 张澍本原注：一作"善政之道"。

⊗ 张澍本原注：一无"尚"字，"况"上无"而"字，"况"字下有"于"字。

㊅张澍本原注：一有"书曰惟事事乃有其备"句。

㊇张澍本原注：一无"故曰"二字。

㊈张澍本原注："无"一作"不"。

习　练

夫军无习练，百不当一；习而用之，一可当百。故**仲尼**曰："不教而战，是谓弃之。"又曰："善人教民七年，亦可以即戎矣。"然则即戎之不可不教，㊀教之以礼义，㊁诲之以忠信，诫之以典刑，威之以赏罚，故人知劝。㊂然后习之，或陈而分之，坐而起之，行而止之，走而却之，㊃别而合之，散而聚之。一人可教十人，十人可教百人，百人可教千人，千人可教万人，㊄可教三军，㊅然后教练而敌可胜矣。㊆

㊀张澍本原注：一无"然则即戎之"五字。

㊁张澍本原注："教"一作"先训"。

㊂张澍本原注：一无"故"字，"知"下有"其"字，"劝"下有"矣"字。

㊃张澍本原注："走"一作"前"。

㊄张澍本原注：一无四"可"字。

㊅张澍本原注：一作"以成三军"。

㊆张澍本原注：一作"如此习练之，敌必败矣"。

军　蠹

夫三军之行，有探候不审，㊀烽火失度；后期犯令，不应时

诸葛亮集

机，^㊁阻乱师徒；^㊂乍前乍后，^㊃不合金鼓；上不恤下，削敛无度；^㊄营私徇己，不恤饥寒；非言妖辞，^㊅妄陈祸福；无事喧杂，^㊆惊惑将吏；^㊇勇不受制，专而陵上；侵竭府库，^㊈擅给其财。^㊉此九者，三军之蠹，有之必败也。

㊀　张澍本原注："审"一作"谨"。

㊁　说郛本"时机"作"机速"。

㊂　张澍本原注：一作"阻乱师旅"。

㊃　张澍本原注：一作"乍却乍前"。

㊄　说郛本"削敛"作"敛削"。张澍本原注："度"一作"厌"。

㊅　说郛本"辞"作"祥"。张澍本原注："妖"一作"矫"。

㊆　说郛本"无"作"好"。张澍本原注：一"喧"上无"无事"二字。

㊇　张澍本原注：一"惊惑"作"乱惑"。

㊈　张澍本原注："侵"一作"虚"，"府"一作"军"。

㊉　说郛本"财"作"身"。张澍本原注：一作"赏以给身"。

腹　心

夫为将者，必有腹心、耳目、爪牙。^㊀无腹心者，^㊁如人夜行，无所措手足；^㊂无手足者，如冥然而居，不知运动；^㊃无爪牙者，如饥人食毒物，无不死矣。故善将者，必有博闻多智者为腹心，沉审谨密者为耳目，勇悍善敌者为爪牙。

㊀　张澍本原注：一"耳目、爪牙"上并有"必有"二字。

㊁　张澍本原注：一无"者"字。

㊂　张澍本原注：一无此句。

〔四〕张澍本原注:一无此句。

谨　候

夫败军丧师,未有不因轻敌而致祸者,〔一〕故师出以律,失律则凶。律有十五焉,〔二〕一曰虑,间谍明也;二曰诘,谇候谨也;三曰勇,敌众不挠也;四曰廉,见利思义也;五曰平,赏罚均也;六曰忍,善含耻也;七曰宽,能容众也;八曰信,重然诺也;九曰敬,礼贤能也;十曰明,不纳谗也;十一曰谨,〔三〕不违礼也;〔四〕十二曰仁,善养士卒也;〔五〕十三曰忠,以身徇国也;十四曰分,知止足也;十五曰谋,自料知他也。〔六〕

> 〔一〕张澍本原注:"轻"一作"欺","者"一作"也"。
> 〔二〕张澍本原注:一"律"下有"道"字。
> 〔三〕张澍本原注:一"敬""谨"字互异。
> 〔四〕张澍本原注:一作"不违旧也"。
> 〔五〕张澍本原注:一无"善"字。
> 〔六〕张澍本原注:一作"自料而后料人也"。

机　形

夫以愚克智,逆也;以智克愚,顺也;以智克智,机也。其道有三,〔一〕一曰事,二曰势,三曰情。事机作而不能应,非智也;势机动而不能制,〔二〕非贤也;情机发而不能行,非勇也。善将者,〔三〕必因机而立胜。〔四〕

○张澍本原注:"其"一作"机"。

○张澍本原注:"制"一作"图"。

○张澍本原注:一"善"下有"为"字。

○张澍本原注:"而"一作"以","胜"下有"也"字。

重　刑

吴起曰:鼓鼙金铎,○所以威耳,旌帜,所以威目,○禁令刑罚,所以威心。耳威以声,不可不清;目威以容,不可不明;心威以刑,不可不严。三者不立,○士可怠也。○故曰,将之所麾,莫不心移;○将之所指,莫不前死矣。○

○张澍本原注:"金铎"一作"鼓声"。

○张澍本原注:"旌帜"一作"旌旄旗帜"。

○张澍本原注:一"三"上有"此"字,"立"作"善"。

○张澍本原注:一作"害可待也"。

○张澍本原注:一"心"作"必"。

○张澍本原注:"莫不前死"一作"莫不必至",末有"将之莫不必死"句。

善　将

古之善将者有四,○示之以进退,故人知禁;诱之以仁义,○故人知礼;重之以是非,故人知劝;决之以赏罚,○故人知信。○禁、礼、劝、信,师之大经也,未有纲直而目不舒也。○故能战必胜,攻必取。○庸将不然,退则不能止,进则不能禁，^⑦故与军同亡；无劝戒则赏罚失度，^⑧人不知信，而贤良退伏，谄顽登用；^⑨是以战必败散也。

㊀张澍本原注：一"四"下有"大经"二字。

㊁张澍本原注："诱"一作"陈"，"仁"一作"德"。

㊂张澍本原注："决"一作"令"。

㊃张澍本原注：以上"故"字皆作"而"。

㊄张澍本原注：一无此句。

㊅张澍本原注："攻"一作"敌"，句末有"也"字。

㊆张澍本原注：一"则"字皆作"而"。

㊇张澍本原注：一作"善恶混同，士不识勤，赏罚不均"。

㊈张澍本原注：一"而"字作"故"，"谄"上有"而"字，"登"作"进"。

审　因

夫因人之势以伐恶，则黄帝不能与争威矣。因人之力以决胜，则汤、武不能与争功矣。若能审因而加之威胜，则万夫之雄将可图，四海之英豪受制矣。

兵　势

夫行兵之势有三焉，一曰天，二曰地，三曰人。天势者，日月清明，五星合度，彗孛不殃，^㊀风气调和。^㊁地势者，城峻重崖，洪波千里，石门幽洞，羊肠曲沃。人势者，主圣将贤，三军由礼，士卒用命，^㊂粮甲坚备。善将者，因天之时，就地之势,依人之利,则所向者无敌,^四所击者万全矣。

㊀说郛本"彗字"作"孛慧"。张澍本原注:"殃"一作"生"。

㊁张澍本原注:"和"一作"顺"。

㊂说郛本"用命"作"周备"。

㊃说郛本"向"作"当"。

胜　败

贤才居上,^㊀不肖居下,^㊁三军悦乐,士卒畏服,^㊂相议以勇斗,^㊃相望以威武,^㊄相劝以刑赏,^㊅此必胜之征也。^㊆士卒惰慢,三军数惊,下无礼信,人不畏法,^㊇相恐以敌,相语以利,相嘱以祸福,相惑以妖言,此必败之征也。^㊈

㊀说郛本"才"作"者"。

㊁张澍本原注:一作"士卒处下",下有"人安其业,是以无敌"句。

㊂说郛本"服"作"惧"。

㊃张澍本原注:"议"一作"陈"。

㊄张澍本原注:"望"一作"坚"。

㊅说郛本"赏"作"罚"。

㊆张澍本原注:"征"一作"道"。

㊇张澍本原注:"畏"一作"忌"。

㊈张澍本原注:"征"一作"道"。

假　权

夫将者,人命之所县也,成败之所系也,祸福之所倚也,而上不假之以赏罚，是犹束猿猱之手，而责之以腾捷，○胶离娄之目，而使之辨青黄，不可得也。若赏移在权臣，罚不由主将，人苟自利，谁怀斗心？虽伊、吕之谋，韩、白之功，而不能自卫也。○故孙武曰："将之出，○君命有所不受。"亚夫曰："军中闻将军之命，○不闻有天子之诏。○"

○张澍本原注：一作"责其不升木"。
○张澍本原注：一无"而""也"二字。
○张澍本原注：一句末有"也"字。
○张澍本原注："命"一作"令"。
○张澍本原注：一句末有"也"字。

哀　死

古之善将者，养人如养己子，○有难，则以身先之，有功，则以身后之，伤者，泣而抚之，死者，哀而葬之，○饥者，舍食而食之，○寒者，解衣而衣之，智者，○礼而禄之，勇者，赏而劝之。○将能如此，所向必捷矣。○

○张澍本原注：一"人"上有"其"字。
○张澍本原注：一此句在"伤者"句前。
○张澍本原注："舍"一作"给"，"食"一作"饲"。
○张澍本原注："智"一作"贤"。
○张澍本原注："赏"一作"贯"，"劝"一作"亲"。
○张澍本原注：一作"则所向必胜捷也"。

三 宾

夫三军之行也,必有宾客,群议得失,⊖以资将用。有词若县流,⊜奇谋不测,博闻广见,多艺多才,⊜此万夫之望,可引为上宾。⊗有猛若熊虎,㊄捷若腾猿,刚如铁石,利若龙泉,此一时之雄,㊅可以为中宾。㊆有多言或中,薄技小才,㊇常人之能,㊈此可引为下宾。

> ⊖张澍本原注:"群"一作"共"。
>
> ⊜张澍本原注:"词"一作"思","流"一作"泉"。
>
> ⊜张澍本原注:"多"一作"硕",句末有"者"字。
>
> ⊗张澍本原注:"引"一作"以"。
>
> ㊄张澍本原注:"熊"一作"饿"。
>
> ㊅张澍本原注:一句末有"也"字。
>
> ㊆张澍本原注:"中宾"一作"次宾"。
>
> ㊇张澍本原注:"技"一作"能","才"一作"技"。
>
> ㊈张澍本原注:一无此句。

后 应⊖

若乃图难于易,为大于细,⊜先动后用,刑于无刑,⊜此用兵之智也。⊗师徒已列,戎马交驰㊄,强弩才临,㊅短兵又接,乘威布信,㊆敌人告急,㊇此用兵之能也。身冲矢石,争胜一时,成败未分,㊈我伤彼死,⊜此用兵之下也。

> ⊖张澍本原注:一作"没应"。

○张澍本原注："细"一作"小"。

○张澍本原注：一作"先用赏，后用刑"。

○张澍本原注："智"一作"妙"。

○张澍本原注："马"一作"骑"。

○张澍本原注："才临"一作"乱挠"。

○张澍本原注：一作"敷陈威信"。

○张澍本原注："急"一作"降"。

○张澍本原注："未"一作"各"。

○张澍本原注：一"我""彼"字互异。

便　利○

夫草木丛集，○利以游逸；重塞山林，利以不意；前林无隐，○利以潜伏；○以少击众，利以日莫；以众击寡，利以清晨；强弩长兵，利以捷次；逾渊隔水，风大暗昧，○利以搏前击后。

○张澍本原注：一作"使利"。

○张澍本原注："集"一作"秽"。

○张澍本原注："前林"一作"晴明"。

○张澍本原注："潜伏"一作"勇力"；又有"隘涂深草，利以潜伏"句。

○张澍本原注："风大"一作"大风"。

应　机

夫必胜之术，合变之形，○在于机也。非智者孰能见机而作乎？[◯]见机之道，莫先于不意。[◯]故猛兽失险，^四童子持戟以追之，^五蜂虿发毒，^六壮夫彷徨而失色，^七以其祸出不图，变速非虑也。^八

◯张澍本原注："形"一作"利"。

◯张澍本原注：一作"非智者孰能与于此乎"。又说郏本无"乎"字。

◯张澍本原注："先"一作"大"。

四张澍本原注："故猛兽"一作"犹猇虎"。

五张澍本原注："持"一作"曳"，"以"一作"而"。

六张澍本原注："发毒"一作"入袖"。

七张澍本原注："彷徨"一作"恛惶"。说郏本"夫"作"士"，"彷"作"彷"。

八张澍本原注：一作"故出其本意，图变实虚也"。

揣　能

古之善用兵者，揣其能而料其胜负。[◯]主孰圣也？将孰贤也？吏孰能也？粮饷孰丰也？[◯]士卒孰练也？军容孰整也？[◯]戎马孰逸也？形势孰险也？宾客孰智也？邻国孰惧也？^四财货孰多也？^五百姓孰安也？由此观之，^六强弱之形，可以决矣。

◯张澍本原注：一"揣"上有"先"字，"料"作"断"。

◯张澍本原注：一无"饷"字。

◯张澍本原注："容"一作"器"。

四张澍本原注：一无此句。

五张澍本原注："多"一作"实"。

轻 战

螫虫之触,负其毒也;战士能勇,恃其备也。所以锋锐甲坚,则人轻战。故甲不坚密,与肉袒同;㊀射不能中,与无矢同;中不能入,与无镞同;探候不谨,与无目同;将帅不勇,与无将同。

㊀张澍本原注:此句下一有"弩不及远,与短兵同"二句。

地 势

夫地势者,兵之助也,不知战地而求胜者,㊀未之有也。山林土陵,㊁丘阜大川,此步兵之地。土高山狭,蔓衍相属,㊂此车骑之地。依山附涧,高林深谷,此弓弩之地。草浅土平,可前可后,此长戟之地。芦苇相参,竹树交映,㊃此枪矛之地也。㊄

㊀张澍本原注:一无"求"字。

㊁张澍本原注:"土陵"一作"积石"。

㊂张澍本原注:"蔓衍"一作"蔓草"。

㊃张澍本原注:"竹树"一作"树木"。

㊄张澍本原注:"矛"一作"鉾"。又云:一此三句在"依山附涧"句上。

情　势

夫将有勇而轻死者,有急而心速者,有贪而喜利者,有仁而不忍者,有智而心怯者,有谋而情缓者。是故勇而轻死者,可暴也;急而心速者,可久也;贪而喜利者,可遗也;仁而不忍者,可劳也;智而心怯者,可窘也;谋而情缓者,可袭也。

击　势

古之善斗者,㊀必先探敌情而后图之。㊁凡师老粮绝,㊂百姓愁怨,㊃军令小习,㊄器械不修,计不先设,㊅外救不至,㊆将吏刻剥,赏罚轻懈,营伍失次,战胜而骄,㊇可以攻之。㊈若用贤授能,㊉粮食羡馀,㊋甲兵坚利,四邻和睦,㊌大国应援,㊍敌有此者,㊎引而计之。

㊀张澍本原注:"斗"一作"将"。

㊁张澍本原注:一无"必"字,"而"一作"然"。

㊂张澍本原注:一无"凡"字。

㊃张澍本原注:"愁怨"一作"怨生"。

㊄张澍本原注:一作"人多疾疫"。

㊅张澍本原注:一此句在"器械"句上。

㊆张澍本原注:一此句上有"卒不习练"句。

㊇张澍本原注:一"外救不至"句下,有"涂远日莫,士卒劳倦,将薄吏轻,懈不设备,进不暇陈,陈而未定,行波涉水,牛山隐藏,逾津越河,旌旗散乱,将士相违"四十四字,乃接"战胜而骄"句。

㈨张澍本原注：一无此句，有"行阵失列，兵疲而惊，大军虽给，而众未食，自行自止，或前或却，击之无疑，上度下惠，信赏必罚，陈功就列"四十字。

㈩张澍本原注：一无"若"字。

⊖张澍本原注：一作"师恭而礼"。

⊜张澍本原注："睦"一作"之"。

⊜张澍本原注：一作"归于版图"。又有"粮备有馀，政教不虚"二句。

⊜张澍本原注：一作"敌人有此"。

⊜张澍本原注："计"一作"避"。

整　师

夫出师行军，㊀以整为胜。若赏罚不明，法令不信，金之不止，鼓之不进，虽有百万之师，无益于用。所谓整师者，㊁居则有礼，动则有威，进不可当，退不可逼，前后应接，㊂左右应旄，而不与之危，㊃其众可合而不可离，可用而不可疲矣。

㊀张澍本原注：一"师""军"字互异。

㊁张澍本原注：一无"师"字。

㊂张澍本原注："接"一作"节"。

㊃张澍本原注：一无"而"字。

历　士

夫用兵之道，㊀尊之以爵，赡之以财，则士无不至矣；㊁接之

以礼，厉之以信，则士无不死矣；畜恩不倦，法若画一，则士
无不服矣；先之以身，后之以人，则士无不勇矣；小善必录，
小功必赏，则士无不劝矣。

㊀张澍本原注："兵"一作"人"。

㊁张澍本原注："至"一作"奋"。

自　勉

圣人则天，㊀贤者法地，㊁智者则古。㊂骄者招毁，㊃妄者稔
祸，㊄多语者寡信，自奉者少恩，㊅赏于无功者离，㊆罚加无
罪者怨，㊇喜怒不当者灭。㊈

㊀张澍本原注：一"圣"上有"夫"字。

㊁张澍本原注："者"一作"人"。

㊂张澍本原注："则"一作"循"。

㊃张澍本原注："招毁"一作"毁至"。

㊄张澍本原注："妄"一作"慢"，"稔祸"一作"祸及"。

㊅张澍本原注："奉"一作"养"。

㊆张澍本原注：一无"于"字。

㊇张澍本原注：一无"加"字。

㊈张澍本原注：一无"喜"字，"当"作"常"。

战　道

夫林战之道，㊀昼广旌旗，夜多金鼓，㊁利用短兵，巧在设

伏,或改于前,或发于后。丛战之道,利用剑楯,将欲图之,先度其路,十里一场,五里一应,[⊜]偃戢旌旗,特严金鼓,[⊗]令贼无措手足。[⊕]谷战之道,巧于设伏,利以勇斗,[⊗]轻足之士凌其高,必死之士殿其后,列强弩而冲之,[⊕]持短兵而继之,彼不得前,我不得往。水战之道,利在舟楫,练习士卒以乘之,[⊗]多张旗帜以惑之,严弓弩以中之,[⊗]持短兵以捍之,设坚栅以卫之,顺其流而击之。夜战之道,利在机密,或潜师以冲之,[⊜]以出其不意,或多火鼓,[⊜]以乱其耳目,驰而攻之,可以胜矣。[⊜]

〇张澍本原注:一无"夫"字。

〇张澍本原注:一"多金"作"张火"。

〇张澍本原注:"应"一作"堠"。

〇张澍本原注:"特"一作"时"。

〇张澍本原注:"贼"一作"敌",一"无"下有"所"字。

〇张澍本原注:"以"一作"在"。

〇张澍本原注:"而"一作"以"(下句"而"亦一作"以")。

〇张澍本原注:"练"一作"简"。

〇张澍本原注:"严弓"一作"发强"。

〇张澍本原注:一"潜师"下有"衔枚"二字。

〇张澍本原注:一"多"下有"将"字。

〇张澍本原注:一无"可以"二字。

和　人

夫用兵之道,在于人和,^〇人和则不劝而自战矣。若将吏相猜，^㊀士卒不服，^㊁忠谋不用，^㊃群下谤议，^㊄谗慝互生，虽有汤、武之智，而不能取胜于匹夫，况众人乎。^㊅

㊀张澍本原注：一作"要在人和"。

㊁张澍本原注：一无"将"字，"吏"下有"卒"字。

㊂张澍本原注："卒"一作"戎"，"服"一作"附"。

㊃张澍本原注："用"一作"纳"。

㊄张澍本原注："下"一作"小"。

㊅张澍本原注：一有"故传曰兵犹火也，不戢将自焚"二句。

察　情

夫兵起而静者，^㊀恃其险也；迫而挑战者，欲人之进也；众树动者，车来也；尘土卑而广者，^㊁徒来也；辞强而进驱者，退也；半进而半退者，诱也；杖而行者，饥也；见利而不进者，劳也；鸟集者，虚也；夜呼者，恐也；军扰者，^㊂将不重也；旌旗动者，乱也；^㊃吏怒者，倦也；数赏者，窘也；数罚者，困也；^㊄来委谢者，欲休息也；^㊅币重而言甘者，诱也。^㊆

㊀张澍本原注：一"起"下有"有情近"三字。

㊁张澍本原注：一无"土"字。

㊂张澍本原注："扰"一作"挠"。

㊃张澍本原注：一"乱"上有"兵"字。

㊄张澍本原注：一有"先暴而后畏其众者，不静之至也"二句。

㊅张澍本原注：一无"欲"字。

㊆张澍本原注：一"诱"下有"我"字。

将　情

夫为将之道，军井未汲，将不言渴；军食未熟，[○]将不言饥；军火未然，将不言寒；军幕未施，将不言困；夏不操扇，雨不张盖，与众同也。

○张澍本原注："食"一作"米"，"熟"一作"炊"。

威　令

夫一人之身，[○]百万之众，[○]束肩敛息，重足俯听，莫敢仰视者，法制使然也。若乃上无刑罚，下无礼义，虽贵有天下，富有四海，而不能自免者，桀、纣之类也。[○]夫以匹夫之刑令以赏罚，^四而人不能逆其命者，孙武、穰苴之类也。^五故令不可轻，势不可通。^六

○张澍本原注："之身"一作"威貌"。

○张澍本原注：一作"而万人"。

○张澍本原注：一"也"上有"是"字。

四张澍本原注：一作"夫以兵之权，制之以法令，威之以赏罚"。

五张澍本原注：一"类"下有"是"字。

六张澍本原注："通"一作"逆"。

东　夷

东夷之性，薄礼少义，[○]捍急能斗，依山堑海，凭险自固，[○]

上下和睦，^三百姓安乐，^四未可图也。^五若上乱下离，则可以行间，间起则隙生，^六隙生则修德以来之，^七固甲兵而击之，^八其势必克也。

㊀张澍本原注：一作"薄识礼义"。

㊁说郛本"险"作"以"。

㊂张澍本原注：一"上"上有"若"字，"上下"作"君臣"。

㊃张澍本原注：一作"黎民安喜"。

㊄张澍本原注："未"一作"不"。

㊅张澍本原注：一无"则"字。

㊆张澍本原注：一无"隙生"二字。

㊇张澍本原注："固甲兵"一作"因其人"。

南　蛮

南蛮多种，性不能教，^一连合朋党，失意则相攻，^二居洞依山，或聚或散，西至昆仑，东至洋海，海产奇货，^三故人贪而勇战，春夏多疾疫，^四利在疾战，^五不可久师也。

㊀张澍本原注："能"一作"帅"。

㊁张澍本原注："则相攻"一作"则叛"。

㊂张澍本原注：一作"以西多马，其海出奇货"。

㊃张澍本原注："疾"一作"瘴"。

㊄张澍本原注："战"一作"斗"。

西　戎

西戎之性，勇悍好利，^一或城居，或野处，米粮少，金贝多，^二

故人勇战斗，难败。^㊂自碛石以西，^㊃诸戎种繁，^㊄地广形险，俗负强很，^㊅故人多不臣，^㊆当候之以外衅，^㊇伺之以内乱，则可破矣。^㊈

㊀ 说郛本"勇"作"刁"。

㊁ 说郛本"贝"作"具"。

㊂ 张澍本原注：一作"西戎多种，性刚昧，依城著野，出良马，多金宝，而利于斗，故难败，此可以惑诈取，不可以言议服"三十六字。

㊃ 张澍本原注："碛"一作"积"。说郛本亦作"积"。

㊄ 张澍本原注：一"戎"下有"稍敷仁信"四字。

㊅ 张澍本原注："俗"一作"自"。说郛本此句作"负固强很"。

㊆ 张澍本原注：一无"故"字。

㊇ 张澍本原注："衅"一作"隙"。

㊈ 说郛本"破"作"图"。张澍本原注：一作"则斗之可图矣"。

北　狄

北狄居无城郭，随逐水草，势利则南侵，^㊀势失则北遁，^㊁长山广碛，^㊂足以自卫，饥则捕兽饮乳，寒则寝皮服裘，奔走射猎，^㊃以杀为务，未可以道德怀之，^㊄未可以兵戎服之。^㊅汉不与战。^㊆其略有三：汉卒且耕且战，^㊇故疲而怯，虏但牧猎，^㊈故逸而勇，以疲敌逸，以怯敌勇，不相当也，^㊉此不可战一也。^⑪汉长于步，日驰百里，虏长于骑，日乃倍之，汉逐虏则赍粮负甲而随之，^⑫虏逐汉则驱疾骑而运之，运负之势已殊，^⑬走逐之形不等，此不可战二也。汉战多步，虏战多骑,争地形之势,⒀则骑疾于步,⒂迟疾势县,此不可战三也。不得已,⒃则莫若守边。守边之道,⒄拣良将而任之,训锐士而御之,⒅广营田而实之,设烽堠而待之,候其虚而乘之,因其衰而取之,⒆所谓资不费而寇自除矣,⒇人不疲而虏自宽矣。㉑

㈠说郛本"侵"下有"汉境"二字。

㈡说郛本"遁"下有"阴山"二字。张澍本原注:一作"乃自引去"。

㈢说郛本无此句,另作"足以自固"。

㈣张澍本原注:"射"一作"驰"。

㈤张澍本原注:"怀"一作"绥"。

㈥张澍本原注:"戎"一作"革"。

㈦说郛本作"汉兵不可以战"。

㈧张澍本原注:"卒"一作"军"。

㈨张澍本原注:一作"且牧且猎"。

㈩说郛本"当"作"斗"。张澍本原注:一无此句。

⑪说郛本作:"此其不可战者一也。"下同。

⑫张澍本原注:"赍"一作"运"。

⑬说郛本"运"作"胜"。

⑭说郛本"争"作"夺"。张澍本原注:一作"争地之形势"。

⑮张澍本原注:一作"则骑与步"。

⑯张澍本原注:一无此三字。

⑰张澍本原注:一无此四字。

⑱说郛本"而"作"以"。下句同。

〇张澍本原注：一作"多方策以误之，乘间隙以击之"。

〇张澍本原注："资"一作"国"，"寇自除矣"作"寇可克矣"。

〇张澍本原注："自宽矣"一作"已静矣"。

附　录

卷　一

策诸葛丞相诏

刘　备

澍案:蜀志,章武元年夏四月,策亮为丞相,诏曰:
朕遭家不造,奉承大统,兢兢业业,不敢康宁,思靖百姓,惧
未能绥。於戏! 丞相亮其悉朕意,无怠辅朕之阙,助宣重
光,以照明天下。君其勖哉! 蜀志本传。

与诸葛丞相诏

刘　备

澍案:蜀志,先主定蜀,嘉霍峻之功,以峻为梓潼太守,裨将
军。在官三年,卒,先主甚悼惜,乃诏诸葛亮曰:

峻既佳士，加有功于国，欲行酹。三国志卷四十一蜀志霍峻传。

遗　诏^一

刘　备

　　澍案：裴松之蜀志注：亮集载昭烈遗诏，敕后主曰：

朕初疾但下痢耳，后转杂他病，殆不自济。人五十不称夭，年已六十有馀，何所复恨，不复自伤，但以卿兄弟为念。射君到，说丞相叹卿智量甚大，增修过于所望，审能如此，吾复何忧！勉之，勉之！勿以恶小而为之，勿以善小而不为。惟贤惟德，能服于人。汝父德薄，勿效之。可读汉书、礼记，闲暇历观诸子及六韬、商君书，益人意智。闻丞相为写申、韩、管子、六韬一通已毕，未送，道亡，可自更求闻达。三国志卷三十二蜀志先主传裴注引诸葛亮集。

　　⊖此篇与下篇张澍以为诸葛亮文，列入卷一。今按裴注载亮集者，并载其
　　　行事，因录遗诏，非谓亮作。今移此，作刘备诏令。

又　诏

刘　备

111

　　澍案：太平御览引诸葛亮集，先主临终时，引鲁王与语。

吾亡之后，汝兄弟父事丞相，令卿与丞相共事而已。同前。

赐鈇钺诏㊀

刘　禅

澍案：裴松之蜀志注，诏赐云云，事在亮集。

赐丞相亮金鈇钺一具，曲盖一，前后羽葆鼓吹各一部，虎贲六十人。蜀志本传裴注引。

㊀此篇张澍亦以为诸葛亮作，列入卷一，题为南征诏，实非亮文，今改题为赐鈇钺诏，并移于此。

策复诸葛丞相诏

刘　禅

澍案：蜀志，亮遣陈式攻武都、阴平。魏郭淮率众欲击式，亮自出至建威，淮退遁，遂拔二郡。诏复为丞相。

街亭之役，咎由马谡，而君引愆，深自贬抑，重违君意，听顺所守。前年燿师，馘斩王双，今岁爰征，郭淮遁走，降集氐、羌，兴复二郡，威震凶暴，功勋显然。方今天下骚扰，元恶未枭，君受大任，干国之重，而久自挹损，非所以光扬洪烈矣。今复君丞相，君其勿辞。蜀志本传。

策诸葛丞相诏

刘　禅

澍案：蜀志，建兴十二年八月，亮卒于军，时年五十四。诏

诸葛亮集

策曰：

惟君体资文武，明睿笃诚，受遗托孤，匡辅朕躬，继绝兴微，志存靖乱，爰整六师，无岁不征，神武赫然，威震八荒，将建殊功于季汉，参伊、周之巨勋。如何不吊，事临垂克，遘疾陨丧！朕用伤悼，肝心若裂。夫崇德序功，纪行命谥，所以光昭将来，刊载不朽。今使使持节左中郎将杜琼，赠君丞相武乡侯印绶，谥君为忠武侯。魂而有灵，嘉兹宠荣。呜呼哀哉！呜呼哀哉！蜀志本传。

与诸葛公书

刘 巴

澍案：零陵先贤传云，巴往零陵，事不成，欲游交州，道还京师。时诸葛亮在临蒸，巴与亮书曰：

乘危历险，到值思义之民，自与之众，承天之心，顺物之性，非余身谋所能劝动。若道穷数尽，将托命于沧海，不复顾荆州矣。三国志卷三十九蜀志刘巴传裴注引零陵先贤传。

与诸葛丞相笺

刘 琰

澍案：刘琰，字威硕，为车骑将军，[○]与前军师魏延不和，言语虚诞，亮责让之。琰与亮笺谢曰：

琰禀性空虚,本薄操行,加有酒荒之病,自先帝以来,纷纭之论,殆将倾覆。颇蒙明公本其一心在国,原其身中秽垢,扶持全济,致其禄位,以至今日。间者迷醉,言有违错,慈恩含忍,不致之于理,使得全完,保育性命。虽必克己责躬,改过投死,以誓神灵;无所用命,则靡寄颜。三国志卷四十蜀志刘琰传。

⊖张澍本作"军师将军",误,今据李严及刘琰传改。

与诸葛公书

马　良

澍案:蜀志马良传,先主领荆州,辟马良为从事。及先主入蜀,诸葛亮亦从后往。良留荆州,与亮书云:

闻雒城已拔,此天祚也。尊兄应期赞世,配业光国,魄兆见矣。⊖夫变用雅虑,审贵垂明,于以简才,宜适其时。若乃和光悦远,迈德天壤,使时闲于听,世服于道,齐高妙之音,正郑、卫之声,并利于事,无相夺伦,此乃管弦之至,牙、旷之调也。虽非钟期,敢不击节! 三国志卷三十九蜀志马良传。

⊖张澍案云:华阳国志云:"承雒城已下,尊兄配业光国,魄兆见矣。"

与诸葛丞相书

马　谡

澍案:襄阳记,马谡下狱,临终与亮书云云,于时十万之众,为之垂泣。亮自临祭,待其遗孤如平生。

明公视<u>谡</u>犹子,<u>谡</u>视明公犹父,愿深惟<u>殛鲧</u>兴禹之义,使平生之交不亏于此,<u>谡</u>虽死无恨于黄壤也。<u>三国志卷三十九蜀志马谡传裴注引襄阳记。</u>

狱中与诸葛公书

彭　羕

澍案:<u>蜀志彭羕</u>,字永年,<u>广汉</u>人。<u>先主</u>领<u>益州</u>牧,拔<u>羕</u>为治中从事。自矜得遇,形色嚣然,左迁<u>江阳</u>太守。<u>羕</u>私情不悦,往诣<u>马超</u>,有悖语。<u>超</u>具表<u>羕</u>辞,于是收<u>羕</u>付有司。<u>羕</u>于狱中与<u>亮</u>书云:

仆昔有事于诸侯,以为<u>曹操</u>暴虐,<u>孙权</u>无道,<u>振威</u>闇弱,其惟主公有霸王之器,可与兴业致治,故乃翻然有轻举之志。会公来西,仆因<u>法孝直</u>自炫鬻,<u>庞统</u>斟酌其间,遂得诣公于<u>葭萌</u>,指掌而谭,论治世之务,讲霸王之义,建取<u>益州</u>之策,公亦宿虑明定,即相然赞,遂举事焉。仆于故州不免凡庸,忧于罪罔,得遭风云激矢之中,求君得君,志行名显,从布衣之中擢为国士,盗窃茂才。分子之厚,谁复过此。<u>羕</u>一朝狂悖。自求菹醢,为不忠不孝之鬼乎!先民有言,左手据天下之图,右手刿咽喉,愚夫不为也。况仆颇别菽麦者哉!所以有怨望意者,不自度量,苟以为首兴事业,而有投<u>江阳</u>之论,不解主公之意,意卒感激,颇以被酒,侻失"老"

115

语。此仆之下愚薄虑所致，主公实未老也。且夫立业，岂在老少，西伯九十，宁有衰志，负我慈父，罪有百死。至于内外之言，欲使孟起立功北州，戮力主公，共讨曹操耳，宁敢有他志邪？孟起说之是也，但不分别其间，痛人心耳。昔每与庞统，共相誓约，庶托足下末踪，尽心于主公之业，追名古人，载勋竹帛。统不幸而死，仆败以取祸。自我堕之，将复谁怨！足下，当世伊、吕也，宜善与主公计事，济其大猷。天明地察，神祇有灵，复何言哉！贵使足下明仆本心耳。行矣努力，自爱，自爱！三国志卷四十蜀志彭羕传。

谏诸葛公

法　正

澍案：蜀志刑法峻急，法正谏云：

昔高祖入关，约法三章，秦民知德，今君假借威力，跨据一州，初有其国，未垂惠抚；且客主之义，宜相降下，愿缓刑弛禁，以慰其望。蜀志本传裴注引郭冲事。

谏诸葛丞相

杨　颙

澍案：襄阳记，杨颙，字子昭。入蜀，为巴郡太守，丞相诸葛亮主簿。亮尝自校簿书，子昭直入谏云云，亮谢之。颙死，亮垂泣三日。

为治有体，上下不可相侵，请为明公以作家譬之。今有人使奴执耕稼，婢典炊爨，鸡主司晨，犬主吠盗，牛负重载，马涉远路，私业无旷，所求皆足，雍容高枕，饮食而已，忽一旦尽欲以身亲其役，不复付任，劳其体力，为此碎务，形疲神困，终无一成。岂其智之不如奴婢鸡狗哉？失为家主之法也。是故古人称坐而论道谓之三公，作而行之谓之士大夫。故邴吉不问横道死人而忧牛喘，陈平不肯知钱谷之数，云自有主者，彼诚达于位分之体也。今明公为治，乃躬自校簿书，流汗竟日，不亦劳乎！三国志卷四十五蜀志杨戏传注。

谏诸葛丞相

王　连

澍案：蜀志，南方诸郡不宾，诸葛亮将自征之，连谏曰：此不毛之地，疫疠之乡，不宜以一国之望，冒险而行。三国志卷四十一蜀志王连传。

称诸葛公

张　裔

澍案：蜀志，亮出驻汉中，裔以射声校尉领留府长史，常称曰：

公赏不遗远，罚不阿近，爵不可以无功取，刑不可以贵势免，此贤愚之所以佥忘其身者也。<u>三国志卷四十一蜀志张裔传</u>。

答诸葛公问

杨　洪

澍案：蜀志，<u>先主</u>争<u>汉中</u>，急书发兵，军师将军<u>诸葛亮</u>以问<u>洪</u>，对曰：

<u>汉中</u>则<u>益州</u>咽喉，存亡之机会，若无<u>汉中</u>则无<u>蜀</u>矣，此家门之祸也。方今之事，男子当战，女子当运，发兵何疑？<u>三国志卷四十一蜀志杨洪传</u>。

与诸葛丞相书

孟　达

澍案：蜀志，<u>达</u>降<u>魏</u>，为<u>新城</u>太守。<u>亮</u>因降人<u>李鸿</u>述<u>达</u>之委仰，有书与<u>达</u>。<u>达</u>报之曰：

<u>宛</u>去<u>洛</u>八百里，去此千二百里，闻吾举事，当表上天子，比相反覆，一月间也，则吾城已固，诸军足办。吾所在深险，<u>司马公</u>必不自来；诸将来，吾无患矣。<u>华阳国志卷二汉中志</u>。

又与诸葛丞相书

孟　达

今送纶帽玉玦各一，以征意焉。[○]太平御览卷六百九十二。

　　[○]御览六百八十七引作："贡白纶帽一颜，以示微意。"

与诸葛孔明书

曹　操

今奉鸡舌香五斤，以表微意。太平御览。

与诸葛孔明书

孙　权

　　澍案：蜀志，邓芝使吴。权曰："若天下太平，二主分治，不亦乐乎！"芝曰："天无二日，土无二王，如并魏之后，大王未深识天命者也，将提枹鼓，则战争方始耳。"权大笑曰："君之诚款，乃当尔耶！"

丁厷揿张，阴化不尽；和合二国，惟有邓芝。三国志卷四十五蜀志邓芝传。

与诸葛公书

司马懿

黄公衡，快士也，每坐起叹述足下，不去口实。<u>三国志卷四十三蜀志黄权传</u>。

上后主疏

李　邈

澍案：<u>华阳国志</u>，建兴十二年，丞相亮卒，后主素服发哀三日，李邈上书云云。后主怒，下狱诛之。

吕禄、霍禹，未必怀反叛之心，孝宣不好为杀臣之君，直以臣惧其逼，主畏其威，故奸萌生。亮身杖强兵，狼顾虎视，五大不在边，臣常危之。今亮殒没，盖宗族得全，西戎静息，大小为庆。<u>三国志卷四十五蜀志杨戏传裴注引华阳国志</u>。

答雍闿檄

吕　凯

今诸葛丞相英才挺出，深睹未萌，受遗托孤，翊赞季兴，与众无忌，录功忘瑕。将军若能翻然改图，易迹更步，古人不难追，鄙土何足宰哉！<u>三国志卷四十三蜀志吕凯传</u>。

卷 二

诸葛丞相赞

杨 戏

忠武英高,献策江滨,攀吴连蜀,权我世真。受遗阿衡,整武齐文,敷陈德教,理物移风,贤愚竞心,佥忘其身。诞静邦内,四裔以绥,屡临敌庭,实燿其威,研精大国,恨于未夷。三国志卷四十五蜀志杨戏传。

诸葛丞相评

121

陈 寿

诸葛亮之为相国也,抚百姓,示仪轨,约官职,从权制,开诚心,布公道;尽忠益时者虽雠必赏,犯法怠慢者虽亲必罚,服罪输情者虽重必释，游辞巧饰者虽轻必戮；善无微而不赏，恶无纤而不贬；庶事精练，物理其本，循名责实，虚伪不齿；终于邦域之内，咸畏而爱之，刑政虽峻而无怨者，以其用心平而劝戒明也。可谓识治之良才，管、萧之亚匹矣。然连年动众，未能成功，盖应变将略，非其所长欤。_{蜀志本传。}

诸葛丞相赞

常　璩

诸葛亮虽资英霸之能，而主非中兴之器，欲以区区之蜀，假已废之命，北吞强魏，抗衡上国，不亦难哉！似宋襄求霸者乎？然亮政修民理，威武外振，爰迄琬、祎，遵循弗革，摄乎大国之间，以弱为强，犹可自保。姜维才非亮匹，志继洪轨，民嫌其劳，家国亦丧矣。_{华阳国志卷第七。}

三国名臣赞

袁　宏

孔明盘桓，俟时而动，遐想管、乐，远明风流。治国以礼，民无怨声，刑罚不滥，没有馀泣，虽古之遗爱，何以加兹。及其临终顾托，受遗作相，刘后授之无疑心，武侯处之无惧色，继体纳之无贰情，百姓信之无异辞，君臣之际，良可咏矣。

堂堂孔明，基宇宏邈，器同生民，独禀先觉，标榜风流，远明管、乐。初九龙盘，雅志弥确；百六道丧，干戈迭用。苟非命世，孰扫雰雾？宗子思宁，薄言解控，释褐中林，郁为时栋。文选卷四十七。

诸葛忠武侯赞

习凿齿

昔管仲夺伯氏骈邑三百，没齿而无怨言，圣人以为难。诸葛亮之使廖立垂泣，李平致死，岂徒无怨言而已哉！夫水至平而邪者取法，镜至明而丑者无怒，水镜之所以能穷物而无怨者，以其无私也。水镜无私，犹以免谤，况大人君子怀乐生之心，流矜恕之德，法行于不可不用，刑加乎自犯之罪，爵之而非私，诛之而不怒，天下有不服者乎！诸葛亮于是可谓能用刑矣，自秦、汉以来未之有也。三国志卷四十蜀志李严传裴注引。

述佐篇论

张俨

澍案：吴大鸿胪张俨，字子节，作默记，其述佐篇论诸葛公与司马宣王曰：

汉朝倾覆，天下崩坏，豪杰之士，竞希神器。魏氏跨中土，刘氏据益州，并称兵海内，为世霸主。诸葛、司马二相，遭值际会，托身明主，或收功于蜀汉，或册名于伊、洛。丕、备既没，后嗣继统，各受保阿之任，辅翼幼主，不负然诺之诚，亦一国之宗臣，霸王之贤佐也。历前世以观近事，二相优劣，可得而详也。孔明起巴、蜀之地，蹈一州之土，方之大国，其战士人民，盖有九分之一也，而以贡赟大吴，抗对北敌，至使耕战有伍，刑法整齐，提步卒数万，长驱祁山，慨然有饮马河、洛之志。仲达据天下十倍之地，仗兼并之众，据牢城，拥精锐，无禽敌之意，务自保全而已。使彼孔明自来自去，若此人不亡，终其志意，连年运思，刻日兴谋，则凉、雍不解甲，中国不释鞍，胜负之势，亦已决矣。昔子产治郑，诸侯不敢加兵，蜀相其近之矣。方之司马，不亦优乎！⊖或曰，兵者凶器，战者危事也，有国者不务保安境内，绥静百姓，而好开辟土地，征伐天下，未为得计也。诸葛丞相诚有匡佐之才，然处孤绝之地，战士不满五万，自可闭关守险，君臣无事。空劳师旅，无岁不征，未能进咫尺之地，开帝王之基，而使国内受其荒残，西土苦其役调，魏司马懿才用兵众，未易可轻，量敌而进，兵家所慎，若丞相必有以策之，则末见坦然之勋，若无策以裁之，则非明哲之谓，海内归向之意也。余窃疑焉，请闻其说。答曰：盖闻汤以七十里，文王以百里之地，而有天下，皆用征伐而定之。揖让而登王位者，惟舜禹而已。今蜀、魏为敌战之国，势不俱王，自操、备时，强弱县殊，而备犹出兵阳平，禽夏侯渊。羽围襄阳，将降曹仁，生获于禁，当时北边大小忧惧，孟德身出南阳，乐进、徐晃等为救，围不即解，故蒋子通言彼时有徙许渡河之计，会国家袭取南郡，羽乃解军。玄德与操，智力多少，士众众寡，用兵行军之道，不可同年而语，犹能暂以取胜，是时又无大吴掎角之势也。今仲达之才，减于孔明，当时之势，异于曩日，玄德尚与抗衡，孔明何以不可出军而图敌邪？昔乐毅以弱燕之众，兼从五国之兵，长驱强齐，下七十馀城。今蜀汉之卒，不少燕军，君臣之接，信于乐毅，加以国家为唇齿之援，东西相应，首尾如蛇，形势重大，不比于五国之兵也，何惮于彼而不可哉？夫兵以奇胜，制敌以智，土地广狭，人马多少，未可偏恃也。余观彼治国之体，当时既肃整，遗教在后，及其辞意恳切，陈进取之图，忠谋謇謇，义形于主，虽古之管、晏，何以加之乎？ 蜀志本传裴注引。

一张澍案云：梁元帝金楼子云："诸葛、司马二相，诚一国之宗师，霸王之贤佐也。孔明起巴、蜀之地，蹈一州之士，省任刑法，整齐军伍，步卒数万，长驱祁山，慨然有河、洛饮马之志。仲达据天下十倍之地，仗兼并之众，据牢城，拥精锐，无禽敌之意，若此人不亡，则雍、梁败矣。方之司马，理大优乎！"引此与原文稍异。

诸葛公论

袁 准

袁子曰：或问诸葛亮何如人也，袁子曰：张飞、关羽与刘备俱起，爪牙腹心之臣，而武人也。晚得诸葛亮，因以为佐相，而群臣悦服，刘备足信、亮足重故也。及其受六尺之孤，摄一国之政，事凡庸之君，专权而不失礼，行君事而国人不疑，如此即以为君臣百姓之心欣戴之矣。行法严而国人悦服，用民尽其力而下不怨。及其兵出入如宾，行不寇，刍荛者不猎，如在国中。其用兵也，止如山，进退如风，兵出之日，天下震动，而人心不忧。亮死至今数十年，国人歌思，如周人之思召公也，孔子曰"雍也可使南面"，诸葛亮有焉。又问诸葛亮始出陇右，南安、天水、安定三郡人反应之，若亮速进，则三郡非中国之有也，而亮徐行不进；既而官兵上陇，三郡复，亮无尺寸之功，失此机，何也？袁子曰：蜀兵轻锐，良将少，亮始出，未知中国强弱，是以疑而尝之；且大会者不求近功，所以不进也。曰：何以知其疑也？袁子曰：初出迟重，屯营重复，后转降未进兵欲战，亮勇而能斗，三郡反而不速应，此其疑征也。曰：何以知其勇而能斗也？曰：亮之在街亭也，前军大破，亮屯去数里，不救；官兵相接，又徐行，此其勇也。亮之行军，安静而坚重；安静则易动，坚重则可以进退。亮法令明，赏罚信，士卒用命，赴险而不顾，此所以能斗也。曰：亮率数万之众，其所兴造，若数十万之功，是其奇者也。所至营垒井灶、圊溷、藩篱、障塞皆应绳墨，一月之行，去之如始至，劳费而徒为饰好，何也？袁子曰：蜀人轻脱，亮故坚用之。曰：何以知其然也？袁子曰：亮治实而不治名，志大而所欲远，非求近速者也。曰:亮好治官府,次舍、桥梁、道路,此非急务,何也?袁子曰:小国贤才少,故欲其尊严也。亮之治蜀,田畴辟,仓廪实,器械利,蓄积饶,朝会不华,路无醉人。夫本立故末治,有馀力而后及小事,此所以劝其功也。曰:子之论诸葛亮,则有证也。以亮之才而少其功,何也? 袁子曰:亮,持本者也,其于应变,则非所长也,故不敢用其短。曰:然则吾子美之,何也? 袁子曰:此固贤者之远矣,安可以备体责也。夫能知所短而不用,此贤者之大也;知所短则知所长矣。夫前识与言而不中,亮之所不用也,此吾之所谓可也。蜀志本传裴注引。

又诸葛公论

袁子曰:诸葛亮,重人也,而骤用蜀兵,此知小国弱民,难以久存也。今国家一举而灭蜀,自征伐之功,未有如此之速者也。方邓艾以万人入江油之危险,钟会以二十万众留剑阁而不得进,三军之士已饥,艾虽战胜克将,使刘禅数日不降,则二将之军难以反矣,故功业如此之难也。国家前有寿春之役,后有灭蜀之劳,百姓贫而仓廪虚。故小国之虑,在于时立功以自存,大国之虑,在于既胜而力竭,成功之后,戒惧之时也。三国志卷二十八魏志邓艾传裴注引。

难袁孝尼论

裴松之

澍案：蜀志注，袁子曰：张子布荐亮于孙权，亮不肯留。人问其故，曰："孙将军可谓人主，然观其度，能贤亮而不能尽亮，吾是以不留。"裴松之难曰：

袁孝尼著文立论，甚重诸葛之为人，至如此言则失之殊远。观亮君臣相遇，可谓希世一时，终始之分，谁能间之？宁有中违断金，甫怀择主，设使权尽其量，便当翻然去就乎？葛生行己，岂其然哉！关羽为曹公所获，遇之甚厚，可谓尽其用矣，犹义不背本，曾谓孔明之不若云长乎！蜀志本传裴注。

乐葛优劣论

张　辅

乐毅、诸葛孔明之优劣。○夫以毅相弱燕，○合五国之兵，以破强齐，雪君王之耻，围城而不急攻，○将令道穷而义服，此则仁者之师，莫不谓毅为优。余以五国之兵，四共伐一齐，不足为强；大战济西，伏尸流血，不足为仁。夫孔明包文武之德，○刘玄德以知人之明，屡造其庐，咨以济世，奇策泉涌，○智谋从横，遂东说孙权，北抗大魏，以乘胜之师，翼佐取蜀。及玄德临终，禅登大位，○在扰攘之际，立童蒙之主，设官分职，班叙众才，文以宁内，武以折冲，然后布其

诸葛亮集

恩泽于中国之民。⑧其行军也，路不拾遗，毫毛不犯，勋业垂济而陨。⑨观其遗文，谋谟弘远，雅规恢廓，己有功则让于下，下有阙则躬自咎，见善则迁，纳谏则改，故声烈振于遐迩也。孟子曰：⑩"闻伯夷之风，贪夫廉。"余以为睹孔明之忠，奸臣立节矣。殆将与伊、吕争俦，岂徒乐毅为伍哉！

艺文类聚卷二十二。

① 太平御览卷四百四十七引句末有"乎"字。

② 御览"夫"作"或"，"相"作"为"。

③ 御览无"围城而不急功"以下三句。

④ 御览"以"下有"为"字。

⑤ 御览"包"作"苞"。

⑥ 御览"奇"上有"至如"二字。

⑦ 艺文类聚本作"及玄德临终，禅其大位"，御览作"及玄德终，禅登大位"，今从严可均辑全晋文。

⑧ 御览无"然后布其恩泽于中国之民"以下四句。

⑨ 御览"垂"作"未"。

⑩ 御览无"孟子曰"以下数句。

将略论

129

测案：司马宣王言："诸葛亮志大而不见机，多谋而少决，好兵而无权，虽提卒十万，已堕吾计中，破之必矣。"王叡论曰：孔明创蜀，决沉机二三策，遽成鼎峙，英雄之大略，将帅之弘规也。<u>太平御览</u>。

侧周鲁通诸葛论

习凿齿

客问曰:<u>周瑜</u>、<u>鲁肃</u>,何人也? 主人曰:小人也。客问:<u>周瑜</u>奇<u>孙策</u>于总角,定大计于一面,摧<u>魏武</u>百胜之锋,开孙氏偏王之业,威震天下,名驰四海;<u>鲁肃</u>一见<u>孙权</u>,建东帝之略;子谓之小人,何也? 主人曰:此乃真所以为小人也。夫君子之道,故将竭其直忠,佐扶帝室,尊主宁时,远崇名教。若乃力不能合,事与志违,躬耕南亩,遁迹当年,何由尽臣礼于<u>孙氏</u>于<u>汉室</u>未亡之日耶? 客曰:<u>诸葛武侯</u>翼戴<u>玄德</u>,与瑜、肃何异,而子<u>重诸葛</u>,毁瑜、肃,何其偏也? 主人曰:夫论古今者,故宜先定其所为之本,迹其致用之源。<u>诸葛武侯</u>龙蟠<u>江南</u>,托好管、乐,有匡<u>汉</u>之望,是有宗本之心也。今<u>玄德</u>,<u>汉高</u>之正胄也,信义著于当年,将使<u>汉室</u>亡而更立,宗庙绝而复继,谁云不可哉? <u>太平御览卷四百四十七</u>。

130

诸葛武侯宅铭

习凿齿

<u>澍</u>案:<u>水经注</u>,车骑<u>沛国刘季和</u>镇<u>襄阳</u>,命<u>犍</u>为<u>李安</u>作宅铭。后六十馀年<u>永平</u>,<u>习凿齿</u>又作铭云:

达人有作,振此颓风,雕薄蔚采,鸥阑惟丰。义范苍生,道格时雍。自昔爱止,于焉龙盘,[⊖]躬耕西亩,永啸东峦,迹逸中林,神凝岩端,罔窥其奥,谁测斯欢? 堂堂伟匠,婉翮阳朝,倾岩搜宝,高罗九霄,庆云集矣,鸾驾三招。[⊖]初学记卷二十四。

⊖ 张澍本"龙盘"作"盘桓"。

⊖ 张澍本"三招"作"亦招"。

傅 子

傅 玄

征士傅干曰:诸葛亮达治知变,正而有谋,而为之相。太平御览卷四百四十四。

史 通

刘知几

曲笔篇云:蜀老犹存,知葛亮之多枉。又云:陆机晋史,虚张拒葛之锋。史通内篇卷七。

文中子

王 通

使诸葛亮而无死,礼乐其有兴乎! 卷一王道篇。

为诸葛丞相请立庙表

习隆　向充

澍案:襄阳记,亮初亡,所在各求为立庙,朝议以礼秩不听,百姓遂因时节私祭之于道陌上。言事者或以为可听立庙于成都者,后主不从。步兵校尉习隆、中书郎向充等共上表云云,于是始从之。

臣闻周人怀召伯之德,[一]甘棠为之不伐;越王思范蠡之功,[二]铸金以存其像。自汉兴以来,[三]小善小德而图形立庙者多矣。况亮德范遐迩,[四]勋盖季世,王室之不坏,实斯人是赖。[五]而蒸尝止于私门,[六]庙像阙而莫立,使百姓巷祭,戎夷野祀,非所以存德念功,述追在昔者也。今若尽顺民心,则渎而无典,建之京师,又逼宗庙,此圣怀所以惟疑也。臣愚以为宜因近其墓,[七]立之于沔阳,使所亲属以时赐祭,凡其臣故吏欲奉祠者,皆限至庙。断其私祀,以崇正礼。蜀志本传裴注引襄阳记。

[一]水经注卷二十七沔水"怀"作"思"。

[二]水经注"思"作"怀"。

[三]水经注无"自汉兴已来"以下三句。

[四]水经注无"况"字,"范"作"轨"。

[五]水经注:"勋盖来世,王室之不坏,实赖斯人。"

[六]水经注无"而蒸尝止于私门"以下二句。

[七]以下数句水经注作:"臣谓宜近其墓,立之沔阳,断其私祀,以崇正礼。"

澍案:通典云:刘禅景耀元年,诏为丞相诸葛亮立庙于沔阳。

先是,所居各请立庙,不许,百姓遂私祭之。而言事者或以为可立于京师,乃从人意,皆不纳。步兵校尉习隆,中书佐郎向充等言于禅云云,于是从之。何承天驳之曰:周礼凡有功者祭于大烝,故后代遵以元勋配飨,充等曾不是式,禅又从之,盖非礼也。

祭诸葛丞相文

李　兴

澍案:蜀记云,晋永兴中,镇南将军襄阳郡守刘弘至隆中,观亮故宅,立碣表闾,命太傅掾犍为李兴为文曰:

天子命我于沔之阳,听鼓鼙而永思,庶先哲之遗光,登隆山以远望,轼诸葛之故乡。盖神物应机,大器无方,通人靡滞,大德不常。故谷风发而驺虞啸,云雷升而潜鳞骧;挚解褐于三聘,尼得招而褰裳,管豹变于受命,贡感激以回庄,异徐生之摘宝,释卧龙于深藏,伟刘氏之倾盖,嘉吾子之周行。夫有知己之主,则有竭命之良,固所以三分我汉鼎,跨带我边荒,抗衡我北面,驰骋我魏疆者也。英哉吾子,独含天灵。岂神之祇,岂人之精? 何思之深,何德之情! 异世通梦,恨不同生。推子八阵,不在孙、吴,木牛之奇,则亦般模,㊀神弩之功,一何微妙! 千井齐甃,又何秘要! 昔在颠、夭,有名无迹,孰若吾侪,良筹妙画? 臧文既没,以言见称,又未若子,言行并征。夷吾反坫,乐毅不终,奚比于尔,明哲守冲。临终受寄，让过许由，负扆莅事，民言不流。刑中于郑，教美于鲁，蜀民知耻，河、渭安堵。匪皋则伊，宁彼管、晏，岂徒圣宣，慷慨屡叹！昔尔之隐，卜惟此宅，仁智所处，能无规廓。日居月诸，时殒其夕，谁能不殁，贵有遗格。惟子之勋，移风来世，咏歌馀典，懦夫将厉。遐哉邈矣，厥规卓矣，凡若吾子，难可究已。畴昔之乖，万里殊涂；今我来思，觌尔故墟。汉高归魂于丰、沛，太公五世而反周，想冈两以仿佛，冀影响之有馀。魂而有灵，岂其识诸！蜀志本传裴注引蜀记。

○张澍案云：宋李昭记引作"则非般模"，且解之曰："谓木牛非出于般匠之遗。"其说是。

诸葛武侯庙碑铭 并序

尚　驰

汉代之季，天下不得不三分，盖有由矣。曹氏挟王室之威重，孙氏藉父兄之馀业，刘氏独不阶尺土，开国于亡命行旅之间，天赞一武侯，即鼎足之势均也。公讳亮，字孔明，身长八尺，尝躬耕陇亩，好为梁甫吟，虽经纶之才，隐括未用，而寥廓之志，举措辄形。既先主扶世奠民，渴明智用谋之佐，致三顾见咨当代之画。○公于是轻重中夏，揣摩全吴，定王业于胸心，决神机于掌握，由是身为先主所起，计为先主所用，自北徂南，周爰执事，夷险平乱，靡所不之，卒使刘氏以岷、峨之地为己封，梁、益之人为己蓄，曹操不敢以兵强骤进，孙权不敢以境阔妄动，彼相之力焉。属先主创业未半，中道而殂，遗诏邦家之事，大录于公，敕后主事公如事父。至于职为臣，行令如君，其名近嫌也；位为君，事臣如父，其形近猜也；不然昔周公赋鸱鸮之诗，成王启金縢之诰，此虽大小有异，托付不殊，竟能上不生疑心，下不兴流言，苟非诚信结于人，格于神，移于物，则莫能至是。公复揔戎仗律，无岁不征，将继旧邦之业，用复先君之命，所以南禽孟获而不杀，志在绥戎狄矣；西拔祁山而不贺，^㊀志在吞河、洛矣；役木牛流马，济人之力已纾矣；制陈图兵法，敌国之军可玩矣；故得三关不封，二邦丧气。大勋未集，行师而殒，戎狄野祠，^㊁氓庶巷祭，遗爱所使，岂求而得之？噫！国之将亡，本必先颠，且以蜀之连山峻极，其险不为公死而平；沃土饶富，其利不为公死而薄；甲兵士卒，其众不为公死而减；府藏谷帛，其富不为公死而贫；及邓艾扬声于前，钟会蹑迹于后，灭蜀三十万户，^㊃如挠羊群，刘禅竟不免面缚垒门，身为降虏，^㊄天事与？人事与？天事远，吾不知之矣，以人事而论，使武侯常存，殷若一敌国，胜于本朝百万之师，北向争衡，司马懿复惕息而不敢战，^㊅足明中原非曹丕所有也。^㊆举其大略，真命世之雄，未可以身许小国之君，延霸王之佐，因曰才有所诣，不逮前贤。向令伊、吕并世而生，殷、周易地而处，则太甲不放桐宫，而四海咸理，诸侯不誓孟津，而天下大定。但为天不假年，忠尽莫就，^㊇生居于后,功绩在其下耳。然非先主之识武侯,或不能辅成于王业。使百代令君,用人必由此道,欲使社稷不振,^⑨贤智逃于薮泽,其可得邪?公死之日,遗令葬汉中宅军前。^⑩祭法曰:"法施于民,以死勤事,以劳定国,则祀之。"至令官书庙食,成不刊之典,一山之内,每有风行草动,状带威神,^⑪若岁大旱,邦人祷之,能为云为雨,是谓存与没人皆福利,生死古今一也。死而不朽,反贵于生。铭曰:汉室大坏,^⑫扫地无依,人心各动,天命未归,角力争负,有翼者飞。突兀卧龙,吟啸待时,一论世事,超拜军师,鱼水相得,生死以之。仗顺收兵,行权略地,气盖全吴,胸吞大魏,国政成三,人臣莫二,乃建社稷,兴王之器。^⑬既得武侯,觊觎魏都,敌国未灭,谋臣已殂。大本去矣,不降得乎?^⑭荒坟四颓,拱木皆枯,尚馀精爽,能禁樵苏。人生异代,仰止山隅。唐文粹卷五十五上。

〇张澍本"画"作"略"。

〇张澍本"西"作"两",误。

〇张澍本"祠"作"祀"。

四唐文粹"灭"作"减",非是,今从张澍本。

五张澍本"虏"作"王"。

六张澍本无"复"字。

七张澍本"原"作"国","曹丕"作"曹氏"。

八张澍本"尽"作"荩"。

九张澍本"欲"作"故"。

〇张澍本"宅军前"作"定军山前"。

㊀张澍本"状"作"壮"。

㊁张澍本"大"作"之"。

㊂张澍本"器"作"气"。

㊃张澍本"降"作"亡"。

蜀丞相诸葛武侯祠堂碑铭 并序

裴　度

度尝读旧史,详求往哲,或秉事君之节,无开国之才,得立身之道,无治人之术。四者备矣,兼而行之,则蜀丞相诸葛公其人也。公本系在简策,㊀大名盖天地,不复以云。当汉祚衰陵,人心竞逐,取威定霸者,求贤如不及;藏器在身者,择主而后动。公是时也,躬耕南阳,自比管乐,我未从虎,时称卧龙。诗曰:"潜虽伏矣,亦孔之炤。"故州平心与,㊁元直神交。洎乎三顾而许以驱驰,一言而定其机势,于是翼扶刘氏,缵承旧服,结吴抗魏,拥蜀称汉,刑政达于荒外,道化行乎域中。㊂谁谓阻深,殷为强国;谁为蓬脆,㊃厉为劲兵。则知地无常形,人无常性,自我而作,若金在镕。故九州之地,魏有其七,我无其一,由僻陋而启雄图,出封疆以延大敌,财用足而不曰浚我以生,干戈动而不曰残人以逞。其底定南方也,不以力制,而取其心服;震叠诸夏也,不敢角其胜负,而止候其存亡;法加于人也,虽从死而无怨;㊄德及于人也,虽奕叶而见思。此所谓精义入神,自诚而明者矣。若其人存，其政举，则四海可平，五服可倾。而陈寿之评，未极其能事，崔浩之说，又诘其成功，此皆以变诈之略，论节制之师，以进取之方，语化成之道，不其谬与！夫委弃荆州，不能遂有三郡，此乃务增德以吞宇宙，不黩武以争寻常。及出斜谷，据武功，分兵屯田，谋久驻之计，⊕与敌对垒，待可胜之期，杂乎居人，如适虚邑，彼则丧气，我方养威，若天假之年，则继大汉之祀，成先主之志，不难矣。且权倾一国，声震八纮，上下无异词，⊕始终无愧色，苟非运膺五百，道冠生知，曷以臻于此乎？故玄德知人之明者，倚杖曰鱼之有水；仲达奸人之雄者，嗟称曰天下奇才。度每迹其行事，度其远心，愿奋短札，以排群议，而文字蚩鄙，志愿未果。元和二年冬十月，圣上以西南奥区，寇乱馀孽，⊗罢甿未息，污俗未清，辍我股肱，为之父母，乃诏相国临淮公，由秉钧之重，承推毂之寄，戎轩乃降，藩服乃理，将明帝道，陜落绥怀，溥畅仁风，闾阎滋殖，⊕府中无留事，宇下无弃才，人知向方，我有馀地，则诸葛公在昔之治，与相国当今之政，异代而同尘矣。度谬以庸薄，获参管记，随旌旄而爰止⊜，望祠宇而修谒，有仪可象，以赫厥灵，虽徽烈不忘，而碑表未立。古者或拳拳一善，或师长一城，⊜尚流斯文，以示来裔，况如在之叹，⊜终古不纪，⊜其可阙乎？乃刻贞石，庶此都之人，存必拜之感云尔。铭曰：昔在先主，思启疆宇，扰攘靡依，英雄无辅，爰得武侯，先定蜀土。道德城池，礼义干橹。煦物如春，化人如神。

劳而不怨,用之有伦。柔服蛮落,铺敷渭滨,^㈣摄迹畏威,杂居怀仁。中原旰食,不测不克,以待可胜,允臻其极。天未悔祸,公命不果,汉祚其亡,将星中堕。反旗鸣鼓,犹走司马,死而可作,当小天下。尚父作周,阿衡佐商,兼齐管、晏,揔汉萧、张,易代而生,易地而理,^㈤遭遇丰约,亦皆然矣。呜呼!奇谋奋发,美志夭遏。吁嗟严、立,咸受谪罚,闻之痛之,或泣或绝。甘棠勿翦,骈邑斯夺,由是而言,殊途共辙。本于忠恕,孰不感悦;苟非诚悫,徒云固结。古柏森森,遗庙沉沉,不殄禋祀,以迄于今,靡不骏奔,若有照临。蜀国之风,蜀人之心,锦江清波,玉垒峻岑,入海际天,知公德音。^㈥元和二年,岁次己丑,二月二十九日建。唐文粹卷五十五上。

㈠张澍本"系"下有"载"字。

㈡唐文粹"故"作"荆",当误,今从张澍本。

㈢张澍本"于""乎"字互。

㈣张澍本"为"作"谓"。

㈤张澍本"从死"作"死徙"。

㈥张澍本"谋"作"为"。

㈦张澍本句首有"而"字。

㈧张澍本"孽"作"烈"。又,唐文粹作"元和三年",误。

㈨张澍本"阎"作"间"。

㈩张澍本"随"作"陪"。

㈠张澍本"长"作"表"。

㈡张澍本"在"作"仁"。

㈢张澍本"纪"作"绝"。

刻武侯碑阴〔一〕

孙　樵

<u>赤帝子</u>火炽四百年，天厌其热，洎献烬矣。<u>武侯</u>独愤激不顾，〔二〕收死灰于<u>蜀</u>，欲嘘而再然之，艰乎为力哉！是以国称用武<u>岐</u>、<u>雍</u>间，〔三〕地不尺阔，抑非智不周，天意炳炳也。〔四〕夫以<u>武侯</u>之贤，宁靡筹其不可邪？盖激<u>备</u>隆中以天下托，〔五〕不欲曲肱安谷，终儿女子乎，将驱驰死<u>备</u>志邪？由是核<u>武侯</u>之所为，〔六〕殆庶几矣。然跨西南一隅，与<u>吴</u>、<u>魏</u>抗国，提卒数万，绰绰乎去留，无我技者，是亦善为兵矣。<u>史寿</u>以为短于应变，真抑<u>武侯</u>哉！俾<u>武侯</u>不早入<u>蜀</u>地，〔七〕<u>曹</u>之君臣，将奔走固圉之不暇，<u>钟</u>、<u>邓</u>宁能越岩悬兵，决胜指取邪？是并络之野，与<u>武侯</u>存亡俱矣。天歼<u>武侯</u>，其不爱<u>刘</u>，愈明白矣，〔八〕其<u>姜维</u>何力焉？曩蟠<u>南阳</u>，时人不与<u>仲</u>、<u>毅</u>伍，洎受社稷寄，擅刑赏柄，曾心不愧畏，人不疑黩，何意气明信之卓卓也！<u>武侯</u>死殆五百载，〔九〕迄今<u>梁</u>、<u>汉</u>之民，歌道遗烈，庙而祭者如在，其爱于民如此而久也。独谓<u>武侯</u>之治，比于<u>燕奭</u>，彼屠<u>齐</u>城、合诸侯，在下矣。<u>唐文粹</u>卷五十五上。

诸葛亮集

140

㊀张澍本题作:刻裴晋公武侯碑阴。

㊁张澍本"愤激"作"不愤"。

㊂张澍本"国称用武"作"四称武"。

㊃张澍本"炳炳"下有"然"字。

㊄张澍本"以天下托"作"天下有托"。

㊅张澍本"核"作"嘉"。作"核"为是。

㊆张澍本无"蜀"字。

㊇张澍本无"矣"字。

㊈张澍本"何"下有"其"字,无"之"字。

㊀张澍本无"殆"字。

诸葛武侯庙记

吕　温

天厌汉德,俾绝其纽,群生坠涂,四海飞水。㊀武侯命世,实念皇极。㊁魏奸吴轻,未获心膂,南阳坚卧,待时而起。㊂三顾虽晚,㊃群雄粗定,必也彗扫,是资鼎立。变化消息,谋成掌中,战龙玄黄,再得云雨。于是右揭如天之府,左提用武之国,因山分力,与水合势,蟠亘万里,张为龙形,亦欲首吞咸、镐,㊄尾束河、洛,翼乎中夏,飞于天衢,然后鱼驱勾吴,东入晏海。大勋未集,天夺其魄。㊅至诚无忘,㊆炳在日月,烈气不散,长为风雷。英雄痛心,六百年矣! 於戏! 以武侯之才,知己托国,㊇土虽狭,国以勤俭富,㊈民虽寡,兵以节制强。魏武既没,晋宣非敌,而戎车荐驾,不复中原。

或奇谋非长，则斩将覆军，无虚举矣；或馈粮不继，^{（四）}则筑室反耕，有成算矣。尝试念之，颇颐其原。夫民无德，以德为归，^{（五）}抚则思，虐则忘。其思也，不可使忘，其忘也，不可使思。当汉道方休，哀、平无罪，王莽乃欲凭戚宠，造符命，胁之以威，动之以神，使人忘汉，终不可得也。及高、光旧德，与世衰远，桓、灵流毒，在人骨髓，武侯乃欲开季世，振绝绪，论之以本，临之以忠，^{（三）}使人思汉，亦不可得也。向使武侯奉先主之命告天下曰：^{（三）}"我之举也，匪私刘宗，唯活元元。曹氏利汝乎，吾事之；^{（四）}曹氏害汝乎，吾除之。"俾虐魏逼从之民，耸诚感动，然后经武观衅，长驱义声，咸、洛不足完矣。^{（四）}奈何当至公之运，而强人以私，此犹力争，彼未心服，勤而靡获，不亦宜哉！乃知务开济之业者，未能审时定势，大顺人心，^{（六）}而克观厥成，吾不信也。惜其才有馀而见未至，^{（七）}述于遗庙，以俟通识。唐贞元十四年七月二十五日东平吕温记。唐文粹卷五十五上。

○张澍本"水"作"灰"。

○张澍本"皇"作"大"。

○以上二句张澍本作"胥宇南阳，坚卧待主"。

四张澍本"虽晚"作"积晚"。

五张澍本"亦"作"外"。

六张澍本"魄"作"魂"。

七张澍本"忘"作"妄"。

八张澍本"托国"作"付托"。

九张澍本"俭"作"憸"，误。

○一张澍本二"或"下皆有"曰"字。

○二张澍本作"夫民视德以为归"。

○三唐文粹作"论之不以本，临之不以忠"，与文意不合，今从张澍本。

○四张澍本无"先"字。

○五张澍本"事"作"听"。

○六张澍本"完"作"定"。

○七唐文粹句首有"而"字，未当，今从张澍本。

○八张澍本"惜"作"信"。

武侯庙碑铭 并序

沈　迥

皇帝御极，贞元三祀，时乘盛秋，府王左仆射冯翊严，总帅文武将佐，洎蒙突归之旅，疆理西鄙，营军沔阳，先声驰于种落，伐谋息其狂狡。于时威武震叠，虏骑收迹，塞垣萧条，烽燧灭焰，士无保障之役，马无服辕之劳，重关弛檄，边谷栖野，我师惟扬，则有馀力。乃升高访古，周览原隰，修敬兹庙，式荐馨香。光灵若存，年祀浸远，虽箫鼓曲奏，邑里祈禳，而风雨飘飙，祠堂落构，土阶微数尺之崇，庭除无衾丈之隙，登降不能成礼，牲玉不得备陈，颓堙露肩，灌木翳景，樵苏互往，麋鹿走集。冯翊曰：丞相以命世全德，功存季汉，遗风馀烈，显赫南方，丘垄□山，实在兹地，荒祠偏倚，庙貌诡制，非所以式先贤、崇祀典也。乃发泉府，征役徒，撤编管，薙蒉薄，是营是葺，众工麇至，缭以高埔，隔阂刍牧，增以峻宇，昭示威神，英英昔贤，像设如在，翼翼新庙，日至而毕。顾谓小子，扬摧前烈，铭于庙门，曰：在昔君臣合德，兴造功业，有若伊尹相汤，吕望兴周，夷吾霸齐，乐毅昌燕，是八君子，皆风云元感，垂裕来世。尝以为阿衡则尊立圣主，天下乐推，尚父则止雠□□，诸侯同举，管氏藉强齐之力，宗周无令王，乐生因建国之资，燕昭为奥主，君臣同道，仅能成功。惟武侯遭时昏乱，群雄竞起，高、光之泽已竭，桓、灵之虐在人，遇先主之短促，值曹魏之雄富，能以区区一州，介在山谷，驱赢卒，辅孱主，衡击中原，撑拒强敌，论时则辛癸恶稔，语地则燕、齐势胜，迁夏、殷者未可校功，霸桓昭者不足侔力。向使天假之年，理兵渭、汭，其将席卷西邑，底绥东周，祀汉配天，不失旧物矣。洪伐彰彰，宜冠今古，倬轶前烈，其谁曰不然？武侯名迹，存乎国志，今之□书，姑务统论大略，叙我新意，至于备载爵位，追述史传，非作者之意也，今则不书。其铭曰：桓、灵济虐，云海横流，群雄猬起，毒蠚九州，天既厌汉，人思代刘，沸渭交争，存亡之秋，其谁存之，时惟武侯。伊昔武侯，跛足南阳，退藏于密，不曜其光。有时有君，将排垢氛，鱼脱溪泉，龙跃风云，先主缵绪，天下三分。馥馥德馨，悠悠清尘，前哲后俊，心迹暗同，建兹新庙，式是梁岷。大唐贞元十一年，岁在乙亥，正月庚午朔，十九日戊子建。　山南西道节度行军司马检校尚书刑部员外郎侍御史沈迵撰，节度推官将仕郎试太常寺协律郎元锡书。

澍案：止雠下旧本已泐，作独夫二字者不可从。关中金石记
云：文称贞元三年，府王左仆射冯翊总帅者，谓舒王谟为荆
襄江西沔鄂节度诸军行营兵马都元帅也。又案碑叙伊尹、
吕望、夷吾、乐毅，只四人，而云八君子，疑有误。王兰泉云：
严下泐者，宜是武字。冯翊，严氏望也。然严武卒于永泰元
年，不应贞元三年尚在，似谓舒王者为是，而舒王未尝为左
仆射，且与冯翊严之义无著。况沔为湖北汉阳府之沔阳州，
非陕西汉中府之沔县也。金石记之说亦不确。

凉武昭王训诸子

李暠

晋凉武昭王李暠，写诸葛武侯训诫，以勖诸子，曰：
吾负荷艰难，宁济之勋未建，虽外总良能，凭股肱之力，而
戎务孔殷，坐而待旦。以维城之固，宜兼亲贤，故使汝等未
及师保之训，皆弱年受仕，常惧弗克，以贻咎悔。古今之
事，不可以不知，苟近而可师，何必远也。览诸葛亮训励，
应璩奏谏，寻其终始，周、孔之教，尽在中矣。为国足以致
安，立身足以成名，质略易通，寓目则了，虽言发往人，道师
于此。且经史道德，如采菽中原，勤之者则功多。汝等可
不勉哉！晋书卷八十七凉武昭王李暠传。

145

与山涛书

嵇　康

诸葛孔明不迫元直以入蜀，华子鱼不强幼安以卿相，此可谓能相始终，真相知者也。晋书卷四十九嵇康传。

答张华问

李　密

司空张华问：孔明言教何碎？密曰：
昔舜、禹、皋陶相与语，故得简大雅，诰与凡人言，宜碎。孔明与言者无己敌，言教是以碎耳。晋书卷八十八李密传。

故 事

卷一　诸葛篇

左丘明世本：瞻葛氏，宋景公有大夫瞻葛祁，其后齐人语讹，以瞻葛
　　为诸葛。

贾执英贤录：瞻葛氏，有熊氏之后。

应劭风俗通：秦末有葛婴，为陈涉将军，有功而诛。汉文帝追录，封
　　其孙诸县侯，因以为氏焉。

　　澍案：三国志注引作"因并氏焉"。

韦曜吴书：诸葛氏，其先葛氏，本琅邪诸县人，后徙阳都，阳都先有
　　姓葛者，时人谓之诸葛，因以为氏。

范蔚宗后汉书：诸葛丰，字少季，琅邪人也。以明经为郡文学，名特
　　立刚直。贡禹为御史大夫，除丰为属，举侍御史。元帝擢为司隶
　　校尉，刺举无所避。京师为之语曰："间何阔，逢诸葛。"上嘉其
　　节，加丰秩光禄大夫。时侍中许章以外属贵幸，奢淫不奉法度，
　　宾客犯事，与章相连。丰案劾章，欲奏其事，适逢许侍中私出，丰
　　驻车，举节诏章曰："下。"欲收之。章迫窘，驰车去，丰追之，许
　　侍中因得入宫门，自归上，丰亦上奏，于是收丰节。司隶去节自

圭始。圭上书谢曰："臣圭驽怯，文不足以劝善，武不足以执邪，陛下不量臣能否，拜为司隶校尉，未有以自效，复秩臣为光禄大夫，官尊责重，非臣所当处也；又迫年岁衰暮，常恐卒填沟渠，无以报厚德，使议论士讥臣无补，长获素餐之名；故常愿捐一旦之命，不待时而断奸臣之首，县于都市，编书其罪，使四方明知为恶之罚，然后却就斧钺之诛，诚臣所甘心也。夫以布衣之士，尚犹有刎颈之交，今以四海之大，曾无伏节死谊之臣，率尽苟合取容，阿党相为，念私门之利，忘国家之政，邪秽浊溷之气，上感于天，是以灾变数见，百姓困乏，此臣下不忠之效也。臣诚耻之无已！凡人情莫不欲安存而恶危亡，然忠臣直士不避患害者，诚为君也。今陛下天覆地载，无物不容，使尚书令尧赐臣圭书，曰：'夫司隶者，敕举不法，善善恶恶，非得专之也。勉处中和，顺经术意。'恩深德厚，臣圭顿首，幸甚。臣窃不胜愤懑，愿赐清晏，唯陛下裁幸！"上不许。是后，所言益不用。圭复上书言："臣闻伯奇孝而弃于亲，子胥忠而诛于君，隐公慈而杀于弟，叔武弟而杀于兄，夫以四子之行，屈平之材，然犹不能自显而被刑戮，岂不足以观哉！使臣杀身以安国，蒙诛以显君，臣诚愿之；独恐未有云补，而为众邪所排，令谗夫得遂，正直之路壅塞，忠臣沮心，智士杜口，此愚臣之所惧也。"圭以春夏系治人，在位多言其短，上徙圭为城门校尉。圭上书告光禄勋周堪、光禄大夫张猛。上不直圭，乃制诏御史："城门校尉圭，前与光禄勋堪、光禄大夫猛在朝之时，数称言堪、猛之美。圭前为司隶校尉，不顺四时修法度，专作苛暴以获虚威，朕不忍下吏，以为城门校尉。不内省诸己，而反怨堪、猛以求报，举告案无证之辞，暴扬难验之罪，毁誉恣意，不顾前言，不信之大者也。朕怜圭之耆老，不忍加刑，其免为庶人。"终于家。

吴志：诸葛瑾，字子瑜，琅邪阳都人也。汉末，避乱江东，值孙策卒，孙权姊婿曲阿弘咨见而异之，荐之于权，与鲁肃等并见宾待，后为权长史，转中司马。建安二十年，权遣瑾使蜀，通好刘备，与其弟亮，俱公会相见，退无私面。与权谈说谏喻，未尝切愕，微见风采，粗陈指归，如有未合，则舍而及他，徐复托事造端，以物类相求，于是权意往往而释。吴郡太守朱治，权举将也，权曾有以望之，而素加敬，难自诘让，忿忿不解。瑾揣知其故，而不敢显陈，乃乞以意私自问，遂于权前为书，泛论物理，因以己心遥往忖度之，毕，以呈权。权喜笑，曰："孤意解矣；颜氏之德，使人加亲，岂谓此邪？"权又怪校尉殷模，罪至不测，群下多为之言，权怒益甚，与相反覆，惟瑾默然。权曰："子瑜何独不言？"瑾避席曰："瑾与殷模等，遭本州倾覆，生类殄尽，弃坟墓，携老弱，披草莱，归圣化，在流隶之中，蒙生成之福；不能躬相督厉，陈答万一，至令模孤负恩惠，自陷罪戾，臣谢过不暇，诚不敢有言。"权闻之怆然，乃曰："特为君赦之。"后从讨关羽，封宣城侯；以绥南将军代吕蒙领南郡太守，住公安。刘备东伐吴，吴王求和。瑾与备笺曰："奄闻旗鼓，来至白帝，或恐议臣以吴王侵取此州，危害关羽，怨深祸大，不宜答和。此用心于小，未留意于大者也。试为陛下论其轻重及其大小。陛下若抑威损忿，暂省瑾言者，计可立决，不复咨之于群后也。陛下以关羽之亲，何如先帝？荆州大小，孰与海内？俱应仇疾，谁当先后？若审此数，易如反掌。"时或言瑾别遣亲人与备相闻，权曰："孤与子瑜有死生不易之誓，子瑜之不负孤，犹孤之不负子瑜也。"黄武元年，迁左将军，督公安，假节，封宛陵侯。虞翻以狂直流徙，惟瑾屡为之说。翻与所亲书曰："诸葛敦仁，则天活物，比蒙清论，有以保分，恶积罪深，见忌殷重，虽有祁老之救，德无羊舌，解释难冀也！"瑾为人有容貌思度，于时服其弘雅。权亦重之，大事咨访，又别咨瑾曰："近得伯言表，以为曹丕已死，毒乱之民，当望旌瓦解，而更静然，闻皆选用忠良，宽刑罚，布恩惠，薄赋省役，以悦民心，其患更深于操时。孤以为不然。操之所行，其惟杀伐小为过差，及离间人骨肉，以为酷耳，至于御将，自古少有。比之于操，万不及也。今叡之不如丕，犹丕不如操也。其所以务崇小惠，必以其父新死，自度衰微，恐困苦之民，一朝崩沮，故强屈曲以求民心，欲以自安住耳，宁是兴隆之渐邪？闻任陈长文、曹子丹辈，或文人诸生，或宗室戚臣，宁能御雄才虎将以制天下乎？夫威柄不专，则其事乖错，如昔张耳、陈馀，非不敦睦，至于秉势，自还相贼，乃事理使然也。又长文之徒，昔所以能守善者，以操笮其头，畏操威严，故竭心尽意，不敢为非耳。逮丕继业，年已长大，承操之后，以恩情加之，用能感义。今叡幼弱，随人东西，此曹等辈，必当此弄巧行态，阿党比周，各助所附，如此之日，奸谗并起，更相陷怼，转成嫌贰，自尔已往，群下争利，主幼不御，其为败也，焉得久乎！所以知其然者，自古至今，安有四五人把持刑柄而不离剌转相蹄啮者也？强当陵弱，弱当求援，此乱亡之道也。子瑜！卿但侧耳听之。伯言常长于计较，恐此一事小短也。"权称尊号，拜大将军、左都护，领豫州牧。及吕壹诛，权又有诏切磋瑾等，语在权传。瑾辄因事以答，辞顺理正。瑾子恪，名盛当世，权深器异之，然瑾常嫌之，谓

非保家之子,每以忧戚。赤乌四年,年六十八,卒,遗命令素棺,
殓以时服,事从省约。恪已自封侯,故弟融袭爵,摄兵业,驻公
安。秋冬则射猎讲武,春夏则延宾高会,休吏假卒,或不远千里
而造焉。每会,辄历问宾客,各言其能,乃合榻促席,量敌选对,
或有博弈,或有摴蒱,投壶弓弹,部别类分,于是甘果继进,清酒
徐行,融周流观览,终日不倦。融父兄质素,虽在军旅,身无采
饰,而融锦罽文绣,独为奢绮。孙权薨,徙奋威将军。后恪征淮
南,假融节,令引军入沔,以击西兵。恪既诛,遣无难督施宽就将
军施绩、孙壹、全熙等取融。融卒闻兵士至,惶惧犹豫,不能决
计,兵到围城,饮药而死。三子皆伏诛。

韦曜吴书曰:瑾少游京师,治毛诗、尚书、左氏春秋。遭母忧,居丧
至孝。事继母恭谨,甚得人子之道。

虞溥江表传曰:瑾之在南郡,人有密谗瑾者,此语颇流闻于外。陆
逊表保明瑾无此,宜以散其意。权报曰:"子瑜与孤从事积年,恩
如骨肉,深相明究,其为人非道不行,非义不言。玄德昔遣孔明
至吴,孤尝语子瑜曰:'卿与孔明同产,且弟随兄,于义为顺,何以
不留孔明?孔明若留从卿者,孤当以书解玄德意,自随人耳。'子
瑜答孤言:'弟亮以失身于人,委质定分,义无二心,弟之不留,犹
瑾之不往也。'其言足贯神明,今岂当有此乎?孤前得妄语文疏,
即封示子瑜,并手笔与子瑜,即得其报,论天下君臣大节一定之
分。孤与子瑜,可谓神交,非外言所间也。知卿意至,辄封来表
以示子瑜,使知卿意。"

张勃吴录曰:曹真、夏侯尚等围朱然于江陵,又分据半州,瑾以大兵
为之救援。瑾性弘缓,推道理,任计画,无应卒倚伏之术,兵久不

解，权以此望之。及春水生，潘璋等作水城于上流，瑾进攻浮桥，真等退走，虽无大勋，亦以全师保境为功。

吴书曰：初，瑾为大将军，而弟亮为蜀丞相，二子恪、融，省典戎马，督领将帅，族弟诞又显名于魏，一门三方为冠盖，天下荣之。瑾才略虽不及弟，而德行尤纯。妻死不改娶，有所爱妾生子，不举，其笃慎皆如此。

吴志：诸葛恪，字元逊，瑾长子也。少知名，弱冠，拜骑都尉，与顾谭、张休等侍太子登，讲论道艺，并为宾友。从中庶子转为左辅都尉。恪父瑾面长似驴。孙权大会群臣，使人牵一驴入，长检其面，题曰"诸葛子瑜"。恪跪曰："乞请笔益两字。"因听与笔，恪续其下曰"之驴"。举坐欢笑，乃以驴赐恪。他日复见，权问恪曰："卿父与叔父孰贤？"对曰："臣父为优。"权问其故，对曰："臣父知所事，叔父不知，以是为优。"权又大噱。命恪行酒，至张昭前。昭先有酒色，不肯饮，曰："此非养老之礼也。"权曰："卿其能令张公辞屈，乃当饮之耳。"恪难昭曰："昔师尚父九十，秉旄仗钺，犹未告老也。今军旅之事，将军在后，酒食之事，将军在先，何谓不养老也？"昭卒无辞，遂为尽爵。后蜀使至，群臣并会。权谓使曰："此诸葛恪，雅好骑乘，还告丞相，为致好马。"恪因下谢。权曰："马未至而谢，何也？"恪对曰："夫蜀者，陛下之外厩，今有恩诏，马必至也。安敢不谢！"恪之才捷皆此类。权甚异之，欲试以事，令守节度。节度掌军粮谷，文书繁猥，非其好也。恪以丹阳山险，民多果劲，虽前发兵，徒得外县平民而已，其馀深远，莫能禽尽，屡自求乞为官，出之三年，可得甲士四万。众议咸以丹阳地势险阻，与吴郡、会稽、新都、鄱阳四郡邻接，周旋数千里,山谷万重。其幽邃民人未尝入城邑,对长吏,皆仗兵野逸,白首于林莽。逋亡宿恶,咸共逃窜。山出铜铁,自铸甲兵。俗好武习战,高尚气力,其升山赴险,抵突丛棘,若鱼之走渊,猿狖之腾木也。时观间隙,出为寇盗,每致兵征伐,寻其窟藏,其战则蜂至,败则鸟窜,自前世以来,不能羁也。皆以为难。恪父瑾闻之,亦以事终不逮,叹曰:"恪不大兴吾家,将大赤吾族也!"恪盛陈其必捷。权拜恪抚越将军,领丹阳太守,授棨戟武骑三百。拜毕,命恪备威仪,作鼓吹,导引归家,时年三十二。恪到府,乃移书四部属城长吏,令各保其疆界,明立部伍,其从化平民,悉令屯居。乃分内诸将,罗兵幽阻,但缮藩篱,不与交锋,候其谷稼将熟,辄纵兵芟刈,使无遗种。旧谷既尽,新田不收,平民屯居,略无所入,于是山民饥穷,渐出降首。恪乃复敕下曰:"山民去恶从化,皆当抚慰,徙出外县,不得嫌疑有所执拘。"臼阳长胡伉得降民周遗。遗,旧恶民,困迫暂出,内图叛逆,伉缚送言府。恪以伉违教,遂斩以徇,以状表上。民闻伉坐执人被戮,知官惟欲出之而已,于是老幼相携而出,岁期、人数,皆如本规。恪自领万人,馀分给诸将。权嘉其功,遣尚书仆射薛综劳军。综先移恪等曰:"山越恃阻,不宾历世,缓则首鼠,急则狼顾。皇帝赫然,命将西征,神策内授,武师外震,兵不染锷,甲不沾汗,元恶既枭,种党归义,荡涤山薮,献戎十万,野无遗寇,邑罔残奸,既扫凶慝,又充军用,藜蓧粮莠,化为善草,魑魅魍魉,更成虎士,虽实国家威灵之所加,亦信元帅临履之所致也。虽诗美执讯,易嘉折首,周之方、召,汉之卫、霍,岂足以谈!功轶古人,勋超前世,主上欢然,遥用叹息,感四牡之遗典,思饮至之旧章,故遣中台近官,迎致犒赐,以旌茂功,以慰劬劳。"拜恪威北将军,封都乡侯。恪乞率众佃庐江皖口,因轻兵袭舒,掩得其民而还。复远遣斥候,观相径要,欲图寿春,权以为不可。赤乌中,魏司马宣王谋欲攻恪,权方发兵应之,望气者以为不利,于是徙恪屯于柴桑。与丞相陆逊书曰:"杨敬叔传述清论,以为方今人物雕尽,守德业者不能复几,宜相左右,更为辅车,上熙国事,下相珍惜;又疾世俗好相谤毁,使已成之器,中有损累,将进之徒,意不欢笑。闻此喟然,诚独击节。愚以为君子不求备于一人,自孔氏门徒,大数三千,其见异者七十二人,至于子张、子路、子贡等七十之徒,亚圣之德,然犹各有所短,师僻,由喭,赐不受命,岂况下此而无所阙!且仲尼不以数子之不备而引以为友,不以人所短弃其所长也。加以当今取士,宜宽于往古。何者?时务从横,而善人单少,国家职司,常苦不充,苟令性不邪恶,志在陈力,便可奖就,骋其所任,若于小小宜适,私行不足,宜皆阔略,不足缕责。且士诚不可纤论苛克,苛克则彼贤圣犹将不全,况其出入者邪!故曰,以道望人则难,以人望道则易,贤愚可知。自汉末以来,中国士大夫如许子将辈,所以更相谤讪,或至召祸,原其本起,非为大雠,惟坐克己不能尽如礼,而责人专以正义。夫己不如礼,则人不服,责人以正义,则人不堪;内不服其行,外不堪其责,则不得不相怨;相怨一生,则小人得容其间;得容其间,则三至之言,浸润之谮,纷错交至,虽使至明至亲者处之,犹难以自定,况已为隙,且未能明者乎!是故张、陈至于血刃,萧、朱不终其好,本由于此而已。夫不舍小过,纤微相责,久乃至于家户为怨,一国无复全行之士也。"恪知逊以此嫌己,故遂广其理而赞其旨也。会逊卒,恪迁大将军,假节,驻武昌，代逊领荆州事。久之，权不豫，而太子少，乃征恪，以大将军领太子太傅，中书令孙弘领少傅。权疾困，召恪、弘及太常滕胤、将军吕据、侍中孙峻，属以后事。翌日，权薨。弘素与恪不平，惧为恪所治，秘权死问，欲矫诏除恪。峻以告恪。恪请弘咨事，于坐中诛之，乃发丧制服。与弟公安督融书曰："今月十六日乙未，大行皇帝委弃万国，群下大小，莫不伤悼！至吾父子兄弟，并受殊恩，非徒凡庸之隶，是以悲恸，肝心圮裂。皇太子以丁酉践尊号，哀喜交并，不知所措。吾身受顾命，辅相幼主，窃自揆度，才非博陆，而受姬公负图之托，惧忝丞相辅汉之效，恐损先帝委付之明，是以忧惭惶惶，所虑万端。且民恶其上，动见瞻观，何时易哉！今以顽钝之资，处保傅之位，艰多智寡，任重谋浅，谁为唇齿？近汉之世，燕、盖交搆，有上官之变。以身值此，何敢怡豫邪？又弟所在与敌犬牙相错，当于今时整顿军具，率厉将士，警备过常，念出万死，无顾一生，以报朝廷，无忝尔先。又诸将备守，各有境界，犹恐贼虏闻讳恣睢，寇窃边邑，诸曹已别下约敕，所部督将，不得妄委所戍，径来奔赴，虽怀怆怛不忍之心，公义夺私，伯禽服戎，若苟违戾，非徒小故，以亲正疏，古今明戒也。"恪更拜太傅，于是罢视听，息校官，原逋责，除关税，事崇恩泽，众莫不悦。恪每出入，百姓延颈，思见其状。初，权黄龙元年，迁都建业，二年，筑东兴堤，遏湖水，后征淮南，败以内船，由是废不复修。恪以建兴元年十月，会众于东兴，更作大堤，左右结山，侠筑两城，各留千人，使全端、留略守之，引军而还。魏以吴军入其疆土，耻于受侮，命大将胡遵、诸葛诞等率众七万，欲攻围两坞，图坏堤遏。恪兴军四万，晨夜赴救，遵等敕其诸军，作浮桥，度陈于堤上，分兵攻两城，城在高峻，不可卒拔。恪遣将军留赞、吕据、唐咨、丁奉为前部。时天寒雪，魏诸将会饮，见赞等兵少，而解置铠甲，不持矛戟，但兜鍪刀楯，倮身缘遏，大笑之，不即严兵。兵得上，便鼓噪乱斫，魏军惊扰散走，争渡浮桥，桥坏绝，自投于水，更相蹈籍，乐安太守桓嘉等同时并没，死者数万。故叛将韩综为魏前军督，亦斩之。获车乘牛马驴骡各数千，资器山积，振旅而归。进封恪阳都侯，加荆、杨州牧，督中外诸军事，赐金一百斤，马二百匹，缯、布各万匹。恪遂有轻敌之心，以十二月战克，明年春复欲出军。诸大臣以为数出罢劳，同辞谏恪，恪不听。中散大夫蒋延或以固争扶出。恪乃著论谕众意，曰："夫天无二日，土无二王，王者不务兼并天下，而欲垂祚后世，古今未之有也。昔战国之时，诸侯自恃兵强地广，互有救援，谓此足以传世，人莫能危，姿情从怀，惮于劳苦，使秦渐得自大，遂以并之，此既然矣。近者刘景升在荆州，有众十万，财谷如山，不及曹操尚微，与之力竞，坐观其强大，吞灭诸袁。北方都定之后，操率三十万众，来向荆州，当时虽有智者，不能复为画计，于是景升儿子，交臂请降，遂为囚虏。凡敌国欲相吞，即仇雠欲相除也。有雠而长之，祸不在己，则在后人，不可不为远虑也。昔伍子胥曰：'越十年生聚，十年教训，二十年之外，吴其为沼乎？'夫差自恃强大，闻此邈然，是以诛子胥而无备越之心，至于临败悔之，岂有及乎！越小于吴，尚为吴祸，况其强大者邪！昔秦但得关西耳，尚以并吞六国；今贼皆得秦、赵、韩、魏、燕、齐九州之地，地悉戎马之乡，士林之薮。今以魏比古之秦，土地数倍，以吴与蜀比古六国，不能半之。然今所以能敌之，但以操时兵众，于今适尽，而后生者未悉长大，正是贼衰少未盛之时。加司马懿先诛王凌，续自陨毙，其子幼弱而专彼大任，虽有智计之士，未得施用，当今伐之，是其厄会。圣人急于趋时，诚谓今日。若顺众人之情，怀偷安之计，以为长江之险，可以传世，不论魏之终始，而以今日遂轻其后，此吾所以长叹息者也。自本以来，务在产育，今者贼民，岁月繁滋，但以尚小，未可得用耳。若复数十年后，其众必倍于今，而国家劲兵之地，皆已空尽，唯有此见众可以定事，若不早用之，端坐使老，复十数年，略当损半，而见子弟数不足言，若贼众一倍，而我兵损半，虽复使伊、管图之，未可如何。今不达远虑者，必以此言为迂。夫祸难未至而豫忧虑，此固众人之所迂也，及于难至，然后顿颡，虽有智者，又不能图，此乃古今所病，非独一时。昔吴始以伍员为迂，故难至而不可救；刘景升不能虑十年之后，故无以诒其子孙。今恪无具臣之才，而受大吴萧、霍之任，智与众同，思不经远，若不及今日为国斥境，俯仰年老，而雠敌更强，欲刎颈谢责，宁有补邪！今闻众人或以百姓尚贫，欲务闲息，此不知虑其大危而爱其小勤者也。昔汉祖幸已自有三秦之地，何不闭关守险，以自娱乐，空出攻楚，身被创痍，介胄生虮虱，将士厌困苦，岂甘锋刃而忘安宁哉？虑于长久，不得两存者耳。每览荆邯说公孙述以进取之图，近见家叔父表陈与贼争竞之计，未尝不喟然叹息也。夙夜反侧，所虑如此，故聊疏愚言，以达二三君子之末。若一朝陨殁，志画不立，贵令来世知我所忧，可思于后。”众皆以恪此论，欲必为之辞，然莫敢复难。丹阳太守聂友素与恪善，书谏恪曰：“大行皇帝本有遏东关之计，计未施行；今公辅赞大业，成先帝之志，寇远自送，将士凭赖威德，出身用命，一旦有非常之功,岂非宗庙神灵社稷之福邪？宜且案兵养锐,观衅而动。今乘此势,欲复大出,天时未可,而苟任盛意,私心以为不安。"恪题论后,为书答友曰："足下虽有自然之理,然未见大数,熟省此论,可以开悟矣。"于是违众出军,大发州郡二十万众,百姓骚动,始失人心。恪意欲曜威淮南,驱略民人,而诸将或难之曰："今引军深入,疆埸之民,必相率远遁,恐兵劳而功少,不如止围新城。新城困,救必至,至而图之,乃可大获。"恪从其计,回军围新城。攻守连月,城不拔,士卒疲劳,因暑饮水,泄下流肿,病者大半,死伤涂地。诸营吏日白病者多,恪以为诈,欲斩之,自是莫敢言。恪内惟失计,而耻城不下,忿形于色。将军朱异有所是非,恪怒,立夺其兵。都尉蔡林数陈军计,恪不能用,策马奔魏。魏知战士罢病,乃进救兵,恪引军而去。士卒伤病,流曳道路,或顿仆坑壑,或见略获,存亡忿痛,大小呼嗟,而恪晏然自若,出住江渚一月,图起田于浔阳。诏召相衔,徐乃旋师,由此众庶失望而怨黩兴矣。秋八月,军还,陈兵导从,归入府馆,即召中书令孙嘿,厉声谓曰："卿等何敢妄数作诏？"嘿惶惧辞出,因病还家。恪征行之后,曹所奏署令长职司,一罢更选；愈治威严,多所罪责,常进见者,无不竦息；又改易宿卫,用其亲近,复敕兵严,欲向青、徐。孙峻因民之多怨,众之所嫌,搆恪欲为变,与亮谋,置酒请恪。恪将见之夜,精爽扰动,通夕不寐。明将盥漱,闻水腥臭,侍者授衣,衣服亦臭,恪怪其故,易衣易水,其臭如初,意惆怅不悦。严毕趋出,犬衔引其衣,恪曰："犬不欲我行乎？"还坐顷刻,乃复起,犬又衔其衣,恪令从者逐犬,遂升车。初,恪将征淮南,有孝子著缞衣入其阁中,从者白之,令外诘问。孝子曰,不自觉,入时,中外守备亦悉不见，众皆异之。出行之后，所坐厅事，屋栋中折。自新城出住东兴，有白虹见其船。还拜蒋陵，白虹复绕其车。及将见，驻车宫门，峻已伏兵于帷中，恐恪不时入，事泄，自出见恪，曰："使君若尊体不安，自可须后，峻当具白主上。"欲以尝知恪。恪答曰："当自力入。"散骑常侍张约、朱恩等密书与恪曰："今日张设非常，疑有他故。"恪省书而去。未出路门，逢太常滕胤，恪曰："卒腹痛，不任入。"胤不知峻阴计，谓恪曰："君自行旋未见，今上置酒请君，君已至门，宜当力进。"恪踌躇而还，剑履上殿，谢亮，还坐，设酒，恪疑未饮。峻因曰："使君病未善平，当有常服药酒，自可取之。"恪意乃安，别饮所赍酒。酒数行，亮还内，峻起入厕，解长衣，著短服，出曰："有诏收诸葛恪。"恪惊起，拔剑未得，而峻刀交下。张约从旁斫峻，裁伤左手，峻应手斫约，断右臂。武卫之士皆趋上殿。峻曰："所取者恪也，今已死，悉令复刃。"乃除地更饮。先是，童谣曰："诸葛恪，芦苇单衣篾钩落，于何相求成子阁。"成子阁者，反语石子冈也。建业南有长陵，名曰石子冈，葬者依焉。钩落者，校饰革带，世谓之钩络带。恪果以苇席裹其身，而篾束其腰，投之于此冈。恪长子绰，骑都尉，以交关鲁王事，权遣付恪，令更教诲，恪鸩杀之。中子竦，长水校尉，少子建，步兵校尉，闻恪诛，车载其母而走。峻遣骑督刘承追斩竦于白都。建得渡江，欲北走魏，行数十里，为追兵所逮。甥都乡侯张震及常侍朱恩等，皆夷三族。初竦数谏恪，恪不从，常忧惧祸，及亡，临淮臧均表乞收葬恪曰："臣闻震雷电激，不崇一朝，大风冲发，希有极日，然犹继以云雨，因以润物，是则天地之威，不可轻日浃辰，帝王之怒，不宜讫情尽意。臣以狂愚，不知忌讳，敢冒破灭之罪，以激风雨之会。伏念故太傅诸葛恪，得承祖考风流之烈，伯叔诸父，遭汉祚尽，九州鼎立，分托三方，并履忠勤，熙隆世业。爰及于恪，生长王国，陶育圣化，致名英伟，服事累纪，祸心未萌。先帝委以伊、周之任，属以万机之事。恪素性刚愎，矜己陵人，不能敬守神器，穆静邦内，兴功暴师，未期三出，虚耗士民，空竭府藏，专擅国宪，废易由意，假刑劫众，大小屏息。侍中武卫将军都乡侯，俱受先帝嘱寄之诏，见其奸虐，日月滋甚，将恐荡摇宇宙，倾危社稷，奋其威怒，精贯昊天，计虑先于神明，智勇百于荆、聂，躬持白刃，枭恪殿堂，勋超朱虚，功越东牟，国之元害，一朝大除，驰首徇示，六军喜踊，日月增光，风尘不动，斯实宗庙之神灵，天人之同验也。今恪父子三首，县市积日，观者数万，詈声成风。国之大刑，无所不震，长老孩幼，无不毕见。人情之于品物，乐极则哀生，见恪贵盛，世莫与贰，身处台辅，中间历年，今之诛夷，无异禽兽，观讫情反，能不憯然！且已死之人，与土壤同域，凿掘斫刺，无所复加，愿圣朝稽则乾坤，怒不极旬，使其乡邑若故吏民，收以士伍之服，惠以三寸之棺。昔项籍受殡葬之施，韩信获收殓之恩，斯则汉高发神明之誉也。惟陛下敦三皇之仁，垂哀矜之心，使国泽加于辜戮，辜戮之骸，复受不已之恩，于以扬声遐方，沮劝天下，岂不弘哉！昔栾布矫命彭越，臣窃恨之，不先请主上，而专名以肆情，其得不诛，实为幸耳！今臣不敢章宣愚情，以露天恩，谨伏手书，冒昧豫闻，乞圣朝哀察！”于是亮、峻听恪故吏敛葬。遂求之于石子冈。始，恪退军还，聂友知其将败，书与滕胤曰：“当人强盛，山河可拔，一朝羸缩，人情万端，言之悲叹。”恪诛后，孙峻忌友，欲以为郁林太守，友发病忧死。友字文悌,豫章人也。

吴录:孙峻提刀称诏,亮起立曰:"非我所为! 非我所为!"乳母引亮还内。

胡冲吴历:孙峻先引亮入,然后出称诏,与本传同。裴松之以为峻欲称诏,宜如本传及吴历,不得如吴录所言。

江表传:朝臣有乞为恪立碑,以名其勋绩者。博士盛冲以为不应。孙休曰:"盛夏出军,士卒伤损,无尺寸之功,不可谓能;受托孤之任,死于竖子之手,不可谓智。冲议为是。"遂寝。

虞喜志林:初,权病笃,召恪辅政,临去,大司马吕岱戒之曰:"世方多难,子每事必十思。"恪答曰:"昔季文子三思而后行,夫子曰:'再思可矣。'今君令恪十思,明恪之劣也。"岱无以答。当时咸谓之失言。虞喜曰:夫托以天下,至重也;以人臣行主威,至难也;兼二至而管万机,能胜之者鲜矣! 自非采纳群谋,询于刍荛,虚己受人,恒若不足,则功名不成,勋绩莫著。况吕侯国之元者,智度经远,而甫以十思戒之,而便以示劣见拒,此元逊之疏,乃机神不俱者也。若因十思之义,广谘当世之务,闻善速于雷动,从谏急于风移,岂得陨首殿堂,死凶竖之刃! 世人奇其英辩,造次可观,而哂吕侯无对为陋,不思安危终始之虑,是乐春藻之繁华而忘秋实之甘口也。昔魏人伐蜀,蜀人御之,精严垂发,六军云扰,士马擐甲,羽檄文驰,费祎时为元帅,荷国重任,而与来敏围棋,意无厌倦。敏临别谓祎,君必能办贼者也,言其明略内定,貌无忧色。况长宁以为君子临事而惧,好谋而成者;且蜀为蕞尔之国,而方向大敌,所规所图,唯守与战,何可矜己有馀,晏然无戚。斯乃性之宽简,不防细微,卒为降人郭修所害,岂非兆见于彼而祸成于此哉！往闻长宁之甄文伟，今睹元逊之逆吕侯，二事体同，故并载之，可以镜讥于后，永为世鉴。

习凿齿汉晋春秋：诸葛恪使司马李衡往蜀说姜维，令同举，曰："古人有言，圣人不能为时，时至亦不可失也。今敌政在私门，外内猜隔，兵挫于外，而民怨于内，自曹操以来，彼之亡形，未有如今日者。若大举伐之，使吴攻其东，汉入其西，彼救西则东虚，重东则西轻，以练实之军，乘虚轻之敌，破之必矣。"维从之。

吴书：权寝疾，议所付托，时朝臣咸皆注意于恪，而孙峻表恪器任辅政，可付大事。权嫌恪刚狠自用，峻以当今朝臣皆莫及，遂固保之，乃征恪。后引恪等见卧内，受诏床下。权诏曰："吾疾困矣，恐不复相见，诸事一以相委。"恪歔欷流涕曰："臣等皆受厚恩，当以死奉诏。愿陛下安精神，损思虑，无以外事为念。"权诏有司，诸事一统于恪，惟杀生大事，然后以闻。为治第馆，设陪卫，群后百司拜揖之仪，各有品序，诸法令有不便者，条列以闻，辄听之。中外翕然，人怀欢欣。

江表传：权为吴王，初置节度官，使典掌军粮，非汉制也。初用侍中偏将军徐详，详死，将用恪。诸葛亮闻恪代详，书与陆逊曰："家兄年老而恪性疏，今使典主粮谷，粮谷军之要最，仆虽在远，窃用不安，足下特为启至尊转之。"逊以白权，即转恪领兵。

江表传：曾有白头鸟集殿前。权曰："此何鸟也？"恪曰："白头翁也。"张昭自以坐中最老，疑恪以鸟戏之，因曰："恪欺陛下，未尝闻鸟名白头翁者，试使恪复求白头母。"恪曰："鸟名鹦母，未必有对，试使辅吴复求鹦父。"昭不能答，坐中皆欢笑。

诸葛恪别传：权尝飨蜀使费祎，先逆敕群臣，使至，伏食勿起。祎至,权为辍食,而群下不起。祎嘲之曰:"凤凰来翔,麒麟吐哺,驴赢无知,伏食如故。"恪答曰:"爰植梧桐,以待凤凰,有何燕雀,自称来翔,何不弹射,使还故乡?"祎停食饼,索笔作麦赋。恪亦请笔作磨赋,咸称善焉。权尝问恪:"顷何以自娱而更肥泽?"恪对曰:"臣闻富润屋,德润身,臣非敢自娱,修己而已。"又问:"卿何如滕胤?"恪答曰:"登阶蹑履,臣不如胤;回筹转策,胤不如臣。"恪尝献权马,先鬎其耳。范慎时在坐,嘲恪曰:"马虽大畜,禀气于天,今残其耳,岂不伤仁?"恪答曰:"母之于女,恩爱至矣,穿耳附珠,何伤于仁!"太子尝嘲恪:"诸葛元逊可食马矢。"恪曰:"愿太子食鸡卵。"权曰:"人令卿食马矢,卿使人食鸡卵,何也?"恪曰:"所出同耳!"权大笑。

江表传:恪少有才名,发藻岐嶷,辩论应机,莫与为对。权见而奇之,谓瑾曰:"蓝田生玉,真不虚也。"

吴录:恪长七尺六寸,少须眉,折頞广额,大口高声。

吴志张承传:诸葛恪年少时,众人奇其英才,承言:"终败诸葛氏者,元逊也。"

江表传:孙登使侍中胡综作宾友目,曰:"英才卓越,超逾伦匹,则诸葛恪。"羊衜私驳综曰:"元逊才而疏。"

刘敬叔异苑:孙权时,永唐县有人入山,遇一大龟,即束之以归。龟便言曰:"游不量时,为君所得。"担者怪之,载出,欲上吴王。夜宿越里,缆船于大桑树。宵中,树忽呼龟曰:"劳乎元绪!奚事尔耶?"龟曰:"吾被拘系,方见烹臛,虽然,尽南山之樵,不能溃我。"树曰:"诸葛元逊博识,必致相苦,今求如我之徒,计从安出?"龟曰:"子明,无多辞,祸将及尔。"树寂而止。既至建业,权命煮之,焚柴万车,语犹如故。诸葛恪曰:"然以老桑乃熟。"献者仍说龟树共言,权登使伐桑,煮龟立烂。

干宝搜神记:诸葛恪为丹阳太守,常出猎两山之间,有物如小儿,伸手欲引人。恪令伸之,乃引去故地,即死。既而参佐问其故,以为神明。恪曰:"此事在白泽图内,曰,两山之间,其精如小儿,见人则伸手欲引人,名曰傒囊,引去故地则死,无谓神明而异之,诸君特未见之耳。"亦见吴书。

刘义庆世说:孙权暂巡狩武昌,语群臣曰:"在后好共辅导太子,太子有益,诸君厚赏,如其无益,必有重责。"张昭、薛综并未能对。诸葛恪曰:"今太子精微特达,比青盖来旋,太子圣睿之姿,必闻一知十,岂为诸臣虚当受赏。"孙权尝问恪:"君何如丞相?"恪曰:"臣胜之。"权曰:"丞相受遗辅政,国富刑清,虽伊尹格于皇天,周公光于四表,无以远过;且为君叔,何以言胜之邪?"恪对曰:"实如陛下明诏;但仕于污君,甘于伪主,闇于天命,则不如臣从容清泰之朝,赞扬天下之君也。"权复问恪:"君何如步骘?"恪答曰:"臣不如之。"又问:"何如朱然?"亦曰:"不如之。"又问:"何如陆逊?"亦曰:"不如之。"权曰:"君不如此三人,而言胜叔者何?"恪曰:"不敢欺陛下,小国之有君,不如诸夏之亡,是以胜也。"

江表传:吴主引蜀使费祎饮,使诸葛恪监酒,恪以马鞭拍祎背,甚痛。祎启吴主曰:"蜀丞相,比之周公,都护君侯,比之孔子,今有一儿,执鞭之士。"恪启曰:"君至大国,傲慢天常,以鞭拍之,于义何伤?"众皆大笑。

启颜录:诸葛瑾为豫州,语别驾向台云:"小儿知谈,卿可与语。"比往诣恪，不相见。后张昭坐中相遇，别驾呼恪："咄，郎君！"恪因嘲曰："豫州乱矣，何咄之有？"答曰："君圣臣贤，未闻有乱。"恪复云："昔唐尧在上，四凶在下。"答曰："岂唯四凶，亦有丹朱。"

吴书：诸葛融，字叔长，生于宠贵，少而骄乐，学为章句，博而不精，性宽容，多技艺，数以巾褐奉朝请，后拜骑都尉。赤乌中，诸郡出部伍，新都都尉陈表、吴郡都尉顾承各率所领人，会佃毗陵，男女各数万口。表病死，权以融代表，后代父瑾领摄，融部曲吏士亲附之，疆外无事。

江表传：先是，公安有灵鼍鸣。童谣曰："白鼍鸣，龟背平，南郡城中可长生，守死不去义无成。"及恪被诛，融果刮金印龟，服之而死。

魏志：诸葛诞，字公休，琅邪阳都人，诸葛丰后也。初以尚书郎为荥阳令，入为吏部郎，人有所属托，辄显其言而承用之。后有当否，则公议其得失，以为褒贬。自是群僚莫不慎其所举。累迁御史中丞、尚书，与夏侯玄、邓飏等相善，收名朝廷，京都翕然。言事者以诞、飏等修浮华，合虚誉，渐不可长。明帝恶之，免诞官。会帝崩，正始初，玄等并任职，复以诞为御史中丞、尚书，出为扬州刺史，加昭武将军。王凌之阴谋也，太傅司马宣王潜军东伐，以诞为镇东将军，假节，都督扬州诸军事，封山阳亭侯。诸葛恪兴东关，遣诞督诸军讨之，与战不利，还，徙为镇南将军。后毌丘俭、文钦反，遣使诣诞，招呼豫州士民，诞斩其使，露布天下，令知俭、钦凶逆。大将军司马景王东征，使诞督豫州诸军，渡安风津，向寿春。俭、钦之破也，诞先至寿春。寿春中十馀万口，闻俭、钦败，恐诛，悉破城门出，流进山泽，或散走入吴。以诞久在淮南，乃复以为镇东大将军、仪同三司，都督扬州。吴大将孙峻、吕据、留赞等闻淮南乱，会文钦往，乃帅众将钦径至寿春。时诞诸军已至，城不可攻，乃走。诞遣将军蒋班追击之，斩赞，传首，收其印节，进封高平侯，邑三千五百户，转为征东大将军。诞既与玄、飏等至亲，又王凌、毌丘俭累见夷灭，惧不自安，倾帑藏振施，以结众心，厚养亲附及扬州轻侠者数千人为死士。甘露元年冬，吴贼欲向徐堨，计诞所督兵马，足以待之，而复请十万众守寿春，又求临淮筑城以备寇，内欲保有淮南。朝廷微知诞有自疑心，以诞旧臣，欲入度之。二年五月，征为司空，诞被诏书，愈恐，遂反。召会诸将，自出攻扬州刺史乐綝，杀之。敛淮南及淮北郡县屯田口十馀万，官兵扬州新附胜兵者四五万人，聚谷足一年食，闭城自守，遣长史吴纲将小子靓至吴请救。吴人大喜，遣将全怿、全端、唐咨、王祚等率三万众，密与文钦俱来应，以诞为左都护、假节、大司徒、骠骑将军、青州牧、寿春侯。是时，镇南将军王基始至，督诸军围寿春，未合。咨、钦等从城东北，因山乘险，得将其众突入城。六月，车驾东征，至项。大将军司马文王督中外诸军二十六万众，临淮讨之。大将军屯邱头，使基及安东将军陈骞等四面合围，表里再重，堑垒甚峻；又使监军石苞、兖州刺史州泰等简锐卒为游军，备外寇。钦等数出犯围，逆击走之。吴将朱异再以大众来迎诞等，渡黎浆水，泰等逆与战，每摧其锋。孙綝以异战不进，怒而杀之。城中食转少，外救不至，众无所恃。将军蒋班、焦彝，皆诞爪牙计事者也，弃诞，逾城，自归大将军。大将军乃使反间以奇变说全怿等，怿等率其众数千人开门来出，城中震惧，不知所为。三年正月，诞、钦、咨等大为攻具，昼夜五六日攻南围，欲决围而出。围上诸军临高以发石车火箭逆烧破其攻具，弩矢及石雨下，死伤者蔽地，血流盈堑，复还入城。城内食转竭，降出者数万口。钦欲尽出北方人，省食，与吴人坚守，诞不听，由是争恨。钦素与诞有隙，徒以计合，事急，愈相疑。钦见诞计事，诞遂杀钦。钦子鸯及虎将兵在小城中，闻钦死，勒兵驰赴之，众不为用，鸯、虎单走逾城出，自归大将军。军吏请诛之，大将军令曰："钦之罪不容诛，其子固应当戮，然鸯、虎以穷归命，且城未拔，杀之，是坚其心也。"乃赦鸯、虎，使将兵数百骑，驰巡城，呼语城内云："文钦之子犹不见杀，其馀何惧！"表鸯、虎为将军，各赐爵关内侯。城内喜且扰。又日饥困，诞、咨等智力穷，大将军乃自临围，四面进兵，同时鼓噪登城，城内无敢动者。诞窘急，单乘马，将其麾下突小城门出。大将军司马胡奋部兵逆击，斩诞，传首，夷三族。诞麾下数百人坐不降见斩，皆曰："为诸葛公死，不恨！"其得人心如此。唐咨、王祚及诸裨将皆面缚降。吴兵万众，器仗军实山积。初围寿春，议者多欲急攻之。大将军以为城固而众多，攻之必力屈，若有外寇，表里受敌，此危道也。今三叛相聚于孤城之中，天其或者将使同就戮，吾当以全策縻之，可坐而制也。诞以二年五月反，三年二月破灭，六军按甲，深沟高垒，而诞自困，竟不烦攻而克。及破寿春，议者又以为淮南仍为叛逆，吴兵室家在江南，不可纵，宜悉坑之。大将军以为古之用兵，全国为上，戮其元恶而已，吴兵就得亡还，适可以示中国之弘耳，一无所杀，分布三河近郡以安处之。唐咨本利城人，黄初中，利城郡反，杀太守徐箕，推咨为主，文帝遣诸军讨破之，咨走入海，遂亡至吴，官至左将军，封侯，持节。诞、钦屠戮，咨亦生禽，三叛皆获，天下快焉。拜咨安远将军，其馀裨将咸假号位，吴众悦服，江东感之,皆不诛其家。其淮南将吏士民诸为诞所胁略者,惟诛其首逆,馀皆赦之。听鸯、虎收敛钦丧,给其车牛,致葬旧墓。

臧荣绪晋书:诞尝与夏侯玄读书一室,暴雷震破其所倚之柱,衣服焦然,玄色不变,诞亦自若,皆读诵如故,其坦率若是。

　　澍案:顾恺之书赞以为夏侯太初倚柱作书,辟历破所倚柱,而裴启语林谓太初从魏帝拜陵,辟历中所立之树。

魏氏春秋:诞为郎,与仆射杜畿试船陶河,遭风覆没,诞亦俱溺。虎贲浮河救诞,诞曰:“先救杜侯。”诞飘于岸,绝而后苏。

郭颁世语:是时,当世俊士,散骑常侍夏侯玄、尚书诸葛诞、邓飏之徒,其相题表,以玄、畴四人为四聪;诞、备八人为八达;中书监刘放子熙、孙资子密、吏部尚书卫臻子烈三人,咸不及比,以父居势位,容之为三豫:凡十五人。帝以搆长浮华,皆免官废锢。

王沈魏书曰:诞赏赐过度,有犯死罪者,亏制以活之。

世语:司马文王既秉朝政,长史贾充以为宜遣参佐,慰劳四征,于是遣充至寿春。充还,启文王:“诞再在扬州,有威名,民望所归,今征必不来,祸小事浅,不征,事迟祸大。”乃以为司空,书至,诞曰:“我作公当在王文舒后,今便为司空! 不遣使者,健步赍书,使以兵付乐綝,此必綝所为。”乃将左右数百人至扬州。扬州人欲闭门,诞叱曰:“卿非我故吏邪!”径入,綝逃上楼,就斩之。

魏末传:贾充与诞相见,谈说时事,因谓诞曰:“洛中诸贤,皆愿禅代,君所知也。君以为云何?”诞厉色曰:“卿非贾豫州子,世受魏恩,如何负国,欲以魏室输人乎? 非吾所忍闻。若洛中有难,吾当死之。”充默然。诞既被征,请诸牙门置酒饮宴,呼牙门从兵,皆赐酒令醉,谓众人曰:“前作千人铠杖始成,欲以击贼,今当还洛，不复得用，欲暂出将见人游戏，须臾还耳，诸君且止。"乃严鼓，将士七百人出。乐綝闻之，闭州门。诞历南门，宣言曰："当还洛邑，暂出游戏，扬州何为闭门见备？"前至东门，东门复闭，乃使兵缘城攻门，州人悉走，因风放火，焚其府库，遂杀綝。诞表曰："臣受国重任，统兵在东。扬州刺史乐綝专诈，说臣与吴交通，又言被诏当代臣位，无状日久。臣奉国命，以死自立，终无异端，忿綝不忠，辄将步骑七百人，以六月六日讨綝，即日斩首，函头驿马传送，若圣朝明臣，臣即魏臣，不明臣，臣即吴臣。不胜发愤有日，谨拜表陈愚，悲感泣血，哽咽断绝，不知所如，乞朝廷察臣至诚。"裴松之以为魏末传所云：率皆鄙陋，疑诞表言曲，不至于此也。

汉晋春秋：蒋班、焦彝言于诸葛诞曰："朱异等以大众来而不能进，孙綝杀异而归江东，外以发兵为名，而内实坐须成败，其归可见矣。今宜及众心尚固，士卒思用，并力决死，攻其一面，虽不能尽克，犹可有全者。"文钦曰："江东乘战胜之威久矣，未有难北方者也。况公今举十馀万之众内附，而钦与全端等皆同居死地，父兄子弟尽在江表，就孙綝不欲，主上及其亲戚岂肯听乎？且中国无岁无事，军民并疲，今守我一年，势力已困，异图生心，变故将起，以往准今，可计日而望也。"班、彝固劝之，钦怒，而诞欲杀班，二人惧，且知诞之必败也，十一月乃相携而降。

汉晋春秋：文钦曰："蒋班、焦彝谓我不能出而走，全端、全怿又率众逆降，此敌无备之时也，可以战矣。"诞及唐咨等皆以为然，遂悉其众出攻。

干宝晋纪：数百人拱手为列，每斩一人，辄降之，竟不变，至尽。时人比之田横。吴将于诠曰："大丈夫受命其主，以兵救人，既不能克，又束手于敌，吾弗取也。"乃免胄冒阵而死。

晋纪：初，寿春每岁雨潦，淮水溢，常淹城邑，故文王之筑围也，诞笑之曰："是固不攻而自败也。"及大军之攻，亢旱逾年，城既陷，是日大雨，围垒皆毁。诞子靓，字仲思，吴平还晋。靓子恢，字道明，位至尚书令，追赠左光禄大夫，开府。

世说新语：诸葛靓在吴，于朝堂大会，孙皓问："卿字仲思，为何所思？"对曰："在家思孝，事君思忠，朋友思信，如斯而已。"

傅玄傅子曰："宋建椎牛祷赛，终自焚灭；文钦日祠祭事天，斩于人手；诸葛诞夫妇聚会神巫，淫祀求福，伏尸淮南，举族诛夷：此天下所共见，足为明鉴也。"

蜀志：亮父珪，字君贡，汉末为泰山郡丞。

　　澍案：诸葛氏谱：珪生三子，长瑾，次亮，次均。珪与妻章氏相继卒，三子俱叔玄抚养。

华阳国志：先主得荆州，有人众，孙权遣使求共伐蜀，又曰："雅顾以隆，成为一家，诸葛孔明母兄在吴，可令相并。"

　　澍按：顾一作愿。亮本传言亮早孤，未叙及母，此言母兄在吴，是侯母随兄瑾供养也。然诸葛氏谱言珪妻章氏相继卒，又何也？

刘艾献帝春秋：初，豫章太守周术病卒，刘表上诸葛玄为豫章太守，治南昌。汉朝闻周术死，遣宋皓代玄。皓从扬州太守刘繇求兵击玄，玄退屯西城，皓入南昌。建安四年正月，西城民反，杀玄，送首刘繇。

　　澍案：蜀志，玄为豫章太守，乃袁术所署，此言刘表上之，未审孰是。又案诸葛氏谱，玄死时，瑾年十三，亮年八岁。

蜀志：诸葛均，亮弟，官至长水校尉。

澍案：诸葛氏谱：亮为均聘南阳林氏女为妇，期年生子，名望，而仙鉴言均隐吴下，称公平先生，未知何据。

晋襄阳令郭颁世语：诸葛亮兄瑾、弟诞，并有令名，各在一国，人以为蜀得其龙，吴得其虎，魏得其狗。

蜀志：诸葛瞻，字思远。建兴十二年，亮出武功，与兄瑾书曰："瞻今已八岁，聪慧可爱，嫌其早成，恐不为重器耳。"年十七，尚公主，拜骑都尉。其明年，为羽林中郎将，屡迁射声校尉、侍中、尚书仆射，加军师将军。瞻工书画，强识念。蜀人追思亮，咸爱其才敏，每朝廷有一善政佳事，虽非瞻所建倡，百姓皆传相告曰："葛侯之所为也。"是以美声溢誉，有过其实。景耀四年，为行都护、卫将军，与辅国大将军南乡侯董厥并平尚书事。六年，冬，魏征西将军邓艾伐蜀，自阴平由景谷道旁入。瞻督诸军至涪，停住，前锋破退，还住绵竹。艾遗书诱瞻，曰："若降者，必表为琅邪王。"瞻怒，斩艾使，遂战，大败，临阵死，时年三十七。众皆星散，艾长驱至成都。瞻长子尚与瞻俱没。（叹曰：父子荷国重恩，不早斩黄皓，以致倾败，用生何为？乃驰赴魏军死。）次子京（字行宗）及攀子显等，咸熙元年内移河东。

澍案：杂记云：后帝赴洛，洮阳王恂不忍北去，与关索定策南奔，卫瓘发铁骑追至，得霍弋、吕凯合攻，方退，诸葛质为使，入蛮邦结好，时孟虬为王，祝融夫人曰："却之不仁。"虬从母命，回报洮阳王，住永昌。杂记所云诸葛质，瞻子也，然云霍弋、吕凯合攻，误矣。吕凯于雍闿之役被害，此时安得与霍弋合攻。

李吉甫元和志：初，诸葛瞻在涪，而艾已入江油。瞻曰："吾内不除
　　黄皓，外不制姜维，进不守江油，吾有三罪，何面而反。"进屯绵
　　竹，埋人脚而战，父子死焉。

　　　　澍案：李膺益州记云：石子头二十里，即故绵竹县城，诸葛瞻
　　　　埋人脚战处也。

晋泰始起居注载泰始中诏曰："诸葛亮在蜀，尽其心力，其子瞻临难
　　而死义。天下之善一也，其孙京，随才署吏。"后为郿令。

晋书：诸葛瞻次子京及攀子显等，咸熙元年，内徙河东，入晋，京位
　　至江州刺史。

襄阳记：罗宪常荐琅邪诸葛京等，即皆叙用，咸显于世。

华阳国志：文立入晋，为济阴太守，迁太子中庶子。立上言：诸葛亮
　　等子孙，流徙中畿，各宜量才叙用，以慰巴、蜀之心，倾吴人之望。
　　事皆施行。

尚书仆射山涛启事：郿令诸葛京，祖父亮，遇汉乱分隔，父子在蜀，
　　虽不达天命，要为尽心所事。京治郿自复有称，臣以为宜补东宫
　　舍人，以明事人之理，副梁、益之论。京位至江州刺史。见本传注。

诸葛氏谱：京字行宗。

蜀志：自瞻、厥建统事，姜维常征伐在外，宦人黄皓窃弄机权，咸共
　　将护，无能匡矫。

孙盛异同记：瞻、厥等以姜维好战无功，国人疲弊，宜表后主召还为
　　益州刺史，夺其兵权，蜀长老犹有瞻表以阎宇代姜维故事。晋永
　　和三年，蜀史常璩说蜀长老云：陈寿尝为瞻吏，为瞻所辱，故因此
　　事归恶黄皓，而云瞻不能匡矫也。

于宝论:瞻虽智不足以扶危,勇不足以拒敌,而能外不负国,内不改父之志,忠孝存焉。

*孙盛曰:孔明云:"事之不济则已耳,安能复为之下!"壮哉斯言,可以立懦夫之志矣,宜乎世济其忠也。

蜀志:乔字伯松,兄瑾之第二子也。本字仲慎,与兄元逊,俱有名于时。论者以为乔才不及兄,而性业过之。初,亮未有子,求乔为嗣。瑾启孙权,遣乔来西。亮以乔为己嫡子,故易其字焉。拜为驸马都尉,随亮至汉中,年二十五,建兴元年,卒。子攀,官至行护军翊武将军,亦早卒。恪见诛于吴,子孙皆尽,而亮自有胄裔,故攀还复为瑾后。

诸葛氏谱:晋泰始五年己丑,王览为太傅,诏录故汉名臣子孙萧、曹、邓、吴等后,皆赴阙受秩。孔明之后独不至。访知其第三子怀,公车促至,欲爵之。怀辞曰:"臣家成都,有桑八百株,薄田十五顷,衣食自有馀饶。材同樗栎,无补于国,请得归老牖下,实隆赐也。"晋主悦而从之。

姓源韵谱:诸葛亮身长八尺,形细面粗,犹如松柏,皮肤枯槁,文理润泽。

习凿齿襄阳记:庞德公子字山民,有令名,娶诸葛孔明小姊。

襄阳记:黄承彦者,高爽开列,为沔阳名士;谓诸葛孔明曰:"闻君择妇,身有丑女,黄头黑色,而才堪相配。"孔明许,即载送之。时人以为笑。乡里为之谚曰:"莫作孔明择妇,止得阿承丑女。"亦见襄阳耆旧传。

魏了翁朝真观记:出少城西北,为朝真观,观中左列有圣母仙师乘烟葛女之祠。故老相传,武侯有女,于宅中乘云轻举。

　　澍案:忠武侯女名果,见仙鉴,以其奉事攘斗之法,后必证仙果，故名曰果也。鹤山非妄语者，乘云上升，未可以为诞矣。

艺文类聚：亮与李严书云：“吾受赐八十斛，今蓄财无馀，妾无副服。”

澍案：侯之妾乃无副服，其俭德可师矣。惜妾之姓不传。

魏氏春秋：亮使至，司马宣王问其寝食，及其事之烦简，不问戎事。

使对曰：“诸葛公夙兴夜寐，罚二十以上，皆亲览焉，所啖食不至数升。”宣王曰：“亮将死矣。”

澍案：一引作：“亮体毙矣，其能久乎？”晋阳秋云：诸葛武侯杖二十以上亲决，宣王闻之，喜曰：“吾无患矣。”

鱼豢魏略：诸葛亮病，谓魏延等云：“我之死后，但谨自守，慎勿复来也。”令延摄行己事，密持丧去。延遂匿之，行至褒口，乃发丧。亮长史杨仪宿与延不和，见延摄行军事，惧为所害，乃张言延欲与众北附，遂率其众攻延。延本无此心，不战军走，追而杀之。裴松之以为此盖敌国传闻之言，不得与本传争审。

汉晋春秋：亮卒于郭氏坞。

王沈魏书：亮粮尽势穷，忧恚欧血。一夕，烧营遁走，入谷，道病卒。

裴松之曰：亮在渭滨，魏人蹑迹，胜负之形，未可测量，而云欧血，盖因亮自亡而夸大也。夫以孔明之略，岂为仲达欧血乎？及至刘琨丧师，与元帝笺，亦曰“亮军败欧血”，此则引虚记以为言也。其云入谷而卒，缘蜀人入谷发丧故也。

汉晋春秋：杨仪等整军而出，百姓奔告宣王，宣王追焉。姜维令仪反旗鸣鼓，若将向宣王者，宣王乃退，不敢逼，于是仪结阵而去，入谷然后发丧。宣王之退也，百姓为之谚曰：“死诸葛走生仲达。”或以告宣王，宣王曰：“吾能料生，不便料死也。”

杜佑通典：司马宣王使二千馀人，就军营东南角大声称万岁。亮使问之，答曰："吴朝有使至，请降。"亮曰："计吴朝必无降法，卿是六十老翁，何烦诡诳如此！"懿与亮相持百馀日，亮卒于军。

华阳国志：建兴十二年，诸葛亮卒，后主素服发哀三日。李邈上疏曰："吕禄、霍光，未必怀反叛之心，孝宣不好为杀臣之君，直以臣惧其逼，主畏其威，故奸伪萌生。亮身杖强兵，狼顾虎视，五大不在边，臣常危之。今亮殒没，盖宗族得全，西戎静息，大小为庆。"后主怒，下狱诛之。

宋天文志：蜀建兴十二年，诸葛亮率大众伐魏，屯于渭南。有长星赤而芒角，自东北西南流，投亮营，三投再还，往大还小。占曰，两军相当，有大流星来走军上，及堕军中，皆破败征也。九月，亮卒于军营而还。

*臧荣绪晋书：宣帝镇关中，诸葛亮攻郿，据渭水南五丈原。帝御之，对垒相持百馀日，俄而亮卒。

孙盛晋阳秋：有星赤而芒角，自东北西南流，投于亮营，三投再还，往大还小，俄而亮卒。

襄阳记：诸葛亮初亡，所在各求为立庙，朝议以礼秩不听。百姓遂因时节，私祭之于道陌上。言事者以为可听立庙于成都者，后主不从。步兵校尉习隆、中书郎向充等共上表云云，于是始从之。

通典：刘禅景耀元年，诏为丞相诸葛亮立庙于沔阳。

史通曲笔篇云：蜀老犹存，知葛亮之多枉。困学纪闻曰：武侯事迹，湮没多矣。

　　澍案：刘氏所云，即后魏书毛修之传云，昔在蜀时，闻长老言，陈寿为诸葛书佐，被挞云云也。

晋书陈寿传：寿父为马谡参军，谡为诸葛亮所诛，寿父亦坐被髡。

　　寿为亮立传，谓亮将略非长，无应敌之才，议者以此少之。

后魏书：毛修之曰："昔在蜀中，闻长老言，陈寿曾为诸葛门下书佐，

　　得挞百下，故其论武侯云：'应变将略，非其所长。'"

史通曲笔篇云：陈氏国志立后主传云："蜀无史职，故灾祥靡闻。"

　　案黄气见于秭归，群鸟堕于江水，成都言有景星出，益州言无宰

　　相气，若史官不置，此事从何而书？盖由父辱受髡，故加此谤议

　　者也。

史通曲笔篇云：陆机晋史，虚张拒葛之锋。

　　　澍案：晋书宣纪：魏太和五年及青龙二年，懿凡两拒蜀丞

　　　相亮。

蜀志：吕凯与雍闿檄云：诸葛丞相英才挺出，深睹未萌，受遗托孤，

　　翊赞季兴，与众无忌，录功忘瑕云云。

吴志：黄龙元年，蜀使卫尉陈震庆权践位。权乃三分天下，豫、青、

　　徐、幽属吴，兖、冀、并、梁属蜀，其司州之土，以函谷关为界。造

　　为盟，有云：诸葛丞相，德威远著，翼戴本国，典戎在外，信感阴

　　阳，诚动天地，重复结盟，广诚约誓云云。

华阳国志：时人以诸葛亮、蒋琬、费祎、董允为四相，一号四英也。

殷芸小说：桓温征蜀，独见武侯时小史，年百馀岁。温问："诸葛丞

　　相今谁与比？"答曰："诸葛在时，亦不觉异，自公没后，不见

　　其比。"

汉晋春秋：蜀后主建兴九年十月，江阳至江州，有鸟从江南飞渡江

　　北，不能达，堕水死者以千数。

　　　澍案：晋五行志云：是时诸葛亮连年动众，志吞中夏，而终死

渭南，所图不遂；又诸将分争，颇丧徒旅，鸟北飞不能达，堕水死者，皆有其象也。亮竟不能过渭，又其应乎！

* 汉晋春秋：费祎谓姜维曰："吾等不如丞相，亦已远矣，丞相犹不能定中原，况吾等乎？且不如保国治民，谨守社稷，如其功业，以俟能者，无以为希冀徼倖，而决成败于一举，若不如志，悔之无及。"

汉晋春秋曰：樊建为给事中，晋武帝问诸葛亮之治国。建对曰："闻恶必改，而不矜过；赏罚之信，足感神明。"帝曰："善哉！使我得此人以自辅，岂有今日之劳乎？"建稽首曰："臣窃闻天下之论，皆谓邓艾见枉，陛下知而不理，此岂冯唐之所谓'虽得颇、牧而不能用'者乎？"帝笑曰："吾方欲明之，卿言起我意。"于是发诏治艾焉。

魏志：贾诩曰："诸葛亮善治国。"

魏志：刘晔曰："诸葛亮明于治而为相。"

抱朴子：玄德之见诸葛，暑景未改，而腹心已委矣。

朱孟震浣水续谈：蜀山谷民皆冠帛巾，相传为诸葛公服，所居深远者，后遂不除。今蜀人不问有服无服，皆戴孝帽，市井中人，十常八九，谓之戴天孝。余尝以重午登南城楼，观竞渡戏，两岸男女，匝水而居，望之如沙城焉。

* 演繁露：世传明皇幸蜀图，山谷间老叟出望驾，有著白巾者。释者曰："为诸葛武侯服也。"此不知古人不忌白也。

浣水续谈：蛮酋自谓太保，大抵与山僚相似，但有首领，其人椎髻，以白纸系之，云，尚为诸葛公制服也。

傅畅晋诸公赞曰：靓字仲思，琅玡人司空诞少子也。雅正有才望，仕吴为右将军、大司马。吴亡，靓入洛，以父诞为太祖所杀，誓不见世祖。世叔母琅玡王妃，靓之姊也，帝后因靓在姊间往就见焉，靓逃于厕中，于是以至孝发名。时嵇康亦被法，而康子绍死荡阴之役，谈者咸曰：观绍、靓二人，然后知忠孝之道区以别矣。

世说新语：诸葛靓后入晋，除大司马，召不起。以与晋室有仇，常背洛水而坐。与武帝有旧，帝欲见之而无由，乃请诸葛妃呼靓。既来，帝就太妃间相见，礼毕，酒酣，帝曰："卿故复忆竹马之好不？"靓曰："臣不能吞炭漆身，今日复睹圣颜。"因涕泗百行，帝于是惭悔而出。

卷二　遗事篇

习凿齿襄阳记：诸葛孔明为卧龙，庞士元为凤雏，司马德操为水镜，皆庞德公语也。德公，襄阳人。孔明每至其家，独拜床下，德公初不令止。德操尝造德公，值其渡沔上祀先人墓，德操径入其室，呼德公妻子，使速作黍，"徐元直向云有客当来就我，与庞公谭"。其妻子皆罗列拜于堂下，奔走供设。须臾，德公还，直入相就，不知何者是客也。德操年小德公十岁，兄事之，呼作庞公，故世人遂谓庞公是德公名，非也。德公子山民，亦有令名，娶诸葛孔明小姊，为魏黄门吏部郎，早卒。子涣，字世文，晋太康中，为牂牁太守。统，德公从子也，少未有识者，惟德公重之，年十八，使往见德操。德操与语，既而叹曰："德公诚知人，此实盛德也。"

澍案：一引末云："此盛德之人，当为南州士之冠冕。"

襄阳记：孔明在南阳，同县庞德公素有重名，司马徽兄事之，娶孔明小姊，夫妻相敬如宾。孔明每至其家，独拜床下，德公初不令止。其从子统，少时朴钝，未有识者，惟德公与徽重之。德公尝谓亮为卧龙,统为凤雏,徽为水鉴。

澍案:此系汉书注所引,较蜀志注所引微略,又娶孔明小姊

上脱漏子山民等字,水一作冰。

仙鉴:司马徽谓亮曰:"以君才,当访明师,益加学问。汝南灵山酆

公玖熟谙韬略,余尝过而请教,如蠡测海,盍往求之!"引亮至山,

拜玖为师。居期年,不教,奉事惟谨。玖知其虔,始出三才秘箓、

兵法陈图、孤虚相旺诸书,令揣摩研究。百日,玖略审所学皆能

致其奥妙,谓曰:"方今天运五龙,非有神力者不能济弱于斯时

也。"亮问五龙之说,酆公曰:"秦、汉之时,五龙变现,如嬴秦为

白,吕秦为黑,项王为苍,汉高为赤,汉文梦黄龙之瑞,光武膺赤

伏之符,故两汉互尚黄赤。及今汉祚欲终,火土垂绝,虽馀焰未

息,复当流之于西,禀金而王。孙坚修汉诸陵,乘土之德,故狮儿

创业于江左。与火土为仇难者,水也。今曹氏已定北方,木继水

而生,其子有青龙之祥,火袭木而王,其后有二火之谶也。"亮曰:

"操为国贼,权为窃命,亮当此乱世,则惟退隐躬耕,养志乐道。"

公曰:"不然,抱此材器而不拯救斯民,非仁者之心,然出处必以

正,刘备汉室之胄,子如一出为辅,则可成立矣。"亮问关、张辈何

如?公曰:"羽是解梁老龙,飞是涿州玄豹,云乃长山巨蟒,竺乃

东海寿麇,其后犹有襄阳凤雏、长沙虎母、西凉驹子、天水小龙,

皆子之良佐使也。南郡武当山上有二十七峰,三十二岩,二十四

涧,峰最高者曰天柱、紫霄,二峰间有异人曰北极教主,有琅书、

金简、玉册、灵符,皆六甲秘文,五行道法,吾子仅习兵陈,不喻神

通,终为左道所困。"遂引至武当拜见,惟令担柴汲水,采黄精度

日。居既久,方授以道术,遣下山行世。至灵山,酆公已北回复

命，复寻教主亦不在，峰头风雷声轰轰，如千万人语，始悟神人指点，自负不凡。司马徽见之，改容曰："真第一流也。"

魏略：徐庶，先名福，与同郡石韬相亲爱。初平中，中州兵起，乃与韬南客荆州，到又与诸葛亮特相善。及荆州内附，孔明与刘备相随去，福与石韬俱来北。至黄初中，韬仕历郡守、典农校尉，福至左中郎将、御史中丞。太和中，诸葛亮出陇右，闻元直、广元仕才如此，叹曰："魏殊多士耶？何彼二人不见用乎！"

汉氏春秋：汝南孟建，字公威，代温恢为凉州刺史，有治名，与诸葛亮俱游学，亮后出祁山，使杜子绪宣意于公威。

　　澍案：魏略云：诸葛出祁山，答司马宣王书，使杜子绪宣意于公威也。

魏略：诸葛亮在荆州，以建安初，与颖川石广元、徐元直、汝南孟公威，俱游学。三人务于精熟，而亮独观其大略，每晨夕，从容抱膝长啸而谓三人曰："卿三人仕进，可至刺史郡守也。"三人问其所至，亮笑而不言。后公威思乡里，欲北归。亮谓之曰："中国饶士大夫，遨游何必故乡耶？"裴松之蜀志注以为魏略此言，谓诸葛亮为公威计者，可也，若谓兼为己言，可谓未达其心矣。老氏称知人者智，自知者明，凡在贤达之流，固必兼而有焉。以诸葛亮之鉴识，岂不能自审其分乎！夫其高吟俟时，情见乎言，志气所存，既已定于其始矣。若使游步中华，骋其龙光，岂夫多士所能沉翳哉！委质魏氏，展其器能，诚非陈长文、司马仲达所能颉颃，而况于馀哉！苟不患功业不就，道之不行，虽志恢宇宙，而终不北向者，盖以权御已移，汉祚将倾，方将翊赞宗杰，以兴微继绝，克复为己任故也，岂其区区利在边鄙而已乎！此相如所谓"鹪鹏已翔于寥廓,而罗者犹视于薮泽"者矣。王粲英雄记与魏略同。

襄阳记:刘备访世事于司马德操。德操曰:"儒生俗士,岂识时务!
识时务者,在乎俊杰,此间自有伏龙、凤雏。"备问为谁? 曰:"诸
葛孔明、庞士元也。"

魏略:刘备屯于樊城。亮知荆州次当受敌,而刘表性缓,不晓军事,
亮乃北行见备。备与亮非旧,又以其年少,以诸生齿待之,坐集
既毕,众宾皆去,而亮独留,备亦不问其所欲言。备性好结毦,时
适有人以髦牛尾与备者,备因手自结之。亮进曰:"明将军当复
有远志,但结毦而已耶!"备知亮非常人也,乃投毦而言曰:"是
何言与,我聊以忘忧耳!"亮遂言曰:"将军度刘镇南孰与曹公?"
备曰:"不及。"亮又曰:"将军自度何如也?"备曰:"亦不如。"曰:
"今皆不及,而将军之众不过数千人,以此待敌,得无非计乎!"
备曰:"我亦愁之,当若之何?"亮曰:"荆州非少人也,而著籍者
寡,平居发调,则民心不悦,可语镇南,令国中凡有游户,皆使自
实,因录以益众可也。"备从其计,故众遂强。备由是知亮有英
略,乃以上客礼之。九州春秋所言亦如之。裴松之曰:亮表云:
"先帝不以臣卑鄙,猥自枉屈,三顾臣于草庐之中,谘臣以当世之
事。"则非亮先诣备明矣。虽闻见异词,各生彼此,乖背至是,亦
良为怪。

后汉书刘表传:刘琦尝与琅邪人诸葛亮谋自安之术,亮初不对,后
乃共升高楼,因令去梯,谓亮曰:"今日上不至天,下不至地,言出
子口,而入吾耳,可以言未?"亮曰:"君不见申生在内而危,重耳
居外而安乎?"琦意感悟,阴规出计。

孙盛蜀记:晋初,扶风王骏镇关中,司马高平刘宝、长史荥阳桓隰、

诸官属士大夫,共论诸葛亮。于时谈者多讥亮托身非所,劳困蜀民,力小谋大,不能度德量力。金城郭冲以为亮权智英略,有逾管、晏,功业未济,论者惑焉,条亮五事隐没不闻于世者,宝等亦不能复难。扶风王慨然善冲之言。裴松之以为亮之异美,诚所愿闻,然冲之所说,实皆可疑,谨随事难之如左:

郭冲一事曰:亮刑法峻急,刻剥百姓,自君子小人,咸怀怨叹。法正谏曰:"昔高祖入关,约法三章,秦民知德。今君假借威力,跨据一州,初有其国,未垂恩抚;且客主之义,宜相降下,愿缓刑弛禁,以慰其望。"亮答曰:"君知其一,未知其二。秦以无道,政苛民怨,匹夫大呼,天下土崩,高祖因之,可以弘济。刘璋闇弱,自焉以来,有累世之恩,文法羁縻,互相承奉,德政不举,威刑不肃。蜀土人士,专权自恣,君臣之道,渐以陵替,宠之以位,位极则贱,顺之以恩,恩竭则慢,所以致弊,实由于此。吾今威之以法,法行则知恩,限之以爵,爵加则知荣,荣恩并济,上下有节,为治之要,于斯而著。"难曰:案法正在刘主前死,今称法正谏,则刘主存也。诸葛职为股肱,事归元首,刘主之时,亮又未领益州,庆赏刑政,不出于己。寻冲所述亮答,专自有其能,有违人臣自处之宜,以亮谦顺之体,殆必不然。又云"亮刑法峻急,刻剥百姓",未闻善政以刻剥为称。

郭冲二事曰:曹公遣刺客见刘备,方得交接,开论伐魏形势,甚合备计,稍欲亲近。刺者尚未得便会。既而亮入,魏客神色失措,亮因而察之,亦知非常人。须臾,客如厕,备谓亮曰:"向得奇士,足以助君补益。"亮问所在,备曰:"起者其人也。"亮徐叹曰:"观客色动而神惧,视低而忤数,奸形外漏,邪心内藏,必曹氏刺客也。"

追之,已越墙而走。**裴松之难**曰:凡为刺客,皆暴虎冯河,死而无悔者也。**刘主**有知人之鉴,而惑于此客,则此客亦一时之奇士也。又语**诸葛**,曰"足以助君补益",则亦**诸葛**之流亚也;凡如**诸葛**之俦,鲜有为人作刺客者矣。时主亦当惜其器用,必不投之死地也。且此人不死,要应显达于**魏**,竟是谁乎,何其寂蔑而无闻?

郭冲三事曰:诸葛亮屯于**阳平**,遣**魏延**诸军并兵东下,惟留万人守城。**晋宣帝**率二十万人拒**亮**,而与**延**军错道,径至前,当**亮**十六里所,侦候白**宣帝**,说**亮**在城中,兵少力弱。**亮**亦知**宣帝**垂至,已与相逼,欲前赴**延**军,相去又远,回迹反追,势不相及。将士失色,莫知其计。**亮**意气自若,敕军中皆卧旗息鼓,不得妄出庵幔,又令大开四城门,扫地却洒。**宣帝**尝谓**亮**持重,而猥见势弱,疑其有伏兵,于是引兵北趣山。明日食时,**亮**谓参佐,拊手大笑曰:"**司马懿**必谓吾怯,将有强伏,循山走矣。"候逻还白,如**亮**所言。**宣帝**后知,深以为恨。**裴松之难**曰:案**阳平**在汉中,**亮**初屯**阳平**,**宣帝**尚为**荆州**都督,镇**宛城**。至**曹真**死后,始与**亮**于**关中**相抗御耳。**魏**尝遣**宣帝**自**宛**由**西城**伐蜀,值霖雨不果,此之前后,无复有于**阳平**交兵事。就如**冲**言,**宣帝**既举二十万众,已知**亮**兵少力弱,若疑其有伏兵,正可设防持重,何至便走乎?案**魏延传**云**延**每随**亮**出,辄欲请精兵万人,与**亮**异道,会于**潼关**,**亮**制而不许。**延**尝谓**亮**为怯,叹己才用之不尽也。**亮**尚不以**延**为万人别统,岂得如**冲**言,顿使将重兵在前,而以轻弱自守乎?且**冲**与**扶风王**言,显章**宣帝**之短,对子毁父,理所不容,而云"**扶风王**慨然善**冲**之言",故知此书举引皆虚。

郭冲四事曰:**亮**出**祁山**,**陇西**、**南安**二郡应时降,围**天水**,拔**冀城**,虏姜维，驱略士女数千人还蜀，人皆贺亮。亮颜色愀然有戚容，谢曰："普天之下，莫非汉民，国家威力未举，使百姓困于豺狼之吻，一夫有死，皆亮之罪，以此相贺，能不为愧！"于是蜀人咸知亮有吞魏之志，非惟拓境而已。裴松之难曰：亮有吞魏之志久矣，不始于此众人方知也。且于时师出无成，伤缺而反者众，三郡归降而不能有。姜维，天水之匹夫耳，获之则于魏何损，拔西县千家，不补街亭所丧，以何为功，而蜀人相贺乎？

郭冲五事曰：魏明帝自征蜀，幸长安，遣宣王督张郃诸军雍凉劲卒三十馀万，潜军密进，规向剑阁。亮时在祁山，旌旗利器，守在险要。十二更下，在者八万。时魏军始陈，番兵适交，参佐咸以贼众强盛，非力不制，宜权停下兵一月，以并声势。亮曰："夫统武行师，以大信为本，得原失信，古人所惜。去者束装以待期，妻子鹤望而计日，虽临征难，义所不废。"皆催遣令去。于是去者感悦，愿留一战，住者愤踊，思致死命，相谓曰："诸葛公之恩，死犹不报也。"临战之日，莫不拔刃争先，以一当十，杀张郃，却宣王，一战大克，此信之由也。裴松之难曰：案亮前出祁山，魏明帝身至长安耳，此年不复自来；且亮大军在关陇，魏人何由得越亮径向剑阁？亮既出战场，本无久住之规，而方休兵还蜀，皆非经通之言。孙盛、习凿齿搜求异同，罔有所遗，而并不多载冲言，知其乖剌多矣！太平御览四百三十引诸葛亮别传与郭冲五事同。

袁宏曰：张子布荐诸葛亮于孙权，亮不肯留，人问其故，曰："孙将军可谓人主，然观其度，能贤亮而不能尽亮，吾是以不留。"

魏略曰：初，备在小沛，不意曹公卒至，遑遽弃家属，奔荆州。禅时年数岁，窜匿随人，西入汉中，为人所卖。及建安十六年，关中破

乱,扶风人刘括避乱入汉中,买得禅,问知其良家子,遂养为子,
与娶妇,生一子。初,禅与备相失时,识其父字玄德。比舍人有
姓简者,及备得益州,而简为将军。备遣简到汉中,舍都邸,禅乃
诣简。简相检讯,事皆符验。简喜,以语张鲁。鲁乃洗沐,送诣
益州,备乃立以为太子。初,备以诸葛亮为太子太傅,及禅立,以
亮为丞相,委以诸事,谓亮曰:"政由葛氏,祭则寡人。"亮亦以禅
未闲于政,遂总内外。裴松之案:诸书记及诸葛亮集,亮不为太
子太傅。

汉晋春秋:亮自至,数挑战,宣王亦表固请战;使卫尉辛毗持节以制
之。姜维谓亮曰:"辛佐治持节而至,贼不复出矣。"亮曰:"彼本
无战情,所以固请战者,以示武于其众耳。将在军,君命有所不
受,苟能制吾,岂千里而请战耶!"

*世说:诸葛亮之次渭滨也,关中震动。魏明帝深惧晋宣王战,乃
遣辛毗为军司马。宣王既与亮对渭而阵,亮设诱诡谲万方,宣王
果大忿愤,将应以重兵。亮遣间谍觇之,还曰:"有一老夫,毅然
杖黄钺,当军门立,军不得出。"亮曰:"此必辛佐治也。"

汉晋春秋:亮围祁山,招鲜卑轲比能,比能等至故北地石城以应亮。
于是魏大司马曹真有疾,司马宣王自荆州入朝。魏明帝曰:"西
方事重,非君莫可付者。"乃使西屯长安,督张郃、费耀、戴陵、郭
淮等。宣王使耀、陵留精兵四千守上邽,馀众悉出西救祁山。郃
欲分兵驻雍、郿,宣王曰:"料前军能独当之者,将军言是也。若
不能当,而分为前后,此楚之三军,所以为黥布禽也。"遂进。亮
分兵留攻,自迎宣王于上邽,郭淮、费耀等徼亮,亮破之,因大芟
刈其麦。与宣王遇于上邽之东,敛兵依险,军不得交,亮引兵而

还。宣王寻亮至于卤城。张郃曰:"彼远来逆我,我请战不得,谓我利在不战,欲以长计胜之也;且祁山知大军已在近,人情自固,可止屯于此,分为奇兵,示出其后,不宜进前而不敢逼,坐失民望也。今亮县军食少,亦行去矣。"宣王不从,故寻亮,既至,又登山掘营,不肯战。贾诩、魏平数请战,因曰:"公畏蜀如虎,奈天下笑何!"宣王病之。诸将咸请战。五月辛巳,乃使张郃攻无当监何平于南围,自案中道向亮。亮使魏延、高翔、吴班赴拒,大破之,获甲首三千级,玄铠五千领,角弩三千一百张。宣王还保营。

魏氏春秋:诸葛亮屯渭南,粮少,欲速战。魏敕司马宣王坚壁挫其锋。亮屡遗书,又致巾帼以怒宣王。将战,辛毗仗节,奉诏敕乃止。巾帼,妇人丧巾,遗巾帼,言其无勇以掉之。

汉末传:蜀丞相亮出军围祁山,始以木牛运粮。魏将司马宣王命张郃救祁山。夏六月,亮粮尽引去。郃追之,至木门道,亮驻军削大树皮,书曰:"张郃死此树下。"郃军到,亮豫令军士夹道而伏,弓弩乱发,中郃而死。

汉晋春秋:先主入益州,吴遣迎孙夫人,夫人欲将太子归吴。诸葛亮使赵云勒兵断江留太子,乃得止。

蜀志:先主平益州,赐诸葛亮等金各五百斤,银千斤,钱五千万,锦千匹。

蜀志刘璋传:先主迁璋于南郡公安,孙权取荆州,以璋为益州牧,驻秭归。卒,孙权以璋子阐为益州刺史,丞相诸葛亮平南土,阐还吴,为御史中丞。

先主传:刘璋遣法正将四千人迎先主,正因陈益州可取之策。先主留诸葛亮、关羽等据荆州。

蜀志:先主收江南,以亮为军师中郎将。零陵先贤传云:亮时在临蒸。

蜀志:曹操南征刘表,会表卒,子琮代立,遣使请降。时先主屯樊,不知曹公卒至,至宛,乃闻之,遂将其众去;过襄阳,诸葛亮说先主攻琮,荆州可有。先主曰:“吾不忍也。”

蜀志:曹操恐先主据江陵,追之,先主斜趣汉津,适与关羽船会,得济沔,遇表长子江夏太守琦,众万馀人,与俱到夏口。先主遣诸葛亮自结于孙权。

江表传:刘备进驻鄂县,即遣诸葛亮随鲁肃诣孙权,结同盟誓。

吴志:刘备欲南渡江,鲁肃劝备与孙权并力。时诸葛亮与备相随,肃谓亮曰:“我,子瑜友也。”即共定交。备遂到夏口,遣亮使于权。

吴志鲁肃传:肃卒,诸葛亮亦为发哀。

裴松之蜀志注:亮南征,诏赐亮金钑钺一具,曲盖一,前后羽葆鼓吹各一部,虎贲六十人,事在亮集。

华阳国志:先主之入汉中也,争二郡不得。建兴七年,诸葛亮始命陈式平之。

　　澍案:二郡指阴平、武都。

汉晋春秋:亮在南中,所在战捷,闻孟获者,并为夷、汉所服,募生致之。既得,使观于营陈之间,问曰:“此军何如?”获对曰:“向者不知虚实,故败;今蒙赐观看营陈,若只如此,即定易胜耳。”亮笑,纵使更战。七纵七禽,而亮犹遣获,获止不去,曰:“公,天威也,南人不复反矣。”遂至滇池,南中平,皆即其渠率而用之。或以谏亮,亮曰:“若留外人,则当留兵,留兵则无所食,一不易也;

加夷新伤破,父兄死丧,留外人而无兵者,必成祸患,二不易也;又吏屡有废杀之罪,自觉衅重,若留外人,终不相信,三不易也。今吾欲使不留兵,不运粮,而纲纪粗定,夷、汉粗安故耳。"

澍案:杂记,孟获之兄名节,隐于万安溪,号万安隐者,曾以芸草解军士哑泉之毒。孔明叹曰:"展禽、盗跖,信有之也!"又言获妻祝融夫人,其弟名带来。

刘艾献帝春秋曰:孙权欲与备共取蜀,遣孙瑜率水军住夏口。备不听军过,谓瑜曰:"汝欲取蜀,吾当被发入山,不失信于天下也。"使关羽屯江陵,张飞屯秭归,诸葛亮据南郡,备自住孱陵。权因召瑜还。

*华阳国志:八年,亮使司马魏延西入羌中,大破魏后将军费瑶、郭淮于阳溪。

汉晋春秋:街亭之败,或劝亮更发兵者,亮曰:"大军在祁山、箕谷,皆多于贼,而不能破贼,为贼所破者,则此病不在兵少也,在一人耳。今欲减兵损将,明罚思过,校变通之道于将来;若不能然者,虽兵多何益!自今已后,诸有忠虑于国,但勤攻吾之阙,则事可定,贼可死,功可蹻足而待矣。"于是考微劳,甄壮烈,引咎责躬,布所失于天下,厉兵讲武,以为后图,戎士简练,民忘其败矣。见本传注。

汉晋春秋:刘玄德与庞统宴语,问曰:"卿为周公瑾功曹,孤到吴,闻此人密有白事,劝仲谋相留,有之乎?在君为君,卿其毋隐。"统对曰:"有之。"玄德叹息曰:"孤时危急,当有所求,故不得不往,殆不免周瑜之手。天下智计之士,所见略同。时孔明谏孤莫行,其意独笃,亦虑此也。孤以仲谋所防在北,当赖孤为援,故决意不疑,此诚出于险途,非万全之策也。"亦见江表传。

江表传:蜀将诸葛亮讨贼还成都,孙权遣使劳问之,送驯象二头于刘禅。

零陵先贤传:先主收江南时,诸葛亮驻临蒸。

魏志刘放传:青龙初,孙权与诸葛亮连和,欲俱出为寇,边候得权书。放乃改易其辞,往往换其本文而傅合之,与征东将军满宠,若欲归化,封以示亮。亮腾与吴大将步骘等。骘等以见权,权惧亮自疑,深自解说。

臧荣绪晋书曰:诸葛亮率众出斜谷,司马宣王拒亮,遂济渭水,背水为垒。

魏略:诸葛亮围陈仓,使人说郝昭,不下。昭兵才千馀人,亮进攻之,起云梯冲车临城。昭以火箭逆射其梯,又以绳连石磨,压其冲车,冲车折。亮乃更以井阑百尺以射城中,以土丸填堑,欲直攀城,昭又于内筑重墙。亮又为地穴,欲踊出于城里,昭又于城内穿地横截。昼夜相攻拒,二十馀日。

*魏志郭淮传:青龙二年,诸葛亮出斜谷,并田于兰坑。

裴松之云:刘备以建安十三年败,遣亮使吴,亮以建兴五年抗表北伐。自倾覆至此,整二十年,然则刘备始与亮相遇,在败军之前一年时也。

魏略:始国家以蜀中惟有刘备,备既死,数岁寂然无闻,是以略无备预,而卒闻亮出,朝野恐惧,陇右祁山尤甚,故三郡同时应亮。

裴启语林:武侯与司马懿在渭滨,将战,懿戎服莅事,使人密觇武侯,乃乘素舆,葛巾,持白羽扇,指挥三军,众军皆随其进止。懿闻而叹曰:"诸葛君可谓名士矣。"

梁元帝金楼子:诸葛孔明常战于凤山。

澍案:果州南十里有朱凤山,高一百七十二丈,周回二十里。昔有凤皇集山。又长宁县西有凤山,志言武侯驰马其上,又名走马岭。诸葛所战,宜为长宁之凤山也。

金楼子:诸葛孔明到益州,尝战于石室。

澍案:华阳国志:文翁立学,精舍讲堂作石室。任豫益州记:石室,其药炉节制犹古,建堂基高六尺,屋厦三间,皆画古人之像,及礼器瑞物。堂西有二石。又案搜神记,益州之西,云南之东,有神祠,克山石为室,孔明所战,当系干宝所说石室也。

金楼子:诸葛孔明尝战于万骑溪。

澍案:寰宇记:巴渠县东八十里有万户溪。不知即万骑溪否?

金楼子:诸葛孔明战于石井。

郦道元水经注:叶榆水迳漏江县伏流山下,复出蝮口,谓之漏江。

左思蜀都赋曰:"漏江洑流溃其阿,泊若汤谷之扬涛,沛若蒙汜之涌波。"诸葛亮之平南中也,战于漏江水之南。

水经注:盘水东迳汉兴县,北入叶榆水,诸葛亮入南,战于盘东,是也。

*司马彪战略:孟达将蜀兵数百降魏,魏文帝以达为新城太守。太和元年,诸葛亮从成都到汉中,达又欲应亮,遗亮玉玦、织成障汗、苏合香。亮使郭模诈降,过魏兴太守申仪,仪与达有隙,模语仪:亮言玉玦者,事已决;织成者,言谋已成;苏合香者,言事已合。

华阳国志:南中其俗征巫鬼,好诅盟,投石结草,官常以盟诅要之。

诸葛亮乃为夷作图谱，先画天地日月君臣城府，次画神龙，龙生夷及牛马驼羊，后画部主吏乘马幡盖，巡行安恤，又画牵羊负酒，赍金宝诣之之象，以赐夷。夷甚重之，许致生口直。又与瑞锦铁券，今皆存。每刺史校尉至，赍以呈诣，动亦如之。

王隐蜀记：谯周，字允南，体貌素朴，无造次辩论之才。诸葛亮领益州牧，周为劝学从事，初见，左右皆笑。既出，有司请推笑者，亮曰：“孤尚不能忍，况左右乎！”

零陵先贤传云：刘巴往零陵，事不成，欲由交州道还京师。时诸葛亮在临蒸，巴与亮书，亮追谓曰：“刘公雄才盖世，据有荆土，莫不归德，天人去就，已可知矣！足下欲何之？”巴曰：“受命而来，不成当还，此其宜也。足下何言耶？”

张勃吴录云：刘备曾使诸葛亮至京，因睹秣陵山阜，乃叹曰：“钟山龙盘，石城虎踞，帝王之宅也。”

太平寰宇记引蜀志云：魏武入汉中，诸葛亮出屯江阳。

　　澍案：三国志：建兴二十年，先主已得益州，闻曹操定汉中，与孙权连和。诸葛亮传及华阳国志皆不载亮屯江阳事。惟元和志云：曹公入汉中，诸葛亮出屯江阳。乐史当即据元和志，误以为蜀志耳。泸州图经亦沿其讹，但不知李宏宪所据何书。

华阳国志：涪陵山险水激，人性戆勇，多獽、蜑之民，县邑阿党，斗讼必死，无蚕桑，少文学，汉时，赤甲军常取其民，蜀丞相亮时，亦发其劲卒三千人为连弩士，其性质直，虽徙他所，风俗不变。

华阳国志：先主战败，委舟舫，由步道还鱼复，改鱼复为永安宫。明年正月，召丞相亮于成都。四月，殂于永安宫。

陈寿益部耆旧杂记：诸葛亮于武功病笃，后主遣李福省视，遂因咨以国家大计。福往，具宣圣旨，听亮所言，至别去数日，忽驰思未尽其意，遂却驰骑还见亮。亮语福曰："孤知君还意。近者语虽弥日，有所不尽，更来一决耳。君所问者，公琰其宜也。"福谢："前实失不谘请公，如公百年后，谁可责大事者，故辄还耳。乞复请蒋琬之后，谁可任者？"亮曰："文伟可以继之。"又复问其次，亮不答。福还，奉使称旨。

　　澍案：蜀志注：李福，字孙德，梓潼人，官至尚书仆射。

华阳国志：吴以亮之亡也，增巴丘守万人，蜀亦益白帝军。

华阳国志：亮时，军旅屡兴，赦不妄下。自亮没后，兹制遂亏。

魏氏春秋：初，益州从事常房行部，闻朱襃将有异志，收其主簿按问，杀之。襃怒，攻杀房，诬以谋反。诸葛亮诛房诸子，徙其四弟于越嶲，欲以安之。襃犹不悛，遂以郡叛应雍闿。裴松之案：以为房为襃所诬。执政所宜澄察，安有安杀无辜，以悦奸慝，斯殆妄矣！

陈寿益部耆旧传：任安，广汉人，少事聘士杨厚，究极图籍。州牧刘焉表荐安味精道度，厉节高邈。王涂隔塞，遂无聘命。年七十九，卒。后丞相亮问秦宓以安所长。宓曰："记人之善，忘人之过。"亦见后汉书。

益部耆旧传：董扶，字茂安，少从师学，兼通数经，善欧阳尚书；又事聘士杨厚，究极图谶。大将军何进荐扶，灵帝征拜侍中，后求蜀郡属国都尉，后去官，年八十二卒。后丞相诸葛亮问秦宓以扶所长。宓曰："董扶襃秋毫之善，贬纤芥之恶。"亦见后汉书。

吴志张温传：温字惠恕，以辅义中郎将使蜀。孙权谓温曰："卿不宜远出，恐诸葛孔明不知吾所以与曹氏通意，以故屈卿行。山越都除，便欲大搆于蜀，行人之义，受命不受辞也。"温对曰："诸葛亮达见计数，必知神虑屈伸之宜，加受朝廷天覆之惠，推亮之心，必无疑贰。"

虞预会稽典录曰：馀姚虞俊叹曰："张惠恕才多智少，华而不实，怨之所逢，有覆家之祸，吾既见其兆矣。"诸葛丞相闻俊忧温，意未之信，及温放黜，乃叹俊之有先见。亮初闻温败，未知其故，思之数日，曰："吾已得之矣！其人于清浊太分，善恶太明。"

吴志：严畯，字曼才，彭城人，官卫尉。使至蜀，蜀相诸葛亮深善之。吴志顾邵传注引殷礼子基作通语曰：礼字德嗣，弱不好弄，潜识过人，少为郡吏，守吴县丞。孙权为王，召除郎中。后与张温使蜀，诸葛亮甚称叹之；稍迁，至零陵太守，卒官。

述异录：蜀汉时，牂牁帅火济者，从诸葛孔明破孟获有功，封罗甸国王，即今宣慰使安氏远祖也。

滇载纪：滇酋有六，各号为诏，夷语谓王为诏。其一曰蒙含诏，其二曰浪施诏，其三曰邓赕诏，其四曰施浪诏，其五曰摩娑诏，其六曰蒙巂诏。兵埒，不能相君长。至汉，有仁果者，九龙八族之四世孙也，强大，居昆弥川。传十七世，至龙佑那，当蜀汉建兴三年，诸葛武侯南征雍闿，师次白崖川，获闿，斩之，封龙佑那为酋长，赐姓张氏。割永昌益州地置云南郡于白崖。诸夷慕侯之德，渐去山林，徙居平地，建城邑，务农桑，诸郡于是始有姓氏。

　　澍案：雍闿为高定部曲所杀。

方舆纪要曰：白虎通，战国时，楚庄蹻据滇，号为庄氏。汉武帝立白崖人仁果为滇王，而蹻嗣绝。仁果传十五代为龙佑那。诸葛武侯南征,师次白崖,立为酋长,赐姓张氏。历十七传,当贞观世,张乐进求以蒙舍酋细农罗强,遂逊位焉。

澍案:杲果二字必有一误。

华阳国志:先主薨后,越巂叟帅高定元叛,益州大姓雍闿亦杀太守正昂,孙权遥用闿为永昌太守,牂牁郡丞朱褒领太守,恣睢。丞相亮以初遭大丧,未便加兵,遣从事蜀郡常颀行部南入,以都护李严书晓谕闿,闿答曰:"天无二日,土无二主,今天下正朔有三,远人惶惑,不知所归。"其傲慢如此。颀至牂牁收郡主簿考讯,奸褒因杀颀为乱。

澍案:蜀志作常房,颀即房也。常氏江原大姓,华阳国志出于常璩,疑作颀为是。

新唐书:南诏蛮本乌蛮别种,姓蒙氏。蛮谓王为诏,自言哀牢之后,代居蒙舍州为渠帅,在汉永昌故郡东姚州之西。其先渠帅有六,自号六诏,兵力相埒,各有君长,无统。蜀时为诸葛亮所征,皆臣服之。

卷三　用人篇

华阳国志：建兴二年，丞相亮开府，领益州牧。事无巨细，皆决于
亮。亮乃抚百姓，示轨仪，约官职，从权制。尽忠益时者，虽雠必
赏；犯法怠慢者，虽亲必罚；服罪输情者，虽重必释；游辞巧饰者，
虽轻必戮。善无微而不赏，恶无纤而不贬。庶事精练，物究其
本，循名责实，虚伪不齿。终于封域之内，畏而爱之，刑政虽峻，
而无怨者，以其用心平，劝戒明也。辟尚书郎蒋琬及广汉李邵、
巴西马勋为掾，南阳宗预为主簿，皆德举也。秦宓为别驾，犍为
五梁为功曹，梓潼杜微为主簿，皆州俊彦也。而江夏费祎、南郡
董允、郭攸之始为侍郎，赞扬日月。

蜀志：亮以西土初建，在得才贤，取人不限其方。董和、黄权、李严
等，刘璋所授任也；吴懿、费观等，为璋婚姻；彭羕，璋所摈弃；刘
巴，凤昔之所怨恨；皆处以显任，尽其器能。初，犍为太守李严
辟杨洪为功曹。严未去犍为，而洪已为蜀郡。洪举门下书佐何
祗有才能，洪尚在蜀郡，而祗已为广汉太守。西土咸服，以亮能
尽时人之器用也。

*华阳国志：亮乃约官职，修法制，筑高台于成都之南，以延四方之士。

华阳国志：建兴三年春，亮南征，自安上由水路入越巂，别遣马忠伐牂牁，李恢向益州，以犍为太守广汉王士为益州太守。高定元蜀志无元字。自旄牛定筰卑水，多为垒守。亮欲俟定元军众集合，并讨之，军卑水。定元部曲杀雍闿及士，以孟获代闿为主。亮既斩定元，而马忠破牂牁，李恢败于南中。夏五月，亮渡泸，进征益州，生虏孟获置军中，问曰："我军如何？"获对曰："恨不相知，公易胜耳。"亮以方务在北，而南中好叛乱，宜穷其诈，乃赦获，使还合军战。凡七虏七赦，获等心服，夷、汉亦思反善。亮复问获，获曰："明公，天威也，边民更不为恶矣。"秋，遂平四郡，改益州为建宁，以李恢为太守，加广汉将军，领交州刺史，移治味县；分建宁越巂置云南郡，以吕凯为太守；又分建宁牂牁置兴古郡，以马忠为牂牁太守；移南中劲卒青羌万馀家于蜀，为五部，所当无前，号为飞军；分其羸弱，配大姓焦雍、娄爨、孟量、毛李为部曲，置五部都尉，号五子，故南人言四姓五子也。以夷多刚很，不宾大姓富豪，乃劝令出金帛，聘策恶夷为家部曲，得多者奕世袭官，于是夷人贪货物，以渐服属于汉，成夷、汉部曲。亮收其俊杰：建宁爨习、朱提孟琰及孟获为官属。习官至领军，琰辅汉将军，获御史中丞，出其金、银、丹、漆、耕牛、战马，给军国之用。

*汉晋春秋：南中平，亮皆即其渠率而用之。

赵云别传：亮曰："街亭军退，兵将不复相录，箕谷军退，初不相失，何故？"邓芝曰："赵云身自断后，军资什物，略无所弃，兵将无缘相失。"

蜀志赵云传：云字子龙，常山真定人。先主自葭萌还攻刘璋，召诸葛亮。亮率云与张飞等俱溯江西上，平定郡县；至江州，遣云从外水上江阳，与亮会成都。建兴五年，随诸葛亮驻汉中。明年，亮出军由斜谷道，曹真遣大众当之，亮令云与邓芝往拒，而身攻祁山。

汉晋春秋：先主入益州，吴遣使迎孙夫人。夫人欲将太子归吴，诸葛亮使赵云勒兵断江留太子，太子乃得止。

华阳国志：杜微字国辅，涪人也，任安弟子。先主定蜀，常称聋，闭户不出。建兴二年，丞相亮领州牧，选为主簿，舆而致之。亮引见，与书诱劝，欲使以德辅时。微固辞疾笃。亮表拜谏议大夫，从其所志。

蜀志庞统传：统字士元，襄阳人。先主领荆州，庞统以从事守耒阳令，不治，免官。吴将鲁肃遗先主书曰："庞士元非百里才也，使处治中、别驾之任，始当展其骥足耳。"诸葛亮亦言之于先主。先主见统，与善谈，大器之，以为治中从事。攻雒城，中流矢卒。先主拜统父议郎，迁谏议大夫，诸葛亮亲为之拜。

蜀志董和传：和字幼宰，南郡枝江人。先主定蜀，征和为掌军中郎将，与军师将军诸葛亮并署左将军大司马府事，献可替否，共为交欢。

蜀志许靖传：许靖字文休，汝南平舆人，为刘璋蜀郡太守。先主进围成都，靖欲逾城出降，先主薄之；定蜀后，益无意于靖。亮谏曰："靖人望，不可失也，借其名以竦动宇内。"于是稍尊之，寻拜司徒。靖年已逾七十，爱乐人物，诱纳后进，清谈不倦。丞相亮皆为之拜。

蜀志法正传:法正字孝直,扶风人。正多阴谋,善设奇制变,先主之取益州,皆其力也。诸葛亮与正虽好尚不同,以公义相取,每奇正智术。章武二年,先主征吴,大军败绩,还驻白帝。亮叹曰;"法孝直若在,则能制主上令不东行;就复东行,必不倾危矣。"

蜀志蒋琬传:琬字公琰,零陵湘乡人,为广都长,众事不理,时又沉醉,先主将加罪戮。军师将军诸葛亮请曰:"蒋琬,社稷之器,非百里之才,其为政以安民为本,不以修饰为先,愿加察之。"先主雅敬亮,乃不加罪。建兴元年,丞相亮开府,辟琬为东曹掾,举茂才,迁为参军;八年,代张裔为长史。亮数外出,琬常足兵足食。亮每言:"公琰托志忠雅,当与吾共赞王业者也。"

蜀志刘巴传:巴字子初,零陵烝阳人。刘璋欲迎先主,巴极谏,璋不听。俄而先主定益州,巴辞谢罪负,先主不责;而亮数称荐之,辟为左将军西曹掾,尝称之。先主称尊号,昭告于皇天后土神祇,凡诸文诰策命,皆巴所作也。章武二年,卒。后魏尚书仆射陈群与诸葛亮书,问巴消息,曰"刘君子初",其敬重焉。

蜀志廖立传:立字公渊,武陵临沅人。诸葛亮镇荆土,孙权遣使通好于亮,因问士人偕谁相经纬者。亮答曰:"庞统、廖立,楚之良才,当赞兴世业者也。"后立为侍中。后主即位,徙长水校尉。立意自谓才名宜为亮副,而更游散,常怀怏怏,于是亮劾立,废为民,徙汶山。立躬率妻子,耕殖自守。闻亮卒,垂泣叹曰:"吾终为左衽矣!"卒死徙所。

荆州先德传:诸葛亮以费祎有俊才,宜遣使吴。孙权好嘲戏以观人,时琅邪诸葛恪、羊衙等各知名,皆在坐,并发异端之论以难祎。祎应机辄对,举坐称之。

蜀志费祎传:祎字文伟,江夏鄳人。先主立太子,祎与董允俱为舍人,迁庶子。后主践位,为黄门侍郎。丞相亮南征还,群僚于数十里逢迎,年位多在祎右,而亮特命祎同载,由是众人莫不易观。亮以初从南归,以祎为昭信校尉使吴,还,迁为侍中。亮北驻汉中,请祎为参军。以奉使称旨,频烦至吴。亮卒后,代蒋琬为尚书令,封成乡侯。

蜀志:刘琰字威硕,鲁国人。后主立,封都乡侯,班位每亚李严,为卫尉、中军师、后将军,迁车骑将军,然不预国政,但领兵千馀,随丞相亮讽议而已。建兴十年,与前军师魏延不和,言语虚诞,亮责让之,琰与亮笺谢,于是亮遣还成都,官位如故。

蜀志董厥传:诸葛亮以董厥为府令史,称之曰:"董令史,良士也。吾每与之言,思慎宜适。"徙为主簿,后稍迁至尚书仆射,代陈祗为尚书令。

蜀志杨戏传:戏字文然,犍为武阳人,丞相亮深识之。戏年二十馀,从州书佐为督军从事,职典刑狱,论法决疑,号为平当。府辟为属主簿。

蜀志:魏延字文长,义阳人。诸葛亮驻汉中,以延为督前部,领丞相司马、凉州刺史。后破郭淮,迁为前军师、征西大将军,假节,进封南郑侯。延每随亮出,辄欲请兵万人,与亮异道,会于潼关,如韩信故事,亮制而不许。延尝谓亮为怯,叹恨己才用之不尽。

蜀志:建兴六年春,亮身率众军攻祁山。丞相司马魏延曰:"闻夏侯楙少主之婿也,怯而无谋,今假延精兵五千,负粮五千,直从褒中出,循秦岭而东,缘子午而北,不过十日,可到长安。楙闻延奄至,必弃城逃走,长安中惟有御史、京兆、太守—作史耳!横门邸阁与散民之谷,足周食也。比东方相合聚,尚二十许日,而公从斜谷来。亦一作必足以达,如此,则一举而咸阳以西可定矣。"亮以为此危计,一作悬危不如安从坦道,可以西一作平取陇右,十全必克而无虞,故不用延计。

华阳国志:魏延勇猛过人,又性矜高,当时皆避下之,惟杨仪不相假借延。孔明深惜仪之才干,延之骁勇,常衔二人之不平,不忍有所偏废,为作甘戚论。

蜀志:杨仪字威公,襄阳人。建兴三年,丞相亮以为参军,署府事,将南行。五年,随亮汉中;八年,迁长史,加绥军将军。亮数出军,仪常规画分部,筹度粮谷,不稽思虑,斯须便了,军戎节度,取办于仪。亮深惜仪之才干,魏延之骁勇,常恨二人之不平,不忍有所偏废。十二年,随亮出屯谷口。亮卒于敌场,仪领军还;后以诽谤自杀。

华阳国志:初,亮密表后主,以"仪性狷狭,若臣不幸,可以蒋琬代臣",于是以琬为尚书令,总统国事。

蜀志:马良字季常,襄阳宜城人,先主辟为左将军掾,后遣使吴。良谓诸葛亮曰:"今衔国命,协睦二家,幸为良介于孙将军。"亮曰:"君试自为文。"先主称尊号,以良为侍中。先主败绩于彝陵,良遇害。

裴松之蜀志注:马良盖与孔明结为兄弟,或相与有亲,孔明年长良,故呼孔明为尊兄。

蜀志彭羕传:羕字永年,广汉人。先主领益州牧,拔彭羕为治中从事,形色嚣然,自矜得遇滋甚。诸葛亮虽外接待羕,而内不能善,屡密言先主,羕心大志广,难可保安。先主既敬信亮,加察羕行事,意以稍疏,左迁江阳太守;后诛死。

蜀志:马谡字幼常,以荆州从事随先主入蜀,除绵竹、成都令、越巂太守。才器过人,好论军计,丞相诸葛亮深加器异。先主临薨,谓亮曰:"马谡言过其实,不可大用,君其察之。"亮犹谓不然,以谡为参军,每引见谈论,自昼达夜。后亮出军祁山,谡违节度,大败,下狱死。

襄阳记:建兴三年春,亮率众南征,马谡送之数十里。亮曰:"虽共谋之历年,今可更惠良规。"谡曰:"南中恃其险远,不服久矣,虽今日破之,明日复反,所必然也。今公倾国北伐,以事强贼,彼知官势内虚,其叛亦速。若殄尽遗类,以除后患,既非仁者之情,且又不可仓卒也。夫用兵之道,攻心为上,攻城为下;心战为上,兵战为下,愿公服其心而已!"亮纳其策,赦孟获以服南方,故终亮之世,南方不敢复反。

蜀志向朗传:朗兄子宠,先主时为牙门将。秭归之败,宠营特完。建兴元年,封都亭侯,后为中部督,典宿卫兵。诸葛亮当北行,表与后主,云"将军向宠,性行淑均,晓畅军事"云云。迁中领军。延熙三年,征汉嘉南蛮,遇害。宠弟充,历射声校尉、尚书。

蜀志谯周传:周字允南,西充国人。丞相亮领益州牧,命周为劝学从事。亮卒于敌庭,周在家闻问,即便奔赴。寻有诏书禁断,惟周以速得达。

蜀志伊籍传:籍字机伯,山阳人。初为左将军从事中郎,后迁昭文将军,与诸葛亮、法正、刘巴、李严共造蜀科。蜀科之制,由此五人焉。

蜀志王连传:连字文仪,南阳人,为刘璋梓潼令。先主进军来南,连闭城不降。先主义之,不强逼也。及成都平,以连为什邡令,转广都,有绩;迁司盐校尉,利人甚多;又简收良才,以为官属;迁属郡太守。丞相亮南征,连谏,以为此不毛之地,疫疠之乡,不宜以一国之望,冒险而行。亮虑诸将才不及己,意欲必往,而连言辄恳至,停留久之。后拜屯骑校尉,领丞相长史,封平阳亭侯。

蜀志简雍传:雍字宪和,涿郡人。先主围成都,遣雍往说璋,璋遂与雍同舆而载,出城归命。先主拜雍为昭德将军。性简傲跌宕,在先主坐席,犹箕倨倾倚,威仪不肃,自纵适;诸葛亮以下,则独擅一榻,倾枕卧语,无所为屈。

蜀志:李恢字德昂,建宁俞元人。先主以恢为庲降都督,使持节,领交州刺史,住平夷县。后丞相亮南征,先由越巂,而恢案道向建宁,诸县大相纠合,围恢军于昆明。明恢众少敌倍,又未得亮声息,绐南人,南人信之,围守怠缓,恢出击,大破之,与亮声势相连。南土平定,恢功居多,封汉兴亭侯。

蜀志:丞相亮主簿胡济,字伟度,义阳人,有忠荩之效。亮发教群下,与董和、徐庶并称。

蜀志杨戏传注:李邵字允南,广汉郪人。先主定蜀,以李邵为州书佐从事。建兴元年,丞相亮辟为西曹掾。亮南征,留邵为治中从事。

常璩华阳国志:李邵兄邈,字汉南,刘璋时为牛鞞长。先主领牧,为从事。正旦命行酒,得进见,让先主曰:"振威以将军宗室肺腑,委以讨贼,元功未效,先寇而灭。邈以将军之取鄙州,甚为不宜也。"先主曰:"知其不宜,何以不助之?"邈曰:"非不敢也,力不足耳!"有司将杀之,诸葛亮为请,得免。久之,为犍为太守、丞相

诸葛亮集

参军、安汉将军。建兴六年,亮西征,马谡在前,败绩,亮将杀之。邈谏以为秦赦孟明,用伯西戎,楚诛子玉,二世不竞;失亮意,还蜀。

蜀志张裔传:裔字君嗣,蜀郡成都人。先主以裔为巴郡太守,还为司金中郎将,典作农战之具。先是,益州杀太守正昂,乃以裔为益州太守,为雍闿缚送吴。诸葛亮遣邓芝使吴,令芝言次可从权请裔。裔自至吴,流徙伏匿,权未之知也,故许芝遣裔。裔至蜀,丞相亮以为参军,署府事,又领益州治中从事。

蜀志:丞相亮驻汉中,张裔领留府长史,常称曰:"公赏不遗远,罚不阿近,爵不可以无功取,刑不可以贵势免,此贤愚所以佥忘其身者也。"

蜀志:秦宓字子敕,广汉绵竹人。建兴二年,丞相亮领益州牧,选宓,迎为别驾,寻拜左中郎将、长水校尉。吴遣使张温来聘,百官皆往饯焉。众人皆集,而宓未往,亮累遣使促之。温曰:"彼何人也?"亮曰:"益州学士也。"与温答问,如响应声而出,温大敬服,迁大司农。

蜀志:张翼字伯恭,犍为武阳人。建兴九年,为庲降都督、绥南中郎将。讨刘胄,未破,会被征当还。群下咸以为宜便驰骑即罪。翼曰:"不然,吾以蛮夷蠢动,不称职,故黜一作还耳。然代人未至,吾方临战场,当运粮积谷,为灭贼之资,岂可以黜退之故,而废公家之务乎?"于是统摄不懈,代到乃发。马忠因其成基,以破殄胄。丞相亮闻而善之。亮出武功,以翼为前军都督,领扶风太守。

蜀志杨戏传注:姚伷字子绪,阆中人。先主定益州后,为功曹书佐。

建兴元年，为广汉太守。丞相亮北驻汉中，辟为掾。仙并进文武之士，亮称之，迁为参军。亮卒，稍迁为尚书仆射。

蜀志吕乂传：乂字季阳，南阳人，迁巴西太守。丞相亮连年出军，调发诸郡，多不相救。吕乂募兵诣亮，慰喻检制，无逃窜者。徙为汉中太守，兼领督农，供继军粮。亮卒，迁广汉、蜀郡太守。蜀郡户口众多，又亮卒后，士伍亡命，更相重冒，奸巧非一，乂到官，为之防禁，数年中，脱漏自出者万馀口。后入代董允为尚书令。

蜀志杨戏传注：杨颙字子昭，襄阳人，为丞相诸葛亮主簿。亮尝自校簿书，子昭直入谏，云云，亮谢之；及卒，亮垂泣三日。

蜀志陈震传：震字孝起，南阳人。建兴二年，拜尚书，迁尚书令，使吴。七年，孙权称尊号，以震为卫尉，贺权践阼。诸葛亮与兄瑾书称之。

蜀志王平传：平字子均，巴西宕渠人。建兴六年，属参军马谡先锋。街亭之败，众皆星散，惟平所领千馀人鸣鼓自持。魏张郃疑有伏，不敢逼，故平得徐徐收合诸营，率将士而还。亮既斩马谡及将军张休、李盛，夺将军黄袭等兵，平特见崇显，加拜参军，统五部兼当营事，进位讨寇将军，封亭侯。九年，亮围祁山，平别守南围，魏司马懿攻亮，张郃攻平，平坚守不动，郃不能克。十二年，亮卒于武功，军退，魏延作乱，一战而败，平之功也。

蜀志：吕凯字季平，永昌不韦人，仕郡五官掾。时雍闿闻先主薨于永安，骄黠滋甚，都护李严与闿书，解喻利害，闿答书桀慢。凯与蜀郡王伉帅历吏民，闭境拒闿。及丞相亮南征讨闿，既发在道，而闿已为高定部曲所杀。亮至南，上表以凯为云南太守，封阳迁亭侯，会为叛蛮所害。

蜀志:姜维字伯约,天水冀人。亮军向祁山,时维与梁绪、尹赏、梁虔诣亮降。亮美维胆智,辟为仓掾,加奉义将军,封当阳亭侯;时年二十七,使典军实;后迁中监军、征西将军。亮卒,维还成都,为辅汉将军,封平襄侯。

蜀志:尹默字思潜,梓潼涪人。先主定益州,领牧,以为劝学从事。及立太子,默为仆射。后主践阼,拜谏议大夫。丞相亮驻汉中,请为军祭酒。亮卒,还成都,拜大中大夫。

蜀志张嶷传:嶷字伯岐,巴西郡南充国人。建兴五年,丞相亮北驻汉中,广汉绵竹山贼张慕等抄盗军资,劫略吏民,嶷以都尉将兵讨之,斩慕等五十馀级,渠帅悉珍。

蜀志:亮以南阳郭攸之器业知名,性素和顺,疏请备员。

蜀志:董允字休昭,掌军中郎将和之子。亮将北征,驻汉中,虑后主富于春秋,朱紫难别,以允秉心公亮,任以宫省之事;寻请允为侍中,领虎贲中郎将,统宿卫亲兵。

蜀志刘封传:封本罗侯寇氏之子,长沙刘氏之甥。先主至荆州,以未有继嗣,养为子。先主攻刘璋时,与诸葛亮、张飞等溯流西上,益州既定,以封为副军中郎将。孟达攻上庸,先主阴恐达难独任,遣封统达军,会上庸。封与达常忿争不和,达遂降魏。魏遣达袭封,与书招之,封不听,破走成都。诸葛亮虑封刚猛,易世之后,终难制服,劝先主因此除之,于是赐封死。

蜀志向朗传:朗字巨达,襄阳宜城人,为巴西太守,顷之,转牂牁,又徙房陵。后主践阼,为步兵校尉,代王连领丞相长史。丞相亮南征,朗留统后事。三年,随亮汉中。朗素与马谡善,谡逃亡,朗知情不举,亮恨之,免官还成都;数年,为光禄勋;亮卒后,徙左将军。

蜀志杨戏传注：龚禄字德绪，巴西安汉人。先主定益州，为郡从事、
　　牙门将。建兴三年，为越巂太守。随丞相亮南征，为蛮夷所害。

华阳国志：章武三年，越巂叟大帅高定元称王恣睢，遣都督李承之
　　杀将军焦璜，破没郡土。丞相亮遣越巂太守龚禄住安上县，遥领
　　太守。

蜀志杨戏传注：王士字义强，广汉郪人，为宕渠太守，徙在犍为。会
　　丞相亮南征，转为益州太守，将南行，为蛮夷所害。

蜀志：宗预字德艳，南阳安众人。建兴初，丞相亮以为主簿，迁参
　　军、右中郎将。

蜀志杨戏传注：赖恭子厷，为丞相西曹令史，随诸葛亮于汉中，早
　　夭。亮甚惜之，与留府长史参军张裔、蒋琬书曰："令史失赖厷，
　　掾属丧杨颙，为朝中损益多矣！"

蜀志杨戏传注：马齐字承伯，巴西阆中人，为太守张飞功曹。飞贡
　　之先主，为尚书郎。建兴中，从事、丞相掾，迁广汉太守。亮卒，
　　为尚书。

蜀志：霍峻字仲邈，南郡枝江人。先主攻刘璋，留峻守葭萌城，斩刘
　　璋将向存。先主定蜀，嘉峻之功，以为梓潼太守。年四十，卒。
　　先主悼惜，乃诏诸葛亮曰："峻既佳士，加有功于国，欲行酹。"遂
　　亲率群僚，临舍予祭，因留宿墓上，当时荣之。

蜀志霍峻传：峻子弋，字绍先，后主立，除谒者。丞相亮北驻汉中，
　　请为记室，使与子乔共周旋游处。亮卒，为黄门侍郎。

蜀志：关兴字安国，少有令闻，丞相亮深器异之。弱冠，荐为侍中、
　　中监军。

蜀志费诗传:诗字公举,犍为南安人。建兴三年,随丞相亮南行,归至汉阳县。降人李鸿来诣亮,时蒋琬与诗在坐。鸿曰:"间过孟达许,适见王冲从南来,言往者达之去就,明公切齿,欲诛达妻子,赖先主不听耳。达曰:'诸葛亮见顾有本末,终不尔也。'尽不信冲言,委仰明公,为复已已。"亮谓琬、诗曰:"还都,当有书与子度相闻。"诗进曰:"孟达小子,昔事振威,不忠,后又背叛先主,反覆之人,何足与书邪?"亮默然不答。

蜀志邓芝传:芝字伯苗,义阳新野人。先主定益州,芝为郫邸阁督。先主出至郫,与语,大奇之,擢为郫令,迁广汉太守,所在清严有治绩,入为尚书。先主薨于永安,丞相亮深虑孙权闻先主殂陨,恐有异计,未知所出。芝见亮曰:"今主上幼弱,初即位,宜遣大使,重申吴好。"亮曰:"吾思之久矣,未得其人耳,今日始得之。"芝问其人为谁? 亮曰:"即使君也。"乃遣芝修好于吴。权自绝魏,与蜀连和。亮驻汉中,以芝为中监军、扬武将军。

蜀志李严传:严字正方,南阳人。初,亮以曹真欲三道向汉川,命李严将万人赴汉中,表严子丰为江州都督,典严后事。明年,亮当出军,命严以中都护署府事。严改名为平。九年,亮军祁山,平催督军事,值天霖雨,运粮不继。平遣参军狐忠、督军成藩喻旨,呼亮来还。亮承以退军。平闻军退,乃更阳惊,说"军粮饶足,何以便归?"又表后主,说军伪退,以诱贼与战。亮具出前后手策书疏本末,平词穷情竭,首谢罪负。于是亮表劾平,废平为民,徙梓潼县。后平闻亮卒,发病死。平常冀亮当自补,复策后人不能,故以激愤也。

　　澍案:华阳国志:亮还汉中,平惧亮以运不办见责,欲杀督运领岑述,惊问亮何故来还。

华阳国志:九年,丞相亮复出围祁山,虑粮运不继,设三策,告都护李平曰:"上计,断其后道;中计,与之持久;下计,还住黄土。"

华阳国志:先主初以江夏费瑾为太守,领江州都督。后都护李严更城大城,周回十六里,欲穿城后山,自汶江通水入巴江,使城为州,求以五郡置巴州,丞相诸葛亮不许。亮将北征,召严汉中,故穿山不逮,然造苍龙、白虎门,别郡县仓皆有城。

习凿齿襄阳记:董恢字休绪,襄阳人,以宣信中郎副费祎使吴。孙权尝大醉,问祎曰:"杨仪、魏延,牧竖小人也,虽常有鸣吠之益于时务,然既已任之,势不得轻,若一朝无诸葛亮,必为祸乱矣。诸君愦愦,曾不知防虑于此,岂所谓贻厥孙谋乎?"祎愕然四顾视,不能即答。恢目祎曰:"可速言仪、延之不协,起于私忿耳,而无黥、韩难御之心也。今方扫除强贼,混一区夏,功以才成,业由才广,若舍此不任,防其后患,是犹备有风波而逆废舟楫,非长计也。"权大笑乐。诸葛亮闻之,以为知言。还,未满三日,辟为丞相府属,迁巴郡太守。裴松之曰:汉晋春秋亦载此语,不闻董恢所教,辞亦小异。

陈寿益部耆旧传:杂记:何祗,字君肃,少贫寒,为人宽厚通济,体甚壮大,又能饮食,好声色,不持节俭,故时人少贵之者。初仕郡,后为督军从事。时丞相亮治蜀,用法峻密,阴闻祗游戏放纵,不勤所职,当掩往录狱,众人咸为祗惧。祗密闻之,夜张镫火见囚,读诸解状。亮晨往,悉已谙诵,答对解释,无所疑滞,亮甚器之,出补成都令。时郫县令缺,复令祗兼之。二县户口猥多,切近都治,饶诸奸秽。每比人,常眠睡,及其觉寤,辄得奸诈,众咸畏祗之发摘，或以为有术，无敢欺者。使人投算，祗听其读而心计之，不差升合，其精如此。

蜀志：来敏字敬达，义阳新野人。后主践阼，为虎贲中郎将。丞相亮驻汉中，请为军祭酒、辅军将军，坐事去职。

蜀志：杨洪字季休，犍为武阳人。先主屯阳平关，张郃屯广右，先主攻之不能克，急发书发成都兵。诸葛亮以问从事杨洪，洪曰：“汉中则成都咽喉，存亡之机，若无汉中，则无蜀矣，发兵何疑。”亮遂表洪为蜀郡太守，众事皆办，遂使即真；顷之，转为益州治中从事。先主征吴不克，还驻永安。汉嘉太守黄元，素为诸葛亮所不善，闻先主疾，惧有后患，举郡反，烧临邛城，时亮东行省疾，成都单虚，是以元益无所惮。洪即启太子，遣其亲兵，使将军陈曶、郑绰讨元，生获之；赐爵关内侯，复为蜀郡太守、忠节将军，后为越骑校尉，领郡如故。

蜀志周群传：张裕字南和，先主常衔其不逊，加忿其漏言，乃以裕谏争汉中不验，下狱，将诛之。诸葛亮表请其罪，先主曰：“芳兰生门，不得不鉏。”

　　澍案：初学记引作“芳兰当门，不得不剪”。

蜀志：黄忠字汉升，南阳人，勇毅冠三军。宁州既定，拜为讨虏将军，于汉中定军山破斩夏侯渊。先主欲用忠为后将军，而以关羽为前将军，诸葛亮说先主曰：“忠之名位，素非关、马之伦也，今便令同列，张、马在近，亲见其功，尚可喻指，关遥闻之，恐必不说，得无不可乎？”先主曰：“吾当自解之。”遂与羽等齐位，赐爵关内侯。

蜀志：马忠字德信，巴西阆中人。少养外家，姓狐名笃，后乃复姓，改名忠。<u>建兴</u>元年,丞相<u>亮</u>开府,以<u>忠</u>为门下督。三年,<u>亮</u>入南,拜<u>忠</u>为<u>牂牁</u>太守。郡丞<u>朱褒</u>叛乱之后,<u>忠</u>抚育恤理,甚有威惠。八年,召为丞相参军,副长史<u>蒋琬</u>署留府事。明年,<u>亮</u>出<u>祁山</u>,<u>忠</u>诣<u>亮</u>所,经营戎事。军还,代<u>张翼</u>为<u>庲降</u>都督,斩<u>刘胄</u>,平南土,加<u>忠</u>监军、奋威将军,封<u>博阳侯</u>。

<u>殷基通语</u>:诸葛亮见<u>殷礼</u>而叹曰:"不意<u>东吴</u>菰芦中,乃有奇伟如此人!"

<u>挚虞三辅决录注</u>:<u>射援</u>字<u>文雄</u>,<u>扶风</u>人也,少有名行,太尉<u>皇甫嵩</u>贤其才,以女妻之。丞相诸葛亮以<u>援</u>为祭酒,迁从事中郎,卒官。

<u>华阳国志</u>:<u>柳隐</u>长子<u>充</u>,<u>连道</u>令。次子<u>初</u>,举秀才。<u>杜祯</u>字<u>文然</u>,<u>柳伸</u>字<u>雅厚</u>,州牧诸葛亮辟为从事。<u>祯</u>,<u>符节</u>令,<u>梁</u>、<u>益</u>二州都督,<u>伸</u>度支。<u>祯</u>子<u>珍</u>,字<u>伯重</u>,<u>略阳</u>护军。<u>伸</u><u>汉嘉</u>、<u>巴东</u>太守。

*<u>华阳国志</u>:<u>伍梁</u>,字<u>德山</u>,<u>南安</u>人,儒学雅尚,州选迎牧诸葛亮,为功曹,迁五官中郎将。

*<u>华阳国志</u>:<u>梓潼</u><u>文恭</u><u>仲宝</u>,以才干为牧诸葛亮治中从事、丞相参军。

卷四　制作篇

蜀志伊籍传：诸葛亮与<u>李严</u>、刘巴、法正、伊籍共造蜀科。

魏氏春秋：诸葛亮作<u>八务</u>、七戒、六恐、五惧，皆有条章，以训厉臣子。

中兴书目：<u>琴经</u>一卷，诸葛亮撰，述制琴之始及七弦之音，十三徽取象之意。

谢希夷琴论：诸葛亮作梁甫吟。

魏氏春秋：诸葛氏长于巧思，损益连弩，谓之元戎，以铁为矢，矢长八寸，一弩十矢俱发。

　　澍案：汉艺文志有望远连弩射法具十五篇。李陵传：发连弩射单于。张晏曰："三十絭共一臂。"刘贡父曰："盖如今之合蝉。"侯盖因古法而损益之，加其巧耳。

诸葛亮传：性长于巧思，损益连弩，木牛流马，皆出其意。

王应麟玉海：<u>西蜀</u>弩名尤多，大者莫逾连弩，十矢，谓之群雅，矢谓之飞枪，通呼为摧山弩，即<u>孔明</u>所作元戎也。又有八牛、威边、定戎、静塞弩。

213

魏典略:马钧巧思绝世,见亮连弩,曰:"巧则巧矣,未尽善也。"言作之可令加五倍。

蜀记:晋李兴曰:"推子八阵,不在孙、吴。木牛之奇,则非般模。神弩之功,一何微妙!千井齐甃,又何秘要!"

袁宏汉纪论:亮所至,营垒、井灶、圊溷、藩篱、障塞,皆应绳墨。

袁宏汉纪论:亮好治官府、次舍、桥梁、道路。

华阳国志:先主即帝位,亮与博士许慈、议郎孟光建立礼仪,择令辰。

蜀志:章武二年十月,诏丞相亮营南北郊于成都。

郦道元水经注:都安大堰,亦曰湔堰,又谓之金堤。水旱从人,世号陆海。诸葛亮北征,以此堰农本,国之所资,发征丁千百二人主护之,有堰官。

典略云:诸葛亮相蜀,起馆舍,筑亭障,从成都至白水关,四百馀区。

玉海:蜀汉昭烈帝初置五军,其将校略如西汉,而兵有散骑、武骑之别。诸葛武侯治蜀,以八陈法教阅战士。

华阳国志:汉后主建兴三年,诸葛亮平南中,以南中劲卒置飞军。

华阳国志:延熙十三年,涪陵大姓徐巨反,车骑将军邓芝讨平之,移其豪率徐蔺、谢范五千人于蜀,为射猎官,分老弱配其督将韩蒋,名为助郡军。

华阳国志:涪陵山险水激,人性慕勇,汉时赤甲军尝取其民。后主延熙中,丞相亮发涪陵劲卒三千人,为连弩士。

华阳国志:延熙中,以镇西参军陇西怡思和为太守,江、巴二部守军。

华阳国志:诸葛亮平南中,移劲卒青羌万馀家于蜀,为五部,所当无前,号为飞军;分其羸弱,配大姓焦雍、娄爨、孟量、毛李为部曲,置五部都尉,号五子,故南人言四姓五子也。

<u>太平寰宇记</u>:<u>武侯南征</u>,于<u>叙州宜宾县置郁鄢戍</u>,后改为<u>郁鄢县</u>。

<u>太平寰宇记</u>:<u>蜀后主建兴二年</u>,<u>诸葛孔明率兵南征四郡</u>,平之;改<u>益州郡</u>为<u>建宁</u>,<u>永昌郡</u>为<u>云南</u>,又分<u>建宁牂牁</u>为<u>兴古郡</u>。

<u>元和郡县志</u>:<u>曲州本夜郎国地</u>,<u>武帝置朱提县</u>,属<u>犍为郡</u>,后立为郡,<u>后汉省郡</u>,<u>诸葛亮南征</u>,复置<u>朱提郡</u>。

<u>杜佑通典述云</u>:<u>亮集督运廖立、杜叡、胡忠等于景谷县西南二十五里白马山</u>,推己意作木牛流马。木牛者,方腹曲头,一股四足,头入领中,舌著于腹。载多而行,少则否,宜可大用,不可小使。特行者数十里,群行者二十里也。曲者为牛头,双者为牛脚,横者为牛领,转者为牛足,覆者为牛背,方者为牛腹,垂者为牛舌,曲者为牛肋,刻者为牛齿,立者为牛角,细者为牛鞅,摄者为牛鞦轴。牛仰双辕,人行六尺,牛行四步,载一岁粮,日行二十里,而人不大劳,牛不饮食。流马尺寸之数:肋长三尺五寸,广三寸,厚二寸二分,左右同。前轴孔分墨去头四寸,径中二寸。前脚孔分墨二寸,去前轴孔四寸五分,广一寸。前杠孔去前脚孔分墨二寸七分,孔长二寸,广一寸。后轴孔去前杠孔分墨一尺五寸,大小与前同。后脚孔分墨去后轴孔三寸五分,大小与前同。后杠孔去后脚孔分墨二寸七分。后载克去后杠孔分墨四寸五分。前杠长一尺八寸,广二寸,厚一寸五分。后杠与等。板方囊二枚,厚八分,长二尺七寸,高一尺六寸五分,广一尺六寸。每枚受米二斛三斗。从上杠孔去肋下七寸,前后同。上杠孔去下杠孔分墨一尺三寸,孔长一寸五分,广七分,八孔同。前后四脚广二寸,厚

一寸五分,形制如象。軩长四寸,径面四寸三分,孔径中三脚杠长二尺一寸五分,厚一寸四分,同杠耳。

汉末传:蜀丞相亮出军围祁山,始以木牛运粮。

范成大桂海虞衡志:沔南人相传:诸葛公居隆中时,有客至,属妻黄氏具面,顷之面具。侯怪其速,后潜窥之,见数木人斫麦,运磨如飞,遂拜其妻,求传是术,后变其制为木牛流马。

蒲元别传:蒲元为诸葛公西曹掾。孔明欲北伐,患粮运难致。元牒与孔明曰:"元等推意作一木牛,兼摄两环,人行六尺,马行四步,人载一岁之粮也。"

后山丛谭:蜀中有小车独推,载八石,前如牛头,又有大车,用四人推,载十石,盖木牛流马也。

*高承事物纪原:诸葛亮始造木牛,即今小车之有前辕者,流马即今独推者是,民间谓之"江州车子"。

稗史类编:蜀相诸葛亮之出征,始造木牛流马以运饷。盖巴蜀道阻,便于登陟故耳。木牛即今小车之有前辕者,流马即今独推者是,而民间谓之江州车子,按后汉郡国志,巴蜀有江州县,疑亮始作之于江州县,故后人以为名也。

澍案:武侯作木牛流马,在景谷县,非江州也。江州水路运粮,不必车也。陈、唐说误。

诸葛亮别传:亮尝欲铸刀而未得,会蒲元为西曹掾,性多巧思,因委之于斜谷口,镕金造器,特异常法,为诸葛铸刀三千口。刀成,自言:汉水钝弱,不任淬用。蜀江爽烈,是谓大金之元精,天分其野,乃命人于成都取江水至,元取以淬刀,言杂涪水不可用。取水者犹捍言不杂,元以刀画水云:"杂八升,何故言不杂?"取水者叩头服,云:"实于涪津渡负倒覆水,惧怖,遂以涪水八升益之。"于是咸共惊服,称为神妙。刀成,以竹筒密纳铁珠满中,举刀断之,应手虚落,若薙水刍,称绝当世,因曰神刀。今之屈耳一作且环者,是其遗制一作范也。一作蒲元别传。

历代名画记:诸葛武侯父子皆长于画。

华阳国志:南中,其俗征巫鬼,好诅盟,投石结草,官常以诅盟要之。

诸葛亮乃为夷作图谱:先画天地日月君臣城府;次画神龙,龙生夷及牛马驼羊;后画部主吏乘马幡盖,巡行安恤;又画牵羊负酒赍金宝诣之之象,以赐夷。夷甚重之,许致生口直。又与瑞锦铁券,今皆存。每刺史校尉至,赍以呈诣,动亦如之。

华阳国志:永昌郡,古哀牢国,其先有妇人名沙壶,依哀牢山下居,捕鱼自给;忽水中触沉木,感而有娠,十月产子男十人。后沉木化为龙,出谓沙壶曰:"君为我生子,今在乎?"九子惊走,惟一小子不能去,陪龙坐,龙就而舐之。沙壶与语,以龙与陪坐,因名曰元后汉书作九隆,犹汉言陪坐也。沙壶将元隆居龙山下,长大才武。九兄曰:"元隆能与龙言而黠智,天所贵也。"共推为王。时哀牢山下复有夫妇,产十女,元隆兄弟妻之,由是始有人民,皆象之,衣后著十尾,臂胫刻文。元隆死,世世相继,分置小王,往往邑居,散在溪谷,绝域荒外,山川阻深,生民以来,未尝通中国。南中昆明祖之,故诸葛亮为其国谱也。

　　澍案:国一作图。

陶弘景刀剑录:蜀章武元年辛丑,采金牛山铁,铸八铁剑,各长三尺六寸,一先主自佩,一与太子,一与梁王理,一与鲁王永,一与诸葛孔明,二与关羽、张飞,一与赵云,并是孔明书作风角处所。

虞荔古鼎录：诸葛亮杀王双，还定军山，铸一鼎，埋于汉川，其文曰定军鼎。又作八陈鼎，沉永安水中，皆大篆书。又于武都郡金山作二鼎，一大一小，并无文，时孔明行军，见此山势似有王气，故镇之。

书苑云：蜀先主常作三鼎，皆武侯篆隶八分，极其工妙。

古鼎录：先主章武二年，于汉川铸一鼎，名克汉鼎，置丙穴中，八分书，三足；又铸一鼎，沉于永安水中，纪行军奇变；又铸一鼎于成都武担山，名曰受禅鼎；又铸一鼎于剑口山，名曰剑山鼎。并小篆书，皆武侯迹。

鼎录：龙见武阳之水九日，因铸一鼎，像龙形，沈水中。章武三年，又作二鼎，一与鲁王，文曰："富贵昌，宜侯王。"一与梁王，文曰："大吉祥，宜公王。"并古隶书，高三尺，皆武侯迹。

金石录：诸葛亮铜铛文，"各"借作部落之"落"。

刀剑录：诸葛亮定黔中，从青石祠过，拔刀刺山，没刃，不拔而去，行者莫测。

房子云曰：唐人尚书郎李章武，本名方古，贞元季年，为东平帅李师古判官，因理第，掘得一剑，有"章武"字。方古博物亚茂先，曰："蜀相诸葛亮所佩也。"师古为奏请改名章武焉。盖蜀帝八剑之一也。

＊物原：诸葛亮作馒头夹馅。

物原：诸葛亮造竹枪。

事物绀珠：枪木杆金头，始于黄帝，扩于诸葛孔明。

续事始：诸葛亮置苦竹枪，长丈二。

事物原始：诸葛亮围郝昭于陈仓，亮起冲车，昭以绳连石磨四角，击其冲车。冲车即钩援云梯之制也。

*晋官职志：蜀破后，晋王令陈勰受诸葛亮图陈用兵倚伏之法，又甲乙校标帜之制，勰悉谙练之。

华夷考：盍武孟为武冈州幕官，得一瓦枕，枕之，闻其中鸣鼓，自一更至五更，次第不差；既闻鸡鸣，亦至三唱而晓。次夜复然。武孟以为怪，碎之，见其中有机局，以应夜气。识者以为武侯鸡鸣枕也。

　　澍案：齐谐记以为因凿渠得之，盍武孟作偶武孟，吴之太仓人也。

稗史类编：诸葛亮与司马懿相持于武功五丈原，亮卒，懿追之，亮长史杨仪多布铁蒺藜，是三国之际已有之，不始于隋炀帝也。

　　澍案：汉文帝时晁错言守边议云：具蔺石，布渠答。注云：渠答，铁蒺藜也。此系汉初事。物原以为孙武造铁蒺藜者近是。

梁书：陆法和曾征蜀，及上白帝城，插标云，此下必掘得诸葛镞，掘之，得箭镞一斛。

梁僧佑神僧传：梁将王綝与陆法和守巫峡，军次白帝，法和谓人曰："诸葛孔明可谓名将，吾自见之三国典略自字作目，此城旁有其埋弩箭镞一斛许。"因插表令掘之，如其言。

惠敏高僧传：隋时，蜀郡福缘寺释僧渊以锦水江波没溺者众，欲于南路架飞桥。昔诸葛公指二江内造七星三铁鐏，长八九尺，径三尺许，人号铁枪，拟打桥柱，用讫投江，须便祠祈，方可出水。渊造新桥，将行竖柱，其鐏自然浮水，来自桥侧，及桥成，又自投水中。

边防记：马湖之夷，岁莫，百十为群，击铜鼓，歌舞饮酒，昼夜以为乐，其所储蓄，弗尽弗已，谓之诸葛穷夷法。建武千户所，春秋僰侯故地，汉为西南夷部，叛服不常，诸葛武侯征抚之，置铜鼓，埋镇诸山，稍就帖服。

澍案：世本：巫咸作铜鼓，盖南中所制，是武侯作铜鼓，本巫咸遗意也。

益部谈资：诸葛鼓乃铜铸，面广一尺七寸，高一尺八寸，边有四兽，腰束下空旁，有四耳，花文甚细，色泽如瓜皮，重二十馀斤，县于水上，用楷木槌击之，声极圆润，乃孔明禽孟获时所制。昔伐九丝城，得十馀面，今在成都府库中，一名錞于鼓。

游梁杂记：诸葛鼓乃铜铸者，其形圆，上宽而中束，下则敞口，大约如今楂斗之倒置也。面有四水兽，四周有细花文，其色不甚碧绿，击之，彭彭有声如鼓，云置水上击之，其声更巨。

蛮司志：万历元年，四川巡抚曾省吾荡平九丝城都蛮，俘获诸葛武侯铜鼓九十三面，择有声者六十四面以献。疏略云："都蛮呼铜鼓曰诸葛鼓，相传以为宝器，审阿大丑等，执称：鼓有剥蚀，有声响者为上上鼓，易牛千头，次者七八百头，递有等差，藏至二三面者，即得雄视一方，僭称王号。每出劫，击鼓高山，诸蛮顷刻云集，集则椎牛数十头飨蛮，乃出劫，劫数胜，益以鼓为灵。臣等细观所铸，皆奇文异状相错蟠，仅可辨者，雕螭刻鹭，间缀睨蟆，其数皆四。缙绅父老云，诸葛制以镇蛮，若曰鼓去则蛮运终，理或然也。"

戎州志：铜鼓旁范八卦及四蟾蜍，状似覆盆，县而击之，下映以水，其声非钟非鼓，都掌夷相传为孔明铸者，直数十镒，次者数镒。

夔州图经：府江岸八陈图相对，有石鼓，世传诸葛武侯教战之鼓。

夔州图经：顺林驿六亭，达澧州，绝涔水，水清澈，产赢蚌，巨者象盘，岸有诸葛遗釜二。

交州志：交阯服役有飞头僚子、赤裩僚子、鼻饮僚子，皆窟居巢处，好饮酒，击铜鼓。鼓初成，置庭中，招同类，来者盈门，豪富女子以金银钗击鼓，叩毕，留与主人。或云，铜鼓乃诸葛武侯征蛮钲也。

九州要记：邛州沈黎即诸葛武侯征羌之路也。每十里作一石楼，令鼓声相应，今夷人效之，所居悉以石为楼。

研北杂录：松潘、建昌诸夷所宿碉房，十家五家，垒石而上，不以左右为邻，而以上下，牛马登陟，两无猜忌，亦呼碉楼，武侯征羌时遗制也。

澍案：广韵无碉字。后汉书：冉駹夷皆依山居止，累石为室，高者至十馀丈，为邛笼。注云：今彼土夷人呼为彫也。盖碉本作彫，后改从石耳。

王隐蜀记：昔诸葛武侯南征蛮中，十里刻一石人，今黎、巂之路，尚有存者。

述异录：武侯初平南夷，夜闻军中多讴歌思归，遂诏众各与一砖，曰："若辈久苦行役，欲遄返耶？枕此而卧，诘朝抵家矣。"从者果然，不用命者，终不得归。今云南管内有一城，居民皆蜀人，云即其后也。

清夜丛谭：孔明以巾帼遗司马懿。巾帼，女子未笄之冠，蜀中名昙笼，盖笑其坚壁不出，如闺女之藏匿也。汉舆服志云：公卿列侯夫人，绀缯帼总，是妇人以巾上覆发者，然昙笼之说，更有意义。

澍案:说文有椢字,筐当也,从木,国声。徐锴曰:当者底也。蜀史记诸葛亮与晋宣帝对垒,亮欲挑战,遗之巾帼,以激辱之,然则椢,妆奁筐箧之属也。又案士冠礼注:今之未冠笄者,著卷帻,頍象之所生,滕薛名頍为頍。续汉舆服志云:翦厘蔮簪珥。注:簪以玳瑁为擿,长一尺左右,一簪以安蔮结。集韵有蔮、帼,无蒇字,是椢蔮帼蔮皆通字也。

华阳国志:德阳县有剑阁道三十里,至险,有阁尉,统桑下兵民。

澍案:方舆胜览:蜀于剑阁置阁尉。

华阳国志:平武县,自景谷有步道径江油、左担出涪。先主时置义守,号关尉。

高承事物纪原:诸葛公之征孟获,人曰:"蛮地多邪术,须祷于神,假阴兵以助之,然其俗必杀人以其首祭,则神享为出兵。"公不从,因杂用羊豕肉,而包之以面,象人头以祀,神亦享焉,而为出兵。后人由此为馒头。

澍案:郎瑛七修类稿谓本蛮头,讹为馒头,非也。

太平广记:诸葛公持白羽扇,指挥三军。今成都出羽扇,攒杂鸟毛为之,盖其遗制也。

南史王玄谟传:玄谟领水军前锋南讨,寻除大将军、荆州刺史,副司徒建安王于赭圻,赐以诸葛亮筒袖铠。

沈约宋书:太祖孝武以诸葛亮满袖铠铁帽赐殷孝规。御仗有诸葛公褊袖铠帽,二十五石弩射之不能入。

李延寿南史殷孝祖传:太宗初即位,征孝祖入朝,御仗先有诸葛亮筒袖铠冒,二十五石弩射之不能入,上悉以赐孝祖。

澍案:二书所说,太祖、太宗,孝祖、孝规,人既不同,满袖、筒袖、铠冒、铁帽，字复差互，未详谁是。

丹铅录：<u>井研县</u>有掘地者，得一釜，铁色光莹，将来造饭，少顷即熟，一乡皆异。有争之者，不得，白于县令，命取看，未至堂下，失手落地，分为二，中乃夹底，心县一符，文不可辨，旁有八分书"<u>诸葛</u>行锅"四字。又<u>麻城毛柱史凤韶</u>为予言：近日<u>平谷县</u>耕民得一釜，以凉水沃之，忽自沸，以之炊饭，即熟，釜下有"<u>诸葛</u>行锅"四字。乡民以为中有宝物，乃碎之，其复层中有"水火"二字，即前物也。异哉！世所传有划车弩、鸡鸣枕，不一而足。

唐中丞<u>吴行鲁建德</u>碑云：<u>崇宁县</u>，昔<u>武侯</u>以蜀脺脆，令邻邑翊日而市。

蜀志：<u>诸葛武侯</u>推演兵法，作<u>八陈图</u>，咸得其要。

水经注：<u>诸葛亮</u>云："<u>八陈</u>既成，自今行师，庶不覆败矣。"

中兴书目：<u>诸葛武侯八陈图</u>一卷，后人推演其法，摹为图。今蜀中<u>鱼复</u>平沙上，垒石为八行，相去二丈，凡六十四蕝，世传<u>亮</u>所制也。

水经注：<u>江水</u>东迳<u>南乡峡</u>东迳<u>永安宫</u>，<u>刘备</u>终于此，<u>诸葛</u>受遗处也。其间平地可二十里许，江山回阔，入峡所无。城周十馀里，背山面<u>江</u>，颓垣四毁，荆棘成林。左右民居多垦其中。<u>江水</u>又东迳<u>诸葛亮图</u>垒南。石碛平旷，望兼川陆，有<u>亮</u>所造八陈图，东跨故垒，皆累细石为之。自垒南去，聚石八行，行间相去二丈。因曰："<u>八陈</u>既成，自今行师，庶不覆败。"皆图兵势行藏之权，自后深识者所不能了。今夏水漂荡，岁月消损，高处可二三尺，下处磨灭殆尽。

水经注<u>沔水</u>篇：<u>沔水</u>东迳<u>武侯</u>垒南，又东迳<u>沔阳县</u>故城南，南对定军山,山东名高平,是亮宿营处,营东即八陈图也。遗基略在,崩褫难识。

李膺益州记:稚子阙北五里,武侯八陈图,上城西门,中起六十四魁,八八为行,魁凡一丈,高三尺。

澍案:上,一作土。西,一作四。

玉海:薛士龙曰:图之可见者三:一在沔阳高平旧垒。水经云:江又东迳诸葛亮图垒南,注:沔阳定军山东谷高平,是亮宿营处,营东即八陈图也。遗略在,难识。一在新都之八陈乡。元和郡县志云:诸葛公八陈,在成都府新都县十九里。寰宇记云:在县外三十里弥牟镇。李膺益州记:稚子阙北五里,武侯八陈图,土城四门,中起六十四魁,八八为行,魁凡一丈,高三尺。一在鱼复宫南江滩水上。寰宇记云:夔州奉节县,本汉鱼复县,八陈图在县西南七里。荆州图副云:永安宫南一里,渚下平碛上,周回一百一十八丈,中有诸葛武侯八陈图,聚细石为之,各高五丈,广十围,历然棋布,纵横相当,中间相去九尺,正中开北巷,巷悉广五尺,澍案:一引作正中间南北巷,悉广五尺。凡六十四聚。或为人散乱,及为夏水所没,冬水退,复依然如故。

玉海:成都图经:八陈有三:在夔州者,六十有四,方陈法也。在弥牟镇者,百二十有八,当头陈法也。在棋盘市者,二百五十有六,下营陈法也。

澍案:兴元志:西县亦有八陈图,则八陈图凡四也。

梁州记:沔城县溯汉上十五里,有诸葛武侯所镇,在汉水南,背山向水,门前垒石以为陈,水至坏其行列,水去辄复故也。

盛弘之荆州记:鱼复县西,累细石为垒,方可数百步,垒西聚石为八

行,行聚八,聚二间相去二丈,澍按,一作行八聚,聚间相去二丈,谓之
八陈图。因曰:"八陈既成,自今行师,更不覆败。"八陈及垒皆图
兵势行藏之权,自后深识者所不能了。桓温伐蜀,经之,以为常
山蛇势。此盖意言之。

元和郡县志:八陈图在夔州奉节县西七里。

王存九域志:夔州八陈碛,自然而成,在江水之中。

*荆州图副:永安宫南一里,渚下平碛,周回四百一十八丈,中有诸
葛孔明八陈图,聚细石为之,各高五丈,广十围,历然棋布,纵横
相当,中间相去九尺,正中开南北巷,悉广五尺,凡六十四聚。又
有二十四聚作两层,在其后,皆统为十二聚。或为人散乱,及为
夏水所没,冬水退,复依然如新。八陈图下东西三里,有一碛,东
西一百步,南北广四十步,碛上有盐井泉五口,以木为桶。昔常
取盐,即时沙壅,冬出夏没。

玉海:洞当中黄龙腾鸟飞折冲虎翼握机冲陈之法,本诸葛武侯方圆
牝牡冲方置车轮雁行之制。

殷芸小说:诸葛武侯于汉中积石作八陈图。

干宝晋纪:诸葛孔明于汉中积石为垒,方可数百步,四郭,又聚石为
八行,相去三丈许,谓之八陈图,于今俨然,常有鼓甲之声,天阴
弥响。

周书:后周信州,旧治白帝,陆腾徙之于八陈滩北。

玉海:苏氏云:自山上俯视百馀丈,凡八行,六十四蕝,上圜不见凸
凹处,如日中盖影耳,及就视,皆卵石漫漫,不可辨。

玉海:南市一名棋盘市,武侯八陈营基也。

图经:夔府人重诸葛武侯,以人日倾城出八陈碛上,谓之踏碛游。

妇人拾小石之可穿者，贯以采索，系于钗头，以为一岁之祥。帅府宴于碛石。

广舆记：八陈台在夔州府武侯庙下，下瞰八陈遗迹。夔人重侯，以人日游碛上。

嘉话录：王武子曾为夔州之西市，俯临江岸，沙石下有诸葛亮八陈图，箕张翼舒，鹅形鹳势，象石分布，宛然尚存。峡水大时，巴蜀雪消之际，大树十围，枯楂百丈，破砀巨石，随波塞川而下，水与岸齐，雷奔山裂，聚石为堆者，断可知也。及乎水落川平，万物皆失故态，唯陈图小石之堆，标聚行列，依然如是者，垂六七百年，淘洒推激，迨今不动。刘禹锡曰："是诸葛公诚明一心，为玄德效死；况此法出六韬，是太公上智之才所构，自有此法，惟孔明行之，所以神明保持，一定而不可改也。桓温征蜀过此，以为常山陈势，遂勒铭曰：'望古识其真，临源爱往迹，恐君遗事节，聊不南山石。'"

晋书：马隆依八陈图作偏箱车。

通典：后魏柔然犯塞。刁雍上表，采诸葛八陈之法，为平地御寇之方。

唐独孤及八陈图云：黄帝受命之始，顺杀气以作兵，法文昌以命将，握机制胜，作为陈图。夫八宫之位正，则数不忒，神不忒，故八其陈，所以定位也。衡抗于外，轴布于内，风云附其四维，所以备物也，虎张翼以进，蛇向敌以蟠，飞龙翔鸟，上下其势，以致用也。至若疑兵以固其馀地，游军以接其后，列具将发，升后令战，弛张则二广失举，犄角则四奇皆出。天宝中有为韬钤者，得其遗制于黄帝书之外篇，裂素而图之。

杜牧之孙子注:数起于五而终于八。今夔州诸葛武侯以石纵横八行为方陈,奇正之出,皆生于此。奇亦为正之正,正亦为奇之奇,彼此相穷,循环无穷也。诸葛出斜谷,以兵少,但能正用六数。今鳌屋司竹园乃有旧垒,司马懿以四十万步骑,不敢决战,盖知其能也。

玉海:薛士龙曰:汉都肄已有孙武六十四陈。窦宪常勒八陈击匈奴。晋马隆又用八陈以复凉州。陈勰持白虎幡,以武侯遗法教五营士。是则武侯之前,既有八陈,后亦未尝亡也。今有马隆握骑图赞。其传起于风后。严从曰:武侯所习,风后五图也。桓温云:是常山蛇势,徒妄言耳。常山蛇者,法出孙子,谓之率然,盖高直陈也。

太白阴经:天陈居乾,为天门。地陈居坤,为地门。风陈居巽,为风门。云陈居坎,为云门。飞龙居震,为飞龙门。武翼居兑,为武翼门。鸟翔居离,为鸟翔门。蛇盘居艮,为蛇盘门。天地风云为四正门,龙虎鸟蛇为四奇门。乾坤艮巽为四阖门,坎离震兑为四开门。李靖问对:太宗曰:"天地风云,龙虎鸟蛇,斯八陈何义也?"靖曰:"传之者误也。古人秘藏此法,故诡设八名耳。八陈本一也,分为八焉。若天地者,本乎旗号;风云者,本乎旛名;龙虎鸟蛇者,本乎队伍之别;后世诡设物象,何止八而已乎!"

李靖问对:太宗曰:"卿所制六花陈法出何术?"靖对曰:"臣所本,诸葛亮八陈法也。大陈包小陈,大营包小营,隅落钩连,曲折相对,古制如此,臣为图因之。故外画之方,内环一作画之圆,是成六花,俗所号耳。"太宗曰:"内圆外方,何谓也?"靖曰:"方生于正,圆生于奇,方所以规其步,圆所以缀其旋,是以步数定于地,

227

行缀定于天,步定所以缀其旋,是以步处定于地,行缀定于天,步定缀齐则变化不乱。八陈为六,<u>武侯</u>之旧法焉。"<u>太宗</u>曰:"卿六花陈画地几何?"曰:"大阅地方千二百步者,其义:升陈各占地四百步,分为东西两厢,云地一千二百步,为教战之所。臣尝教士三万,每陈五千人,以其一为营法,五为方圆曲直锐之形,每陈五变,凡二十五变而止。"

<u>李靖问对</u>:太宗问曰:"陈数有九。中心零者,大将握之,四面八向,皆取准焉。陈间容陈,队间容队,以前为后,以后为前,进无速奔,退无遽走,四头八尾,触处为首,敌冲其中,两头皆救。数起于五,而终于八。何谓也?"靖曰:"<u>诸葛亮</u>以石纵横布为八行方陈之法,即此图也。"

<u>通典</u>:<u>李靖问对</u>:靖曰:"臣前进<u>黄帝</u>、<u>太公</u>二陈图,并<u>司马</u>法、<u>诸葛亮</u>奇正之法,此已精悉。"

<u>风后握奇经</u>:八陈:四为正,四为奇,馀奇为握奇,或总称之。先出游军定两端,天有衡,地有轴。天地前后有冲,风附于天,云附于地。衡有重列,各四队,前后之冲各二—作四队,风居四维,故以圆。轴单列各三队,前后之冲各三队,云居四角,故以方。天居两端,地居中间,总为八陈。陈讫,游军从后蹑敌,或惊其左,或惊其右,听音望麾,以出四奇,天地之前冲为虎翼,风为蛇蟠,围绕之义也。虎居于中,张翼以进,蛇居两端,向敌而蟠以应之。天地之后冲为飞龙,云为鸟翔,突击之义也。龙居其中,张翼以进,鸟掖两端,向敌而翔以应之。虚实二垒,一作三军。皆逐天文气候向背,山川利害,随时而行,以正合,以奇胜。天地以下,八重以列,或曰,握机望敌,即引其后,以犄角前列不动,而前列先

进以次之，或合而为一，离而为八，各随师之多少，触类而长。

太白阴经：黄帝设八陈之形，车厢铜一作同，当金也，车工一无工字中，黄土也，乌云鸟翔，火也，折冲，木也，龙腾却月，水也，雁行鹅鹳，天也，车轮，地也，飞翼浮蛆一作沮，风也。

路史注：八陈古有，汉以十月会营士为八陈，是也。世以为出诸葛孔明，不然。孔明八陈，本一陈也，盖出黄帝邱井之法。井分四道，八家处之。陈分八面，大将军处其中而握奇焉。一军万二千五百人，八千七百五十为正陈，三千七百五十为奇兵。陈间容陈，队间容队。李卫公变为六花陈，今出军亦遗法也。李靖曰："天地者本乎旗号，风云者本乎幡名，龙虎鸟蛇本乎队伍，古人秘之，设此八名耳。"

章怀太子后汉书注云：古有八陈，诸葛亮法之。

魏略：司马懿案行营垒，叹曰："天下奇才也。"

蜀志亮本传：推演兵法，作八陈图，咸得其要。陈寿曰："亮立法施度，整理戎旅，工械技巧，物究其极。"

陶宏景刀剑录曰：蜀主刘玄德尝令蒲玄元造刀五千口。

卷五　遗迹篇

诸葛亮集

梁载言十道志:武乡谷,蜀封诸葛亮为侯国。

　　澍案:梁州刺史范柏年对明帝云:"臣州有武乡。"即此。魏
　　书地理志:襄中郡武乡县,延昌元年置,考其疆域,盖在今南
　　郑、襄城二县之间。十道志谓武乡谷在州东北三十里,寰宇
　　志谓在县东北三十里。

鲍坚南雍州记:隆中诸葛亮故宅,有旧井一,今涸无水。

殷芸小说:南阳是襄阳墟名,非南阳郡也。出异苑。

习凿齿汉晋春秋:诸葛亮家于南阳之邓县,在襄阳西二十里,号曰
　　隆中。

盛弘之荆州记:襄阳西北十许里,名为隆中,有孔明宅。

　　澍案:元和郡县志:诸葛亮宅在襄阳县东二十里。

荆州图副:邓城旧县西南一里,隔沔有诸葛亮宅,是汉昭烈三顾处。

荆州图副:邓城西七里有作乐山,诸葛亮昔尝登此山为梁甫吟也。

水经注:沔水东迳乐山北。昔诸葛亮好为梁甫吟,每所登游,故俗
　　以乐山为名。沔水又东迳隆中,历孔明旧宅北。亮语刘禅云:

230

"先帝三顾臣于草庐之中,咨臣以当世之事。"即此宅也。车骑沛国刘季和之镇襄阳也,与犍为人李安共观此宅,命安作宅铭。后六十馀年,永平之五年,习凿齿又为其宅铭焉。

澍案:襄阳记李安作李兴。王隐晋书:李兴,密之子,一名安。常璩云:兴字儁硕,官太傅参军。

水经注:隆中诸葛故宅有旧井一,今涸无水。盛弘之记云:隆中诸葛井,深五丈,广五尺,堂前有三间屋地,基址极高,云是避水台,又有三顾门。宅西背山临水,孔明常登之,鼓琴以为梁甫吟,因名此为乐山。先有董家居此宅,衰殄灭亡,后人不敢复憩焉。齐建武中,有人修井,得一石枕,高一尺二寸,长九寸,献齐安王。习凿齿又为宅铭。

澍案:武侯之好为梁甫吟,为思琅邪故乡,如庄舄之越吟耳!姚宽所云,愿辅佐君王,为谗邪之所阻,侯取此意,未必然也。

习凿齿襄阳记:襄阳有孔明故宅,有井,深五丈,广五尺,曰葛井。堂前有三间屋地,基址极高,云是避暑台。宅西面山临水,孔明常登之,鼓瑟为梁甫吟,因名此为乐山。嗣有董家居此宅,衰殄灭亡,后人不敢复憩焉。

澍案:盛弘之荆州记,避暑作避水,鼓瑟作鼓琴,面山作背山,与襄阳记微异。

荆州记:诸葛亮宅有井,深四丈馀,广一尺五寸,垒砖如初。

广舆记:刘琦台在襄阳府治东,即刘表之琦与诸葛孔明谋自安计,登楼去梯处。

澍案:元和郡县志:台在襄阳县东三里。

古志林:议事堂在新野县学内。世传昭烈与徐庶议访诸葛孔明,在此堂也。

南阳府志:卧龙冈在南阳府西七里,起自嵩山之南,绵亘数百里,至此截然而止,回旋如巢然。草庐在其内,前有井,渊然渟深,曰诸葛井。青石为床,有汲绠渠百十道,数不能竭。其下平如掌,即侯躬耕处。旧为祠以奉之。元至大中,建书院,尝有道士居住,夜闻兵声,惧而移之。

　　澍案:隆中在襄阳西二十里,不在南阳郡也。此后人附会之说,又以卧龙冈在南阳府,亦失之。

襄阳府志:隆中山在府城西二十五里,孔明常居于此。府西有卧龙山,宅西有避暑台,有三顾门,因昭烈三顾而名。

舆地志:褒斜道一名石牛道,诸葛亮与兄瑾书,前赵子龙退军,烧坏赤崖以北阁道,即此。

*梁州记:沔阳城溯汉上十五里,有诸葛武侯所镇,在汉水南,背山向水,门前累石以为陈。

*益州记:泸水即武侯渡处,水有热气,暑天不敢行。

水经注:沔水东迳西乐城北。城在山上,周三十里,甚险固,城侧有谷,谓之容裘谷。道通益州,山多群僚,诸葛亮筑以防遏。

水经注:沔水东迳武侯垒南,诸葛武侯所居也。南枕沔水,水南有亮垒,背山向水,中有小城,回隔难解。

水经注:五丈溪水侧有黄沙屯,诸葛亮所开也。

水经注:诸葛亮与步骘书曰:"仆前军在五丈原,原在武功西十里馀。"

水经注:成固城北百二十五里,有兴势坂,诸葛亮出骆谷,戍兴势,置烽火楼处。

　　澍案:凤翔府志:兴势山在洋县二十里,山形如盆,外甚险,
　　盘道以上,诸葛公尝戍于此,后魏兴势县以此名。

水经注:魏明帝遣将军太原郝昭筑陈仓城成,诸葛亮围之。亮使昭
　　乡人靳详说之,不下。亮以数万攻之,昭仅千馀人拒守。亮为云
　　梯冲车地逼射昭,昭以火射连石拒之,亮不利而还。今汧水对亮
　　城,是与昭相御处也。

水经注:祁山在嶓冢之西七十里许。山上有城,极为严固。汉水迳
　　其南。城南三里,有武侯故垒。垒之左右,犹有丰茂宿草,盖武
　　侯所植也。在上邽西南二百四十里。

水经注:斜水出武功县,故亦谓之武功水;是以诸葛亮表云:“臣遣
　　虎步监孟琰据武功水东,司马懿因水长攻琰营,臣作竹桥,越水
　　射之,桥成,驰去。”

水经注:渭水又东迳马冢北。诸葛亮与步骘书曰:“马冢在武功东
　　十馀里,有高势,攻之不便,是以留耳。”

水经注:汉水又迳南阹北阹中。上下有二城相对,左右坟垄低昂,
　　亘山被阜。古谚曰:“南阹北阹,万有馀家。”诸葛亮表言:“祁山
　　去沮县五百里,有民万户。”瞩其丘墟,信为殷矣。

　　澍案:方舆纪要云:武侯出祁山,祁山万户,出租五百石
　　供军。

水经注:汉水右对月谷口。山有坂月川,于中黄壤沃衍,而桑麻列
　　植,佳饶水田,故孟达与诸葛亮书,善其川土沃美也。

*水经注:度水迳阳平县故城东,又南迳沔阳县故城东,而南流注
　　于汉水。其西溪水由汉乐城东流入,城诸葛武侯所筑也。(汉建

兴七年冬,亮徙府营于南山下原上,筑汉城于沔阳,筑乐城于城固。)城在山上,周三十里。

*方舆纪要:武侯屯汉中,置赤崖库以储军资。

元和郡县志:兴势山在洋县北二十里。蜀先主遣诸葛武侯出骆谷,戍兴势山,置烽火楼,处处通照,即此山。

魏氏春秋:诸葛亮据渭水南原。司马懿谓诸将曰:"亮若出武功依山东转者,是其勇也;若西上五丈原,诸君无事矣。"亮果屯此原,与懿相御。

元和郡县志:祁山在长道县东十里。蜀后主建兴六年,诸葛亮率众攻祁山,即此是也。汉水经其南,有诸葛亮垒。垒之左右,犹有丰草,盖亮之所植也。

秦州志:祁山东十馀里,外曰盐官,盐官外曰木门堡,即诸葛武侯设伏射张郃之处。

元和郡县志:木马山在景谷县西南二十五里。诸葛亮之出祁山也,作木牛流马以供运,于此造作,因以名焉。

元和郡县志:石门关在景谷县西南十八里,因山为阻,昔诸葛亮凿石为门,故名之。

元和郡县志:诸葛亮垒,俗名下募城,在秦州上邽县东二里。

*地理通释:蜀志:建兴七年,诸葛亮徙府营于南山下原上,筑汉、乐二城。通鉴:筑汉城于沔阳,乐城于城固,二县属汉中郡,沔阳今兴元府西县,城固今城固县,故西乐城在西县西南,武侯所立甚险固。舆地广记:城固县,蜀改为乐城。

*太平寰宇记:西县诸葛城,即诸葛孔明拔陇西千馀家还汉中,筑此城以处之,因取名焉。

古志林:诸葛垒在秦州东二里,俗谓之下募城。边有司马懿垒,俗谓上募城。魏太和中,诸葛公攻天水,魏使司马懿拒之,此其垒也。

李膺益州记:稚子阙北五里,有武侯八陈图。

水经注:沔阳定军山有亮八陈图。

元和志:诸葛公八陈,在新都县北十九里。

寰宇记:夔州奉节县,本汉鱼复县。八陈图在县西南七里。

兴元志:西县有武侯八陈图。

九州通志:定军山在沔县东南十里,两峰对峙。汉昭烈于此山下作营,斩魏夏侯渊。山有诸葛岩,上有兵书匣。其山壁立万仞,非人迹可登。其下有八陈图,又有督军坛。乡人云:每阴雨时,上有击鼓声。

舆地志:定军山武侯庙内有石琴一,拂之声甚清越,相传武侯所遗。

西川广记:五丈原在凤翔府郿县西三十里。又云在岐山县南,又云在武功县。诸葛公据渭南,与魏司马懿相拒,屯兵于此。

*岐山县志:邸阁在斜谷口。盖诸葛亮欲伐魏,用流马转运谷中,故先筑邸阁于此。后人因建怀贤阁。

*元和郡县志:五丈原在宝鸡县西南三十五里。初,诸葛亮与司马懿相持,亮据渭水南原。懿谓诸将曰:"亮若出武功,依山东转,是其勇也;若西上五丈原,诸君无事矣。"亮果屯此原。耕者杂于渭滨,居人安堵,军无私焉。

舆地志:箕山在襄城县北十五里,山有秦王猎池,及丙穴、道人谷。诸葛丞相遣邓芝、赵云等据箕谷,即此。

水经注:诸葛亮讨平南中。刘禅建兴三年,分益州郡,置建宁郡于温水侧,皆是高山,山水之间,悉是木耳。夷居言语不同,嗜欲亦异,虽曰山居,土差平和,而无瘴毒。

地理通释:武侯之治蜀也,东屯白帝以备吴,南屯夜郎以备蛮,北屯汉中以备魏。

一统志:斜谷关在郿县西南三十里。谷之南口曰褒,北口曰斜,即孔明出师处。三交城在凤翔府宝鸡县西四十里,魏司马懿与孔明相拒,于此筑城。

一统志:石鼻寨在宝鸡县东四十里,武侯所筑,以拒郝昭。一名石鼻城。自北入蜀者,至此渐入山;自蜀趋涪者,至此已出山奔河,于此见渭河。

*元和郡县志:陈仓故城在宝鸡县东二十里,有二城相连,上城秦文公筑,下城魏将郝昭筑。诸葛亮进兵,云梯冲车,昼夜攻围,二十馀日,无利,乃引去。

*元和郡县志:散关在陈仓县西南五十二里。蜀志:诸葛亮出散关,围陈仓,即此。

一统志:陈仓道在沔县东北二十里,由百丈坡入山,今塞。武侯出散关,围陈仓,即此。

*雍胜略:陈仓故道在沔县东北二十五里。汉诸葛亮出散关,暗度陈仓,曹操自陈仓出散关,即此。

*雍胜略:石马城在沔阳东二十里,诸葛亮屯兵处。

古志林:赤坂在洋县东二十里,有地色赤,故名。魏司马懿攻蜀,建兴五年,武侯出兵屯汉中,筑城于成固,驻兵赤坂,即此。

水经注:黑水出汉中南郑县北山,南流入溪。诸葛公笺曰:"朝发南郑,莫宿黑水,四十五里。"

　　澍案：庾仲雍曰："黑水去高桥三十里，今之黑龙江正在县北四十里，即黑水也。"

汉中府志：莲花池在沔县治北，其畔有孔明读书亭遗址，每遇花时，县人游玩。

汉中府志：思计台在凤县南，孔明尝筹画于此。

＊凤州图经：梁泉县有武侯城，又有思计台，在县南，武侯尝登台，筹画于此，因以为名。

　　澍案：梁泉县，后魏所置，今之凤县也。

益州名画记：孟蜀广政中，荆南高大王令邸务丁晏入蜀，请画工李文才写兴义门双石笋，征其故实。道士范德昭曰："斯乃蚕丛启国，镇蜀之碑，中以铁柱贯之，下以横石相连，埋木地际，上有文字，言岁时丰俭兵革水火之事。诸葛亮曾掘验之。真珠楼基海眼，皆非也，蜀人少知，云出方圆记。"

锦绣万花谷：西金容坊有石二株，旧曰石笋，前秦遗址。诸葛孔明掘之，有篆字曰："蚕丛启国之碑。"以二石柱横埋，中连以铁，一南一北，无所偏倚。有五字："浊歇烛触蠋。"时人莫晓。后范长生议曰："亥子岁，浊字可记，主水灾；寅卯岁，歇字可记，主饥馑；己午岁，烛字可记，主火灾；辰戌丑未岁，触字可记，主兵灾；申酉岁，蠋字可记，主丰稔。"后以年事推之，悉皆符验。

刘光祖万里桥记：罗城南门外笮桥之东，七星桥之一，曰长星桥者，古今相传，孔明于此送吴使张温，曰："此水下至扬州万里。"后因以名。或曰费祎聘吴，孔明送之至此，曰："万里之道，从此始也。"

元和郡县志：万里桥架大江水，在成都县南八里。蜀使费祎聘吴，诸葛祖之。祎叹曰:"万里之路,始于此矣。"桥因以名。

　　澍案:一统志以"万里之行始于此"为武侯语,非也。刘光
　　祖万里桥记亦同此误。

魏了翁朝真观记略云:出少城西北为朝真观。观中左列有圣母仙
师乘烟葛女之祠,观西有武侯祠,是侯故宅也。故老相传,侯有
女于宅中乘云轻举。唐天宝元年,章公始更祠为观,奏名乘烟。

杜光庭录异记称:成都书台坊武侯宅南乘烟观,内有古井,井内有
鱼,长六七寸,往往游于井上。或取鱼,水必腾涌,相传以为其井
有龙也。

太平寰宇记:诸葛相蜀,筑台以集诸儒,兼待四方贤士,号曰读书
台,在章城门路西,今为乘烟观。

元和郡县志:诸葛亮旧居在双流县东北八里,今谓之葛陌。孔明表
云:"薄田十五顷,桑八百株。"即此地也。志又云:广都县南十
九里,有诸葛亮宅。

刘澄之梁州记:诸葛亮宅有井,深四尺馀,广一尺五寸,垒砖如初
开云。

方舆胜览:诸葛井在成都府大慈寺西里许,自上窥之,只见其三边,
不知其际涯也。昔孔明凿此以通井络王气。俗传有人入井,闻
其中有鸡声。

*成都府志:九里堤在府城西北隅,其地洼下,诸葛武侯筑堤九里,
以防冲啮。

张华博物志:临邛火井一所,从广五尺,深二三丈。井在县南百里。
昔时人以竹木投以取火,诸葛丞相往视之,后火转盛热,以盆盖
井上,煮盐得盐,入以家火即灭,讫今不复然也。

澍案:一引博物志云:临邛火井,诸葛亮往视后,火转盛,以盆贮水煮之,后人以家火投井,火即灭,至今不然。<u>太平御览</u>一百六十八、八百六十五引同。

<u>刘敬叔异苑</u>:临邛有火井,<u>汉</u>室之隆,则炎赫弥炽,暨<u>桓</u>、<u>灵</u>之际,火势渐微,<u>诸葛亮</u>一瞰而更盛。至<u>景耀</u>元年,人以烛投即灭,其年,<u>蜀</u>并于<u>魏</u>。

澍案:即蜀都赋所云"火井沉荧于幽泉"也。

<u>蜀广纪</u>:<u>长宁县</u>有<u>淯井</u>,在县北<u>宝屏山</u>下。古老云:"昔<u>诸葛孔明</u>登山,谓此处当出一宝,否则产英贤;及下山见井,曰此足以当之矣。"

<u>舆地纪胜</u>:<u>淯井</u>脉有二:一自对溪<u>报恩寺山</u>趾度溪而入,常夜有光如虹,乱流而济,直至井所;一自<u>宝屏</u>随山而入,谓之雌雄水。初,人未知有井。夷人<u>罗氏</u>、<u>汉</u>人<u>黄</u>姓者,因牧而辨其盐;金议刻竹为牌,浮于溪流,约得之者,以井归之。<u>汉</u>人得牌,闻于官,井遂为<u>汉</u>有。

<u>山川纪异</u>:<u>诸葛</u>盐井有十四,自山下至山上,其十三井常空,盛夏水涨,则盐泉迤逦迁去于<u>江水</u>之所不及。

澍案:<u>苏东坡</u>有<u>诸葛</u>盐井诗,自注与此全同。

<u>水经注</u>:<u>江水</u>又东迳<u>南乡峡</u>,又东迳<u>永安宫</u>南,<u>刘备</u>终于此,<u>诸葛亮</u>受遗处也。其间平地可二十里许,江山回阔,入峡所无。城周十馀里,背山面<u>江</u>,颓墉四毁,荆棘成林,左右民居多垦其中。<u>江水</u>

＊<u>蜀地纪</u>:<u>永安宫</u>在<u>夔州府</u>治东,今之府学也。先主为<u>陆逊</u>所败,还至<u>白帝</u>建此,即<u>诸葛亮</u>受遗命处。

<u>夔州府志</u>:<u>夔州</u>有<u>义泉</u>,<u>诸葛武侯</u>所凿。侯虑城中无水,乃接筒引

泉入城。后甍守无艺，以榷水取钱，至宋，待制王龟龄罢之。

成都志：九里堤在县西北，堤长九里，故老相传，诸葛亮所筑，以捍水势。

寰宇记：濛水源出琅岐山，经濛阳故县南二百五十步，俗呼武侯水。后唐长兴三年，孟知祥败董璋，追至武侯津，即此水也。

元和志：马蹄水在金堂县二里。后唐长兴三年，孟知祥败董璋，追至武侯津，即武侯津济处也。

图经：老人邨，即老泽也，在青城北百三十里。昔诸葛亮迁群僚于山下，故名。

蜀名胜志：成都府成都县太城者，南城门也，张仪、司马错所筑。诸葛武侯以丞相开府，领益州牧，故晋益州刺史治太城，其制因之。

四川通志：铁溪河在成都县南十三里，流入白水河。昔武侯烹铁于此，因名。

元和郡县志：剑阁道自利州益昌县界西南十里，至大剑镇，合今驿道。秦惠王使张仪、司马错从石牛道伐蜀，即此也。后诸葛亮又凿石架空，飞梁阁道，以通行路。后李特入汉川，至剑阁，顾盼曰："刘禅有如此地，而面缚于人，岂非庸才！"

华阳国志：诸葛亮相蜀，凿石突一作界，又作架。空，飞梁阁道，以通蜀汉，即古剑阁道也。

欧阳忞舆地广记：石牛道者，山有小石门，穿山通道，六丈馀。汉永平中，司隶杨厥又凿而广之，诸葛孔明以铸剑至此，有隘束之称，乃立剑门县，复修阁道，置尉以守之。常璩曰："阁道三十里，至险。"晋书：李特入蜀，至剑阁，顾盼险阻，曰："刘禅有此地，而面缚于人，岂非庸才！"

澍案:司隶校尉杨淮不名厥。其误始于郦善长水经注,而欧阳永叔集古录沿之。

太平寰宇记:诸葛亮相蜀,于剑阁立门,以太剑山至此有隘束之路,故名。

九州通志:筹笔驿在利州,即今保宁府广元县北八十里,武侯出师,筹画于此。

澍案:即今之神宣驿也。杜牧诗所云:"永安宫受诏,筹笔驿沉思,画地乾坤在,濡毫胜负知。"李商隐诗:"鱼鸟犹疑畏简书,风云长为护储胥。"即指此。

周书陆腾传:资州盘石戍民反,杀郡守,据险自守,州军不能讨。腾率军讨击,尽破斩之。而蛮僚兵及所在蜂起,山路险阻,难得掩袭,腾遂量山川形势,随便开道,蛮僚畏威,承风请服。所开之路,多得古名,并是诸葛亮、桓温旧道。

四川通志:七盘山在剑州西武连驿北,上有武侯坡。

一统志:烽火山在梓潼县东南一百三十里,相传武侯置烽火于此,故名。

保宁府志:葛山在保宁府梓潼县北二十里,孔明常屯兵于此,因名。上有诸葛庙。

元和志:武侯山在灵池县东南十五里。

澍案:灵池县在今双流县地。

梓潼志:葛山在梓潼县西南二十里,一名亮山,又名卧龙山。相传武侯伐魏,驻兵于此,见虎豹蛇虫势恶,自卧草中,兽皆俯伏。有古碑,在山之景福院。

元和郡县志:诸葛亮旧居在双流县东北八里,今谓之葛陌。孔明表云:"薄田十五顷,桑八百株。"即此地也。志又云:广都县南十九里有诸葛亮宅。

元和郡县志:广都县:先主以蒋琬为长,诸葛亮曰:"琬托志忠雅,当赞王业,非百里之才。"即此地。

雅州府志:铁柜山在雅州北五里,形如铁柜。相传武侯常屯兵于此。

一统志:大相公岭在雅州荥经县西一百里。相传诸葛公征西南夷经此。上有诸葛庙。

雅州府志:小相公岭在越嶲卫南五十里,形势高耸,石磴崎岖,自麓至顶,凡十五里,武侯所开。即凉山北境,为野夷出掠之所,今设兵防汛,商旅往来称便。

太平寰宇记:相公山,汉相诸葛亮常驻兵于此。

四川通志:后来亭在雅州南十里。昔孟获为害,乡人引领望武侯来征,因名。

南中志:蔡山在雅州城东五里。武侯征西南夷经此,而梦见周公,故又名周公山;因封为文宪王庙,复敕境内俱祀周公。

太平寰宇记:周公山在严道县东南畔,山势屹然,上有龙穴,常多阴云。耆老传云:"昔诸葛亮南征,于此山梦见周公,遂为立庙。"州县常以灵验闻。伪蜀乾德六年,题曰"显圣王之庙"。

蜀志:雅州有周公山,相传孔明于此梦见周公,因立庙为文宪庙,号周公山。

图经:周公山,诸葛亮南征,梦周公于此,立庙祀之,因名。

名胜志:万胜冈在雅州西。诸葛武侯禽孟获,旋师至此,冈下人聚观之,因名。后建亭于其上,为龙观,为龙观寺。

舆地志：平羌江在雅州城北。旧传羌夷入寇，诸葛亮于此平之，因名。

方舆胜览：七纵桥在雅州荣经县东十里孟山下，因孔明禽孟获而名。前临大江，曰七纵渡。

*名山县志：百丈废县，有废土城，在县东北三十四里，周七十二丈，相传武侯征蛮时所筑，遗址犹存。

四川通志：南寿山在永宁州东南二十里。山形高秀，本名博望山，即诸葛武侯屯兵处。一云，在泸州东南。

　　澍案：山在兴文县界内。

太平寰宇记：马湖江从戎州西南流，出东郭，与蜀江合，下达于荆南，源出云南而来。诸葛亮之表云："五月渡泸。"即此水之上流也。蜀号泸水。

元和郡县志：泸州即江阳，先主入益州，遣诸葛亮、张飞、赵云等引兵溯流定江阳，是也。

元和郡县志：泸川县，曹公入汉中，诸葛亮出屯江阳，亦在此。

元和郡县志：西泸县，有泸水在县西百一十二里。诸葛亮征越巂，上疏曰："五月渡泸，深入不毛。"谓此水也。水峻急而多石。土人以牛皮作船而渡，一船胜六七人。

十道志：泸水出番州，入黔府，历郡界，出拓州，至北有泸津关，关有石岸，高三十丈。四时多瘴气，四五月间发，人冲之死。故武侯以夏渡为艰。征越巂上疏云，五月渡泸，深入不毛之地。

一统志：泸水在四川行都司城南一十里，源出吐蕃，南入金沙江。其水深广而多瘴，鲜有行者。春夏常热，其源可燖鸡豚。又水东有武侯城，乃孔明所筑，所谓五月渡泸，即此。

四川通志：泸州西有马谡溪。武侯征南蛮，谡献地图，屯兵溪上，故名。

太平寰宇记：旄牛，汉旧县，有武侯城，在泸水畔，诸葛亮筑以安戍兵之所。

沉黎志：孔明南征，由黎州路。黎州四百馀里至两林蛮，自两林南琵琶部三程至巂州，十程至泸水，泸水四程至弄栋，即姚州也。今之金沙江在滇、蜀之交，一在武定府元江驿，一在姚安之左郡。据沉黎志，孔明所渡，当在左郡。琵琶一作虬琶。两林，今之邛部长官司也。

古志林：武侯城在四川行都司城南三十里泸水东，孔明所筑，所谓五月渡泸处。泸州即禽孟获之地。城北五里有庙。

 澍案：此误说也，今之泸州，安得为禽获之所。考华阳国志、辛怡显云南录，诸葛渡泸，乃在越巂地。

元和郡县志：曲州，本汉夜郎国地。武帝于此置朱提县，属犍为郡，后立为郡，在犍为郡南一千八百里。后汉省郡。诸葛亮南征，复置朱提郡。

四川通志：马边厅东八十里有龙虎洞、观音塘，相传武侯藏兵处。

四川通志：卦石在雷波厅治凉山界中，相传武侯遗迹。

四川通志：藏甲岩在屏山县新镇城北一里武侯祠后，其洞直通河岸，相传武侯藏甲于此。

屏山志：十丈空崖在屏山县，崖绝壁广数十丈。相传武侯南征过此，投三戟于上，仿佛有形。壁间多名贤题咏。

 澍案：马边志作石丈空。陈禹谟有石丈篇，序云："石丈空者，上题凿开天险，其崖畔有铁枪若干，插置石罅，相传孔明所藏。"

方舆纪胜:箐青山在屏山县东南六十里。重峰叠嶂,树木森郁,北
　　通青川,南溪水出此,溪入白水,又名靖军山。蜀汉孔明曾置军
　　于此,遗址尚存。

水经注:黄陵庙在夷陵州,面黄牛峡。相传神常佐禹治水,诸葛武
　　侯建庙,一名黄牛庙。

南中八部志:朱提山在犍为属国。旧有银窟数处。诸葛孔明书:
　　"朱提银,汉嘉金,采之不足以自食。"汉志:朱提银十八两为一
　　流,流直千五百八十,他银一流直千。

寰宇志:汉阳山在庆符县北八十里,诸葛亮南征,驻军此山。

庆符县志:汉阳山在庆符县八十里。汉武帝通西南夷,自此山之南
　　皆汉地,故云。诸葛武侯征蛮过此。今崖壁上镌"武侯征蛮过
　　此"六字,犹存。上有顺应庙,乃祀马谡者。

　　　　澍案:山在宜宾属之南广。

庆符县志:南广小河北流入江处,有巨石生江中,其上有三十七字,
　　云:"开禧元年,其日甲午,南溪令与客焦昌朝访武侯歇马之石,
　　齿齿横梳,真奇绝也,鼓枻吊古而下。"

四川通志:纳溪县保子寨在县西十里。相传武侯南征,尝驻兵
　　于此。

四川通志:梅岭堡在兴文县四十里,长宁县五十里,江安县一百二
　　十里,相传武侯屯兵处。

长宁志:武侯塔在长宁县东泾滩高峰上。舆地纪胜云:诸葛武侯所
　　筑,以警蛮夷者。

高县志:上马台在县知乐乡,相传武侯征南蛮遗址。

名胜志:纳溪县东四里有掇旗山,相传诸葛武侯掇旗于此,以誓蛮人。

长宁志:武侯砦在县东,诸葛武侯建。

*长宁志:凤山在县西,形如凤。旧志:诸葛亮驰马其上,又名走马岭。

长宁志:诸葛山在南充县东四十里,昔武侯驻师于此,陈迹犹存。

一统志:卧龙山,一在叙州府城东北五里,上有孔明祠,有泉极清冷,名观音泉。

太平寰宇记:武侯南征,于叙州宜宾县置郁鄢戍,后改为郁鄢县。

珙县志:诸葛武侯祠在集义乡落亥堡中。相传武侯南征,渡泸以后,曾至于此。今其西有孟获沟。

名山县志:诸葛城在县东北三十四里,周七十二丈,相传武侯征蛮所筑,遗址尚存。

荣经县志:县西五里有古城,相传武侯南征时屯兵处。唐李德裕增筑之,置兵戍守。

顺庆府志:将军池在岳池县东五里,相传诸葛公尝驻兵于此。

广元县志:广元县驿路有曰问津,以孔明行师,于此问津也。

越巂卫志:奴诺城,诸葛武侯征蛮所筑,憩军士之所,盖以奴诺水为名也。

蜀广记:汉郪县,三国志云:先主入蜀,攻刘璋,遣诸葛孔明等分定州郡,略地至郪,百姓以牛酒犒师,于是会军堂山,即此地。

太平寰宇记:铜山县有会军堂山,高三里,昔昭烈帝遣诸葛武侯等分定州界,略地至郪,百姓以牛酒犒师,武侯因会军士于此,后遂为会军堂山。

*方舆纪要:中江县东南三里,有烽火山,诸葛武侯置烽火处也。

明一统志:会军山在潼川州中江县东南一百八十里,先主遣孔明略地,会军于此,因名。

王让记略:西绝涪水,有山曰柏下,诸葛公营垒在焉;而乔木婆娑者,蒋公琰万秋之宅。

图经:南江县诸葛寨,在县西一百里,高五十馀丈,可容万人,四壁峻拔,惟一面有鸟道可上,其顶有泉水,四时不竭,相传武侯尝驻兵于此。

舆地志:剑州武侯桥,在州东门外,相传武侯出师所经。

一统志:诸葛城在太平城北城口山下。旧志:有前、中、后三城,左抵紫阳,右通平利,相传诸葛武侯尝屯兵于此。其地有三冈八坪,形势雄峻。

太平寰宇记:南诏城,诸葛亮所筑,憩军之所。

唐地理志:黎州有武侯城。

唐书地理志:自苇苴咩城西至永昌故郡三百里,又西渡怒江,至诸葛亮城二百里。

元和志:诸葛亮故城在台登县东南三里,亮南征至此所筑也。

元和志:贞元元年,韦皋于黎州城北故武侯城迤逦置堡三所,为州城之援。太和中,李德裕复增筑之。

一统志:黎州城外三里有武侯城,为侯所筑,濠堑故垒存焉。又有侯战场,在安靖新寨。

打箭炉厅志:相传诸葛武侯渡泸而西,尝铸军器于鱼通之地。郭达一夜打箭三千,称为神手,遂封为将军。

四川通志:昔武侯南征,命郭达造箭于此,其炉犹存,故名打箭炉。

时有青羊绕山而行,夷人不敢轻至。

通志:<u>相台山</u>在<u>邛州</u>西八十里,<u>唐袁天纲</u>为<u>火井</u>令,登之以相县治,故名。<u>诸葛亮</u>曾驻师于此。

九州要记:<u>邛州沉黎</u>,即<u>诸葛亮</u>征羌之路也。每十里作一石楼,今鼓声相应。今夷人效之,所居悉以石为楼。地多长松而无杂木。

砚北杂录:<u>松潘</u>、<u>建昌</u>诸夷所宿碉房,十家五家垒石而上,不以左右为邻,而以上下。牛马登陟,两无猜忌。亦呼碉楼,<u>武侯</u>征<u>羌</u>时遗制也。

<u>诸葛亮集</u>

太平寰宇记:<u>汉嘉</u>有<u>熊耳水</u>,一名<u>熊耳峡</u>。古老言:<u>武侯</u>凿山开道,即<u>熊耳峡</u>东古道也。

古志林:<u>雅州平羌江</u>,源出西徼,绕西北郭,<u>羌夷</u>入寇,<u>诸葛武侯</u>于此平之。

四川通志:<u>卧龙山</u>在<u>天全州</u>东二十里。<u>武侯</u>征<u>孟获</u>,宿此。西去碉门二十里,有<u>孔明</u>祠像,故名。

通志:<u>卧龙山</u>在<u>奉节县</u>东北五里,<u>武侯</u>曾屯营于此,上建<u>诸葛</u>祠,因名,有泉清冷。

秀山县志:<u>诸葛洞</u>在<u>秀山县</u>西南。石崖屹立,旁有石洞数丈,相传<u>武侯</u>征<u>九溪蛮</u>时,尝留宿于此。

潼川志:<u>烽火山</u>在<u>中江县</u>东南,<u>诸葛公</u>尝会军于此,置烽火。

江安旧志:<u>安远山</u>在县南四十里,山顶梵刹数重,寺门有石刻云:"昔日夷坛旧醮天,如今原岭尽桑田,路迎马骨皆冠带,城上何须再控弦。"相传<u>武侯</u>驻军时所作。

　　<u>澍</u>案:此后人所题,<u>武侯</u>时有七律诗乎?

一统志:<u>龙透关</u>在<u>泸州</u>南七里,世传为<u>诸葛公</u>所立。其南七十里<u>江</u>

安县,有安远寨,亦公征蛮于此屯驻。

太平寰宇记:泾滩在江安县南三十里。滩上有山刺天,瀑布飞洒,相传武侯誓蛮之地,此唐泾南县所为设也。

*南夷志:泸水,蜀诸葛亮伐南蛮五月渡泸处,大如臂。川中气候常热,虽方冬,行过者皆袒衣流汗。

一统志:吴君山一名藏匮山,横亘江北,与涪陵县相望,雄压众山,俯临长江,屹立如匮,相传武侯屯兵于此,旧城犹存。

*水经注:灌县都安大堰,亦曰湔堰,又谓之金堤,左思蜀都赋云"西逾金堤"者是也。诸葛亮北征,以此堰农本,国之所资,以征丁千二百人主护之,有堰官。

华阳国志:刘先主时,都护李严大城江州,周回十六里,后凿城后山,自汶江通水入巴江,使城为州,求以五郡置巴州,丞相亮独不许。及亮北征,召严赴汉中,故穿山不逮,然造苍龙、白虎门,别郡县仓皆有城。

　　澍案:重庆府西十里佛图关,左右顾巴、潪二江,是李正方斫凿处,斧迹犹存。府城为门十有七,九开八闭,以象九宫八卦。

华阳国志:延熙二年,马忠定越巂,置赤甲军,常取涪陵之民。丞相诸葛亮亦发劲卒三千人为连弩士。

　　澍案:志有赤甲戍,与黄草峡相近,在李渡之上,藺市之下。
　　杜甫诗云:"黄草峡西船不归,赤甲山下行人希。"即此地也。

裴松之诸葛亮传注:汉晋春秋:诸葛亮南征至滇池。

四川通志:邻水县东北三十五里有卧龙坡,诸葛武侯尝经此。山畔大石高二丈,有"卧龙坡"三大字。

一统志:红崖山在永宁州募役司,悬崖壁立万仞,山半有洞,深数十丈,相传武侯驻兵之所。

贵州通志:镇远府香炉峰畔,刻"溯流光"三字,相传诸葛武侯所题。

一统志:武侯祭星坛在威宁州东南七星关上。七星营在毕节县西九十里。

  澍案:通志:武侯于此祃牙,址尚存。

南中志:宛温县北三百里有盘江,广数百步,深十馀丈,此江有毒气,武侯战于此江上。

元和郡县志:诸葛亮入南,战于盘东,即盘江上。

一统志:卧龙岩,黔阳县南四十里,旁为诸葛武侯古城,其洞广数十步,深数里,石壁为饰,泉涌不竭,有二石灶,相传武侯驻兵处。

贵州通志:毕节城北一百二十里有碑,相传武侯征南时所立,岁久,文字漫漫不可识;又有祭星台。

郡邑志:黔中郡南,石崖屹立,旁有石洞数丈,相传诸葛亮征九溪蛮尝过此,留宿洞中,设一床,县粟一握以秣马,后遂化为石。石床石粟,至今犹存。一云,在平茶洞长官司。

贵州通志:诸葛洞在镇远望城坡,两山陡立,中夹一溪。武侯征蛮凿开运粮者。明黔抚郭子章复开通,直达黄平,今复巨石拥断。谚云:"若要此洞开,除非诸葛来。"旁有半莲洞,崖半有武侯石刻像。

贵州通志:诸葛洞在古州城东,都江、车江、容江合流处。洞口可容数百人,稍进又一洞,缘梯而上,广亦如此,中黑黯无光。相传诸葛武侯南征时,斩蛮帅首,藏于此。

水经注:邛州西百里石盘戍,俗呼为望军顶,昔诸葛武侯驻军于此。

*通志:石盘戍,在邛州一百里,与群僚相接,相传诸葛武侯征羌,
驻军于此,俗呼望军顶。

元和志:陵州始建县东南有铁山,出铁。诸葛亮取为兵器,其铁刚
利,堪充贡焉。

周地图云:蒲亭县有铁山,诸葛武侯取为刀剑,宇文度封为铁山侯。

嘉定府志:铁山从仁寿来,横亘井、犍、荣、威间数百里,产铁。诸葛
武侯取铸兵器。

*方舆纪要:铁钻山在崇宁县西六里,武侯铸铁钻于此,以造军器。

*方舆纪要:铁溪河自邛州流入新津,注于皂江,相传诸葛武侯曾
烹铁于此。

太平寰宇记:僰溪在南溪县西六十里。昔武侯南征,僰蛮于此归
服,又名服溪,旧志云福溪。

太平寰宇记:梁州储书峡,相传诸葛武侯藏书处。

太平寰宇记:通道县有武侯兵书台。

陇蜀馀闻:顾华玉璘云:"武侯兵书匣在定军山上,壁立万仞,非人
迹可到。余两至其地,初视匣,其色淡红,后则鲜明,若更新者。"
　　澍案:三峡中亦有兵书峡,传为武侯藏书之地。

欧阳忞舆地志:诸葛泉在鹤庆府南,武侯驻师之地。出泉均为二
流,昔人有欲兼利之者,引而为一,鸡鸣,其水复分。

祥符图经:俗云卢龙椎鼓下入于潭水,据蒸湘之会,诸葛武侯故宅
在焉。

天中记:耒阳有孔明石碑。孔明斩雍闿,禽孟获,经耒阳,立石以纪

功。岁久，字不可辨。相传立石誓云："后有功在吾上者，宜立石于右。"至宋狄青破侬智高，立碑其右，寻为震雷所击，今存断碑，横卧其侧。

太平寰宇记：蒜山，以山生泽蒜，因以为名。或云周瑜与蜀诸葛亮议拒曹操，于此筹算，故曰算山。

　　澍案：陆龟蒙蒜山诗："周郎计策清宵定，曹操楼船白昼灰。"指此也。

元和郡县志：巢湖在巢县。诸葛亮云："曹操四越巢湖不成。"

*元和郡县志：石头城在上元县西四里，楚之秣陵城也，吴改为石头城。建安十七年，吴大帝修筑，以贮财宝军器。吴都赋云"戎车盈于石城"是也。诸葛亮云：钟山龙蟠，石城虎踞。言其形之险固也。

苏东坡甘露寺诗序云："寺有石如羊，相传谓之很石。诸葛武侯常坐其上，与孙仲谋议拒曹操。"

*江乘记：石头山下有龙洞，名桃源洞；有驻马坡，诸葛武侯常驻此以观形势。

*庚仲雍九江记：建业宫城，孙权所筑。昔诸葛劝都之，曰："钟山龙蟠，石头虎踞，有王者气。"权从之。

张勃吴录：刘先主曾使诸葛亮至京，因观秣陵山阜，叹曰："钟山龙蟠，石城虎踞，帝王之都也。"

　　澍案：见徐铉释问，或作徐爰。钟山即蒋山也，因孙氏避祖讳而改。

隋书：史万岁征南宁夷爨玩，入自蜻蛉川，经弄栋，次小勃弄、大勃弄，至南中，行数百里，见诸葛亮纪功碑，铭其背曰："万岁之后，胜我者过此。"万岁令左右倒其碑,进度西二河,入渠滥川,行千馀里,破三十馀部。诸夷大惧,请降,献明珠径寸,于是勒石颂美隋德。

樊绰云南志:孟获据佛光寨,去大理百五十里,守关隘。诸葛武侯南征,不得入,乃由漾濞而北,破佛光,驻军大理,尽览形胜,以定规画。后有坛,名祭天台,父老相传为武侯祭天画卦之所,遗迹宛然。

山川纪异:铁柱在赵州白崖城,武侯禽孟获,立柱纪功于此。

太平寰宇记:靖州西有诸葛营。黔阳县诸葛营有四:一度头,一原神乡,一安江,一托口。武侯抚绥溪洞诸蛮,驻兵于此,营垒犹存。又宜良县南小石岭有诸葛营,诸葛亮常营于此,又名诸葛洞。

永昌府军民志:诸葛营在府城一十里,其东岳堰内一土墩,周回三十馀丈,高六尺,随水高下,虽盛潦不没。俗谓为武侯旗台。

述异录:九隆山在永昌军民府城南。山有九岭,九隆兄弟遗种,世居此山之下。诸葛孔明南征时,凿断山脉,以泄其气。

楚雄府志:诸葛营在定海县西二十里,亮讨南中,过羚州,于目直睒北,旁山下筑营,夷称望子洞,台址尚存。

一统志:姚安军民府城东十里,有东山,林木苍翠,一名饱烟萝山。其西有武侯塔,相传诸葛武侯驻军之所,后人建塔其上。又城东有孔明垒。

一统志:通海县东南三里有诸葛山,孔明南征,驻兵于此。

贵州通志:诸葛寨在龙里孔明寨司。

云南通志:宜良县小石岭诸葛营,孔明治兵处,又有诸葛碑。

一统志:大诸葛堰、小诸葛堰在金齿指挥使司城南一十五里,皆有
　　灌溉之利。

舆地志:黔阳县城西南四十里有诸葛城。

桂海虞衡志:滇蛮者,十年前,大理马至横山,此蛮亦附以来,衣服
　　与中国略同,能通华言,自云诸葛公戍兵。

何宇度益部谈资:先主寓荆州,从南阳大姓毳氏货钱千万,以为军
　　需。诸葛孔明作保,券至宋犹存。

绥寇纪略:献贼破荆州时,民家有汉昭烈帝借富民金充军饷券,武
　　侯押字,纸墨如新。

一统志:铜鼓山在柳州府融县二十里,旧传诸葛武侯散埋铜鼓,以
　　厌僚人,后有得于是山者,故名。

常德府志:卧龙墨池在沅江县西三十里卧龙寺内。俗传汉诸葛武
　　侯涤墨于引寺,因名。

广舆记:诸葛城一在沂州,即孔明故里。

武昌府志:诸葛祭风台在武昌府嘉鱼县赤壁下。

宝庆府志:棋盘崖在宝庆府城南五里。相传武侯宴兵著棋于此,有
　　石盘广六尺,棋痕尚存。邵水在府城北,源出邵阳县龙山,经马
　　鞍山诸葛孔明庙下,号相公潭,深不可测,流至此,合于滨水也。

九州通志:耒阳县侯计山一名侯憩山,上有七十峰,诸葛孔明常憩
　　此筹计兵事。

孙嘉淦南游记:漓江初分,屈曲山间,别凿一渠以通舟。秦伐南粤,
　　史禄凿。汉戈船将军出零陵,下漓水,于此置阽,阽犹闸也。诸
　　葛武侯续修之,渠上有武侯祠。

水经注:诸葛亮之死也,遗令葬定军山,因即地势,不起坟垄,惟深

林茂柏,攒蔚川阜,莫知墓茔所在。山东名高平,是亮宿营处,有亮庙。薨后,百姓野祭。步兵校尉习隆、尚书郎向充共表云云,斯庙盖所启置也。钟士季征蜀,枉驾设祠。茔东,即八陈图也,遗迹略在,崩褫难识。

太平寰宇记:诸葛忠武侯冢在西县东南一十里,与妻合冢葬焉。

元和郡县志:亮冢在西县东南八里。亮卒,遗命葬汉中定军山。贞观十一年,敕禁樵采。

天中记:五丈原有落星邨,即诸葛没时长星坠营处。

*马理陕西通志:落星邨在岐山县东五十里,即汉诸葛亮没,长星坠营处。

*刘澄之梁州记云:武侯垒东南有定军山,入山十馀里,有诸葛武侯墓。钟会征蜀,至汉川,祭亮之墓,令军士不得于墓刍牧樵采。今松柏碑铭俨然。

德安府志:诸葛寨在德安府城东罗陂邨,旧传诸葛公所立。

广舆记:诸葛武侯祠在衡州府东北三里石鼓山,为孔明宅。汉昭烈牧荆州时,孔明驻临蒸,调赋以供军实,后人立庙。

　　澍案:汉地理志:承阳在承水之阳,故名,读若蒸,属长沙国。

　　郡国志:临蒸县俯临蒸水,其气如蒸,故曰临蒸。

一统志:景陵县白湖邨十五里有武侯祠。

金齿军民司志:武侯庙在司城南二十里。诸葛公禽孟获,屯营于此。民怀其德,立祠祀之。至今土人自称为诸葛之遗民,因名诸葛邨。其东东岳堰内有一土墩,周回三十馀丈,高六尺,随水高下,虽盛潦不没,俗谓之武侯旗台。

能改斋漫录:蜀先主祠在成都锦官门外,西夹即武侯祠。

太平寰宇记:昭烈祠左右侍侧者,后主、北地王、诸葛丞相、关张两侯、丞相子瞻,俱合为一祠也。

方舆胜览:天社任渊记云:"昭烈庙西偏少南,又有别庙,忠武侯在焉。老柏参天,气象甚古,诗人常赋之。今武侯祠在百花潭,与草堂并列者,不知何代增设。"

成都府志:先主庙在府城南二里,旧在惠陵右,附诸葛孔明庙,洪武初,合庙祀之。

方舆胜览:武侯庙在成都府西南二里,今为乘烟观。孔明初亡,百姓遇节朔,各私祭于道上。景耀六年春,诏为庙于沔阳。李雄称王,始为庙于少城。桓温平蜀,夷少城,犹存孔明庙。后封武兴王庙,至今祠祀不绝。

儒林公议:成都先主庙侧有武侯祠,前有柏树,乔柯巨围,蟠固陵拔。杜甫有歌,段文昌有铭,勒石。唐末渐枯瘁,历王、孟二伪国,不复生,然亦不敢伐之。宋乾德五年夏五月,枯柯再生,时人异之。至皇祐初,千二百馀年矣,新枝耸云,枯干并存,夭矫若虬龙之形。

方舆胜览:武侯庙在八阵图之卧龙山上,时州理白帝,故少陵诗云,"犹有西郊诸葛庙,卧龙无首对江濆"也。有开济堂。濮山何耆仲假守,举而新之,因访善本,重肖侯像。巫山尉任份来董事,春秋二月乙亥落成。

*方舆纪要:卧龙山在夔州东北五里,以有诸葛侯祠而名,郡人以为游赏之胜。上有义泉,相传武侯所凿。

方舆胜览:武侯庙在夔州城中八阵台下。宋知州张震祠堂记:"唐夔州治白帝,侯庙在西郊。"王十朋记:"武侯故祠在州之南门,沿城而西,所谓西郊,诸葛庙其在兹地乎?"

夔州记:卧龙寺有诸葛孔明画像,宋张震立祠时物也。

一统志:诸葛武侯庙在泸州宝山之泸峰,每岁,蛮人贡马,必相率拜
于下。

一统志:龙州武侯庙在宣慰东一百八十里。初,州人以邓艾尝经于
此,立庙祀之。宋知州洪咨夔毁其像,更以诸葛,谕其民曰:"毋
事仇雠而忘父母。"

古志林:临安府有诸葛公祠,因孔明征南中,威信所加,蛮皆心服,
为立祠。

一统志:祁山县五丈原有诸葛武侯庙,元时建。

太平寰宇记:先主祠在成都府八里惠陵,东西七十步。武侯祠在先
主庙西。

赵抃成都古今记:诸葛公庙在先主庙故宅城西,后主壤像。先主庙
西院即武侯庙,前有双文柏,古阶可爱。

陆游集:予在成都,屡至昭烈惠陵,此柏在陵旁庙中,忠武室之南。
杜诗所谓"先主武侯同閟宫"者,与此殆无小异。

通志:夹江武侯祠原在九盘坂,距县三十里许,邓艾庙即今祠地,邑
令陕西人董继舒欲撤庙,改祀武侯,投艾像于水。九盘里人夜梦
艾云:"明日吾有水厄,尔可乘夜偷吾像。"来人从之。至明日,
艾像失矣,董因改祀武侯。

范蜀公镇东斋记事:武侯庙柏,其色若牙,甚白而光泽,尚复生枝
叶,今才十丈许。

本草:益州诸葛亮庙中大柏,相传是蜀世所植,故人多采其叶以作
药,味甚甘香,异常柏也。

游梁杂钞:嘉靖中,建乾清宫,遣少司马冯清求大材于蜀地,至孔明庙,见柏,谓无出其右,定为首选,用斧削去其皮,朱书第一号字。俄聚千百人斫伐,忽群鸦无数,飞绕鸣噪,啄人面目。藩臬诸君皆力谏,遂止,命削去朱书,深入肤理,字画灿然。

刘禹锡嘉话录:巂州界缘山野间,有菜,大叶而粗茎,其根若大萝卜,土人蒸煮其叶而食之,可以疗饥,名之谓诸葛菜,云武侯南征,用此菜莳于山中,以济军食,亦犹广都县山栃林,谓之诸葛木也。诸葛所止,令兵士独种蔓菁者,取其才出甲者生啖,一也;叶舒可煮食,二也;久居随以滋长,三也;弃去不惜,四也;回则易寻而采之,五也;冬有根可劚食,六也。比诸蔬属,其利不亦溥乎?三蜀之人,今呼蔓菁为诸葛菜,江陵亦然。

李膺益州记:东武山有池,出白莼,冬夏带丝,肥美为一州最。宋元嘉末刺史陆岩常献文帝,敕月一献。周地图记云,是诸葛菜也。

　　澍案:一引云太平寰宇记益州记云:武都山有池,出白莼。

　　周地图记云:是诸葛池,李膺有记。又一引云益州记:绵竹武都山上出白莼菜,甚美,武侯所种。

赞宁笋谱:篠竹,出襄州卧龙山诸葛亮祠中,长百丈,梢上有叶。土人作幡竿承落,其笋堪食,甚美。

*云南记:巂州界缘山野间,有菜,大叶而粗茎,其根若大萝卜。土人蒸煮其根叶而食之,可以疗饥,名之为诸葛菜,云武侯南征用此菜子莳于山中,以济军食,亦犹广都县山栃林谓之诸葛木也。

魏鹤山集:僰道有诸葛武侯碑。

太平寰宇记:诸葛武侯行庙碑在兴元成固县西,唐贞观十一年置。

兴文县志:兴文县南一百二十里落亥堡有武侯祠碑,南征后土人所立。

四川通志：雷波厅北百四十里有诸葛碑，孔明斩雍闿，立石纪功，今文字尽灭。

成都志：诸葛武侯碑，在昭烈帝庙中，长庆四年裴度撰，柳公绰书。

庆符志：县东五里武侯祠，有诸葛武侯南征誓蛮碑。

欧阳修集古录：武侯碑阴记，唐崔备撰，元和二年，武元衡刻，及其寮属题名于武侯碑阴。

蜀古迹记：宋建隆二年，曹彬为都监，伐蜀，谒武侯祠，视宇第雄观，颇有不平之色，谓左右曰："孔明虽忠于汉，然疲竭蜀之军民，不能复中原之万一，何得为武？当因其倾败者拆去之，止留其中，以祀香火。"左右皆谏不可。俄报中殿摧塌，有石碑出，惊视之，出土尺许，石有刻字，宛若新书，乃孔明亲题也。题曰："测吾心腹事，惟有宋曹彬。"读讫，下拜，曰："公，神人也，小子安能测哉！"遂令蜀守新其祠宇，为文祭之而去。亦见闻见录。

辛怡显云南录：国朝淳化中，李顺乱蜀。招安使雷有终遣嘉州士人辛怡显使于南诏。至姚州，其节度使赵公美以书来迎云："当境有泸水，昔诸葛武侯诫曰：非贡献进讨，不得辄渡此水。若必欲过，须致祭然后登舟，今遣本部军将赍金龙二条，金钱二十文，并设酒脯，请先祭享而渡。"乃知南人心服，虽千年如初。呜呼！可谓贤矣。

一统志：孟获城在宁远城东二里，孟获所筑，即武侯禽获之地。